Ordesa

Manuel Vilas

Ordesa

ALFAGUARA

Primera edición: enero de 2018
Decimoquinta reimpresión: marzo de 2019

© 2018, Manuel Vilas
c/o Casanovas & Lynch Agencia Literaria, S. L.
© 2018, Penguin Random House Grupo Editorial, S. A. U.
Travessera de Gràcia, 47-49. 08021 Barcelona

© Diseño: Penguin Random House Grupo Editorial, inspirado en un diseño original de Enric Satué

Printed in Spain – Impreso en España

33614081467416   ISBN: 978-84-204-3169-7
Depósito legal: B-22949-2017

Compuesto en MT Color & Diseño, S. L.
Impreso en Unigraf, Móstoles (Madrid)

AL31697

Penguin
Random House
Grupo Editorial

Gracias a la vida, que me ha dado tanto.
Me ha dado la risa y me ha dado el llanto.
Así yo distingo dicha de quebranto,
los dos materiales que forman mi canto,
y el canto de ustedes, que es el mismo canto,
y el canto de todos, que es mi propio canto.

VIOLETA PARRA

1

Ojalá pudiera medirse el dolor humano con números claros y no con palabras inciertas. Ojalá hubiera una forma de saber cuánto hemos sufrido, y que el dolor tuviera materia y medición. Todo hombre acaba un día u otro enfrentándose a la ingravidez de su paso por el mundo. Hay seres humanos que pueden soportarlo, yo nunca lo soportaré.

Nunca lo soporté.

Miraba la ciudad de Madrid y la irrealidad de sus calles y de sus casas y de sus seres humanos me llagaba por todo mi cuerpo.

He sido un eccehomo.

No entendí la vida.

Las conversaciones con otros seres humanos se volvieron aburridas, lentas, dañinas.

Me dolía hablar con los demás: veía la inutilidad de todas las conversaciones humanas que han sido y serán. Veía el olvido de las conversaciones cuando estas aún estaban presentes.

La caída antes de la caída.

La vanidad de las conversaciones, la vanidad del que habla, la vanidad del que contesta. Las vanidades pactadas para que el mundo pueda existir.

Fue entonces cuando volví otra vez a pensar en mi padre. Porque pensé que las conversaciones que había tenido con mi padre eran lo único que merecía la pena. Regresé a esas conversaciones, a la espera de lograr un momento de descanso en mitad del desvanecimiento general de todas las cosas.

Creí que mi cerebro estaba fosilizado, no era capaz de resolver operaciones cerebrales sencillas. Sumaba las matrículas de los coches, y esas operaciones matemáticas me sumían en una honda tristeza. Cometía errores a la hora de hablar el español. Tardaba en articular una frase, me quedaba en silencio, y mi interlocutor me miraba con pena o desdén, y era él quien acababa mi frase.

Tartamudeaba, y repetía mil veces la misma oración. Tal vez había belleza en esa disfemia emocional. Le pedí cuentas a mi padre. Pensaba todo el rato en la vida de mi padre. Intentaba encontrar en su vida una explicación de la mía. Me volví un ser aterrorizado y visionario.

Me miraba en el espejo y veía no mi envejecimiento, sino el envejecimiento de otro ser que ya había estado en este mundo. Veía el envejecimiento de mi padre. Podía así recordarle perfectamente, solo tenía que mirarme yo en el espejo y aparecía él, como en una liturgia desconocida, como en una ceremonia chamánica, como en un orden teológico invertido.

No había ninguna alegría ni ninguna felicidad en el reencuentro con mi padre en el espejo, sino otra vuelta de tuerca en el dolor, un grado más en el descendimiento, en la hipotermia de dos cadáveres que hablan.

Veo lo que no fue hecho para la visibilidad, veo la muerte en extensión y en fundamentación de la materia, veo la ingravidez global de todas las cosas. Estaba leyendo a Teresa de Ávila, y a esa mujer le ocurrían cosas parecidas a las que me ocurren a mí. Ella las llamaba de una manera, yo de otra.

Me puse a escribir, solo escribiendo podía dar salida a tantos mensajes oscuros que venían de los cuerpos humanos, de las calles, de las ciudades, de la política, de los medios de comunicación, de lo que somos.

El gran fantasma de lo que somos: una construcción alejada de la naturaleza. El gran fantasma es exitoso: la humanidad está convencida de su existencia. Es allí donde comienzan mis problemas.

Había en el año 2015 una tristeza que caminaba por todo el planeta y entraba en las sociedades humanas como si fuera un virus.

Me hice un escáner cerebral. Visité a un neurólogo. Era un hombre corpulento, calvo, con las uñas cuidadas, con corbata debajo de la bata blanca. Me hizo pruebas. Me dijo que no había nada raro en mi cabeza. Que estaba todo bien. Y comencé a escribir este libro.

Pensé que el estado de mi alma era un vago recuerdo de algo que ocurrió en un lugar del norte de España llamado Ordesa, un lugar lleno de montañas, y era un recuerdo amarillo, el color amarillo invadía el nombre de Ordesa, y tras Ordesa se dibujaba la figura de mi padre en un verano de 1969.

Un estado mental que es un lugar: Ordesa. Y también un color: el amarillo.

Todo se volvió amarillo. Que las cosas y los seres humanos se vuelvan amarillos significa que han alcanzado la inconsistencia, o el rencor.

El dolor es amarillo, eso quiero decir.

Escribo estas palabras el 9 de mayo del año 2015. Hace setenta años, Alemania firmaba su rendición incondicional. En un par de días las fotos de Hitler serían sustituidas por las fotos de Stalin.

La Historia es también un cuerpo con remordimientos. Tengo cincuenta y dos años y soy la historia de mí mismo.

Mis dos hijos entran en casa ahora mismo, vienen de jugar al pádel. Hace ya un calor horrible. La insistencia del calor, su venida constante sobre los hombres, sobre el planeta.

Y el crecimiento del calor sobre la humanidad. No es solo el cambio climático, es una especie de recordatorio de la Historia, una especie de venganza de los mitos viejos sobre los mitos nuevos. El cambio climático no es más que una actualización del apocalipsis. Nos gusta el apocalipsis. Lo llevamos en la genética.

El apartamento en el que vivo está sucio, lleno de polvo. He intentado limpiarlo varias veces, pero es imposible. Nunca he sabido limpiar, y no porque no haya puesto interés. A lo mejor hay en mí algún residuo genético que me emparenta con la aristocracia. Esto me parece bastante improbable.

Vivo en la avenida de Ranillas, en una ciudad del norte de España cuyo nombre no recuerdo ahora mismo: solo hay polvo, calor y hormigas aquí. Hace un tiempo tuve una plaga de hormigas, y las maté con el aspirador: cientos de hormigas aspiradas, me sentí un genocida legítimo. Miro la sartén que está en la cocina. La grasa pegada a la sartén. Tengo que fregarla. No sé qué les daré de comer a mis hijos. La banalidad de la comida. Desde la ventana se ve un templo católico, recibiendo impertérrito la luz del sol, su fuego ateo. El fuego del sol que Dios envía directamente sobre la tierra como si fuese una bola negra, sucia, miserable, como si fuese podredumbre, basura. ¿No veis la basura del sol?

No hay gente en las calles. Donde yo vivo no hay calles, sino aceras vacías, llenas de tierra y saltamontes muertos. La gente se fue de vacaciones. Disfrutan en las playas del agua del mar. Los saltamontes muertos también fundaron familias y tuvieron días de fiesta, días de Navidad y celebraciones de cumpleaños. Todos somos pobre gente, metidos en el túnel de la existencia. La existencia es una categoría moral. Existir nos obliga a hacer, a hacer cosas, lo que sea.

Si de algo me he dado cuenta en la vida es de que todos los hombres y las mujeres somos una sola existencia. Esa sola existencia algún día tendrá una representación política, y ese día daremos un paso adelante. Yo no lo veré. Hay tantas cosas que no veré y que estoy viendo ahora mismo.

Siempre vi cosas.

Siempre me hablaron los muertos.

Vi tantas cosas que el futuro acabó hablando conmigo como si fuésemos vecinos o incluso amigos.

Estoy hablando de esos seres, de los fantasmas, de los muertos, de mis padres muertos, del amor que les tuve, de que no se marcha ese amor.

Nadie sabe qué es el amor.

2

Después de mi divorcio (ocurrido hace un año, aunque nunca se sabe muy bien el tiempo, porque no es una fecha, sino un proceso, aunque oficialmente sea una fecha; a efectos judiciales tal vez sea un día concreto; en cualquier caso, habría que tener en cuenta muchas fechas significativas: la primera vez que lo piensas, la segunda vez, el amontonamiento de las veces, la próspera adquisición de hechos llenos de desavenencias y discusiones y tristezas que van apuntalando lo pensado, y por fin la marcha de tu casa, y la marcha es tal vez la que precipita la cascada de acontecimientos que acaban en un taxativo acontecimiento judicial, que parece el fin desde el punto de vista legal; pues es el punto de vista legal casi una brújula en el despeñadero, una ciencia, en tanto en cuanto necesitamos una ciencia que dé racionalidad, un principio de certeza) me convertí en el hombre que ya había sido muchos años atrás, es decir, tuve que comprar una fregona y un cepillo, y productos de limpieza, muchos productos de limpieza.

El conserje del bloque de apartamentos estaba en la puerta. Hemos hablado un poco. Algo relacionado con un partido de fútbol. Yo también pienso en la vida de la gente. El conserje es de raza oriental, aunque su nacionalidad es ecuatoriana. Lleva mucho tiempo en España, no se acuerda de Ecuador. Yo sé que, en el fondo, envidia mi apartamento. Por muy mal que te vaya en la vida, siempre hay alguien que te envidia. Es una especie de sarcasmo cósmico.

Mi hijo me ha ayudado a limpiar la casa. Había un montón de correspondencia amontonada, llena de polvo.

Cogías un sobre y notabas esa sensación mugrienta que deja el polvo, casi a punto de ser tierra, sobre las yemas de tus dedos.

Había desvaídas cartas de amor antiguo, inocentes y tiernas cartas de juventud, las cartas de la madre de mi hijo y de quien fue mi mujer. Le he dicho a mi hijo que pusiera eso en el cajón de recuerdos. Hemos puesto allí también fotos de mi padre y una cartera de mi madre. Una especie de cementerio de la memoria. No he querido, o no he podido, detener la mirada ante esos objetos. Los he tocado con amor, y con dolor.

No sabes qué hacer con todas estas cosas, ¿verdad?, me ha dicho mi hijo.

Hay más cosas aún; están las facturas y los papeles que parecen ser importantes, como los seguros, y las cartas del banco, le he dicho.

Los bancos te arrasan el buzón con cartas deprimentes. Un montón de extractos bancarios. Me ponen nervioso las cartas del banco. Vienen a decirte lo que eres. Te impelen a la reflexión de tu nulo sentido en el mundo.

Me he puesto a mirar extractos bancarios.

¿Por qué te gusta tener la refrigeración tan alta?, me ha preguntado.

Tengo pánico al calor, mi padre también lo tenía. ¿Te acuerdas de tu abuelo?

Esa es una pregunta incómoda, porque mi hijo piensa que con esta clase de preguntas busco algún tipo de ventaja, algún tipo de tratamiento benévolo por su parte.

Mi hijo tiene capacidad de resolución y de trabajo. Ha sido exhaustivo ayudándome en la limpieza de mi apartamento.

De repente, mi apartamento me ha parecido que no valía el dinero que estoy pagando por él. Imagino que esa certidumbre es la prueba de madurez más obvia de una inteligencia humana bajo el peso del capitalismo. Pero gracias al capitalismo tengo casa.

He pensado, como siempre, en la ruina económica. La vida de un hombre es, en esencia, el intento de no caer en la ruina económica. Da igual a qué se dedique, ese es el gran fracaso. Si no sabes alimentar a tus hijos, no tienes ninguna razón para existir en sociedad.

Nadie sabe si se puede vivir si no es socialmente. La estimación de los demás acaba siendo la única cédula de tu existencia. La estimación es una moral, conforma los valores y el juicio que existe sobre ti, y de ese juicio se desprende tu posición en el mundo. Es una lucha entre el cuerpo, tu cuerpo, donde reside la vida, y el valor de tu cuerpo para los demás. Si la gente te codicia, si codicia tu presencia, te irá bien.

Sin embargo, la muerte —esa loca sociópata— iguala todas las estimaciones sociales y morales con la corrupción de la carne, que sigue estando en activo. Se habla mucho de la corrupción política y de la corrupción moral, y muy poco de la corrupción de un cuerpo a manos de la muerte: de la inflamación, de la explosión de gases nauseabundos y de la conversión del cadáver en hediondez.

Mi padre hablaba muy poco de su madre. Solo recordaba lo bien que cocinaba. Mi abuela se marchó de Barbastro a finales de los años sesenta y ya no volvió más. Se iría allá por 1969. Se fue con su hija.

Barbastro es el pueblo en el que yo nací y en donde me crie. Cuando nací tenía diez mil habitantes. Ahora tiene diecisiete mil. Conforme pasa el tiempo, ese pueblo tiene ya la fuerza de un destino cósmico, y a la vez privado.

A ese deseo de convertir lo informe en un personaje con forma los antiguos lo llamaron «alegoría». Porque para casi todos los seres humanos el pasado tiene la concreción de un personaje de novela.

Recuerdo una foto de los años cincuenta de mi padre, en donde sale dentro de su Seat 600. Casi no se le distingue, pero es él. Es una foto extraña, muy de aquella época, con calles como recién aparecidas. Al fondo hay un Renault Ondine y un corro de mujeres; mujeres de espaldas, con sus bolsos, mujeres que ahora estarán ya muertas o serán ancianas. Distingo la cabeza de mi padre dentro del Seat 600 con matrícula de Barcelona. Nunca aludió a ese hecho, al hecho de que su primer Seat 600 llevara matrícula de Barcelona. No parece ni verano ni invierno. Puede ser finales de septiembre o finales de mayo, eso calculo por la ropa de las mujeres.

Poco cabe decir del desmoronamiento de todas las cosas que han sido. Cabe señalar mi personal fascinación por ese automóvil, por ese Seat 600, que fue motivo de alegría para millones de españoles, que fue motivo de esperanza atea y material, que fue motivo de fe en el futuro de las máquinas personales, que fue motivo para el viaje, que fue motivo para el conocimiento de otros lugares y otras ciudades, que fue motivo para pensar en los laberintos de la geografía y de los caminos, que fue motivo para visitar ríos y playas, que fue motivo para encerrarse dentro de un cubículo separado del mundo.

La matrícula es de Barcelona, y el número es un número perdido: 186.025. Algo quedará de esa matrícula en alguna parte, y pensar eso es como tener fe.

Conciencia de clase es lo que no debe faltarnos nunca. Mi padre hizo lo que pudo con España: encontró un trabajo, trabajó, fundó una familia y murió.

Y hay pocas alternativas a estos hechos.

La familia es una forma de felicidad testada. La gente que decide quedarse soltera, como se ha demostrado estadísticamente, muere pronto. Y nadie quiere morir antes de hora. Porque morir no tiene ninguna gracia y es algo antiguo. El deseo de muerte es un anacronismo. Y eso lo hemos descubierto hace poco. Es un descubrimiento último de la cultura occidental: es mejor no morir.

Pase lo que pase, no te mueras, sobre todo por una cosa bien sencilla de entender: no es necesario. No es necesario que uno se muera. Antes se creía que sí, antes se creía que era necesario morir.

Antes la vida valía menos. Ahora vale más. La generación de riquezas, la abundancia material, hace que los desharrapados históricos (aquellos a quienes hace décadas les daba igual estar vivos que muertos) amen estar vivos.

La clase media española de los años cincuenta y sesenta trasladó a sus vástagos aspiraciones más sofisticadas.

Mi abuela murió no sé ni en qué año. Tal vez fuese en 1992 o 1993, o en 1999 o en 2001, o en 1996 o en 2000, por ahí. Mi tía llamó por teléfono con la noticia de la muerte de la madre de mi padre. Mi padre no se hablaba con su hermana. Dejó un mensaje en el contestador. Yo oí el mensaje. Venía a decir que, aunque se llevaran mal, compartían la misma madre. Eso: que tenían la misma madre, lo cual era motivo de acercamiento. Yo me quedé pensativo cuando oí ese mensaje, siempre entraba una luz muy fuerte en la casa de mis padres que hacía que los hechos perdieran consistencia, porque la luz es más poderosa que las acciones humanas.

Mi padre se sentó en su sillón. Un sillón de color amarillo. No iba a ir al entierro, fue su decisión. Había muerto en una ciudad lejana, a unos quinientos kilómetros de

Barbastro, a unos quinientos kilómetros de donde en ese momento mi padre recibió la noticia de la muerte de su madre. Simplemente, pasó de ir. No le apetecía ir. Conducir tanto. O subirse a un autobús durante horas. Y tener que buscar ese autobús.

Ese hecho generó cataratas de otros hechos. No me interesa enjuiciar lo que pasó, sino narrarlo o decirlo o celebrarlo. La moralidad de los hechos es siempre una construcción de la cultura. Los hechos en sí mismos sí son seguros. Los hechos son naturaleza, su interpretación es política.

Mi padre no fue al entierro de mi abuela. ¿Qué relación tenía con su madre? No tenía ninguna relación. Sí, claro, la tuvieron al principio de los tiempos, no sé, allá por 1935 o por 1940, pero esa relación se fue evaporando, desapareciendo. Yo creo que mi padre debería haber ido a ese entierro. No por su madre muerta, sino por él, y también por mí. Al desentenderse de ese entierro estaba decidiendo también desentenderse de la vida en general.

El supremo misterio es que mi padre amaba a su madre. La razón de que no fuera a su entierro se cimienta en que su inconsciente rechazaba el cuerpo muerto de su madre. Y su yo consciente estaba alimentado por una pereza invencible.

Se mezclan en mi cabeza mil historias, relacionadas con la pobreza y con cómo la pobreza te acaba envenenando con el sueño de la riqueza. O con cómo la pobreza engendra inmovilidad, falta de ganas de subirse a un coche y hacer quinientos kilómetros.

El capitalismo se hundió en España en el año 2008, nos perdimos, ya no sabíamos a qué aspirar. Comenzó una comedia política con la llegada de la recesión económica.

Casi tuvimos envidia de los muertos.

Mi padre fue quemado en un horno de gasoil. Él nunca manifestó ningún deseo de lo que quería que hiciéramos con su cadáver. Nos limitamos a quitarnos de encima el muerto (el cuerpo yacente, aquello que había sido y ahora no sabíamos qué era), como hace todo el mundo. Como harán conmigo. Cuando muere alguien, nuestra obsesión es borrar el cadáver del mapa. Extinguir el cuerpo. Pero por qué tanta prisa. ¿Por la corrupción de la carne? No, porque ahora hay neveras muy avanzadas en el depósito de cadáveres. Nos espanta un cadáver. Nos espanta el futuro, nos espanta aquello en lo que nos convertiremos. Nos aterroriza la revisión de los lazos que nos unieron a ese cadáver. Nos asustan los días pasados al lado del cadáver, el montón de cosas que hicimos con ese cadáver: ir a la playa, comer con él, viajar con él, cenar con él, incluso dormir con él.

Al final de la vida de la gente, el único problema real que se presenta es qué hacer con los cadáveres. En España hay dos posibilidades: la inhumación o la incineración. Son dos bellas palabras que hunden sus raíces en el latín: convertirte en tierra o en ceniza.

La lengua latina prestigia nuestra muerte.

Mi padre fue incinerado el 19 de diciembre del año 2005. Ahora me arrepiento, fue una decisión tal vez apresurada. Por otra parte, el hecho de que mi padre no fuera al entierro de su madre, es decir, de mi abuela, tuvo que ver con que lo quemáramos. ¿Qué es más relevante, señalar mi parentesco y decir «mi abuela» o señalar el de mi padre y decir «su madre»? Dudo qué punto de vista elegir. Mi abuela o su madre, en esa elección está todo. Mi padre no fue al entierro de mi abuela y eso tuvo que ver con lo que hicimos con el cadáver de mi padre; tuvo que ver con que decidiéramos quemarlo, incinerarlo. No tiene que ver con el amor, sino con la catarata de los hechos. Hechos que producen otros hechos: la catarata de la vida, agua que está corriendo todo el rato, mientras enloquecemos.

También me doy cuenta en este instante de que en mi vida no han sucedido grandes cosas, y sin embargo llevo dentro de mí un hondo sufrimiento. El dolor no es en absoluto un impedimento para la alegría, tal como yo entiendo el dolor, pues para mí está vinculado a la intensificación de la conciencia. El sufrimiento es una conciencia expandida que alcanza a todas las cosas que han sido y serán. Es una especie de amabilidad secreta con todas las cosas. Cortesía con todo lo que fue. Y de la amabilidad y la cortesía nace siempre la elegancia.

Es una forma de conciencia general. El sufrimiento es una mano tendida. Es amabilidad hacia los otros. Mientras sonreímos, por dentro desfallecemos. Si elegimos sonreír en vez de caernos muertos en medio de la calle es por elegancia, por ternura, por cortesía, por amor a los otros, por respeto a los otros.

Ni siquiera sé cómo estructurar el tiempo, cómo definirlo. Regreso a esta tarde de mayo de 2015 que estoy viviendo en este instante y veo esparcidos de forma caótica encima de mi cama un montón de medicamentos. Los hay de todas las clases: antibióticos, antihistamínicos, ansiolíticos, antidepresivos.

Y aun así, celebro estar vivo y lo celebraré siempre. Sobre la muerte de mi padre va cayendo el tiempo, y ya muchas veces tengo dificultades para recordarlo. Sin embargo, esto no me entristece. Que mi padre camine hacia la disolución total, en tanto en cuanto yo soy, junto con mi hermano, el único que lo recuerda, me parece de una alta hermosura.

Mi madre murió hace un año. Cuando ella vivía, algunas veces quise hablar de mi padre, pero ella rehusaba la conversación. Con mi hermano tampoco puedo hablar demasiado de mi padre. No es un reproche, en absoluto. Entiendo la incomodidad, y en cierto modo el pudor. Porque hablar de un muerto, en algunas tradiciones culturales, o al menos en la que me tocó a mí, supone un fuerte y acre grado de impudor.

De modo que me quedé a solas con mi padre. Y soy yo la única persona en este mundo —ignoro si lo hará mi hermano— que lo recuerda a diario. Y a diario contempla su desvanecimiento, que acaba convertido en pureza. No es que lo recuerde a diario, es que está en mí de forma permanente, es que yo me he retirado de mí mismo para hacerle hueco a él.

Es como si mi padre no hubiera querido estar vivo para mí, quiero decir que no quiso revelarme su vida, el sentido de su vida: ningún padre quiere ser un hombre para su hijo. Todo mi pasado se hundió cuando mi madre hizo lo mismo que mi padre: morirse.

3

Mi madre se quedó muerta mientras dormía. Estaba harta de arrastrarse, pues no podía caminar. Nunca me enteré con exactitud de cuáles eran sus enfermedades concretas. Mi madre era una narradora caótica. Yo también lo soy. De mi madre heredé el caos narrativo. No lo heredé de ninguna tradición literaria, ni clásica ni vanguardista. Una degeneración mental provocada por una degeneración política.

En mi familia nunca se narró con precisión lo que estaba ocurriendo. De ahí viene la dificultad que yo tengo para verbalizar las cosas que me pasan. Mi madre tenía multitud de dolencias que se sobreponían las unas a las otras y colisionaban entre sí en sus narraciones. No había forma de ordenar lo que le ocurría. Yo he acabado descifrando lo que le pasaba: quería introducir en sus narraciones el desasosiego personal y quería además encontrar un sentido a los hechos narrados; interpretaba, y al final todo le conducía al silencio; olvidaba detalles que contaba pasados varios días, detalles que creía que no le beneficiaban.

Manipulaba los hechos. Tenía miedo de los hechos. Tenía miedo de que la realidad de lo ocurrido fuese contra sus intereses. Pero tampoco acertaba a saber cuáles eran sus intereses, más allá del instinto.

Mi madre omitía lo que pensaba que no le favorecía. Eso lo heredé yo en mis narraciones. No es mentir. Es, simplemente, miedo a equivocarte, o miedo a meter la pata, terror al atávico juicio de los otros por no haber hecho lo que se supone que tenías que hacer según el incomprensible código de la vida en sociedad. No entendimos bien, ni mi madre ni yo, lo que se supone que uno debe hacer. Por otro lado, tampoco los médicos y los geriatras que la atendieron consiguieron que las versiones médicas triunfasen sobre sus versiones caóticas y errabundas. Mi madre arrinconaba la lógica de la medicina, la conducía al abismo. Las preguntas que hacía a los médicos eran memorables. Una vez consiguió que un médico le acabara confesando que en realidad no sabía qué diferencia había entre una gripe bacteriana y una gripe vírica. En su caos moral y en su deseo de la salud, las observaciones intuitivas y visionarias de mi madre resultaban más interesantes que las explicaciones de los médicos. Ella veía el cuerpo humano como una serpiente hostil, y cruel. Creía en la crueldad de la circulación de la sangre.

Era una mujer-drama. Su dramatismo era superior a la paciencia de los médicos. Los médicos no sabían qué hacer con ella. Tenía muy mal los huesos de una pierna. Llevaba una prótesis que se le infectó. Se la colocaron en las mismas fechas en que le hicieron lo mismo al rey de España, Juan Carlos I. Lo dijo la televisión. Hacíamos chistes con aquello. Cuando se le infectó la prótesis, no podían extraérsela porque eso conllevaba una operación y mi madre también padecía de enfermedades cardiovasculares.

Sus males eran enumerativos. Enumeraba dolores, algunos de una originalidad inmensa.

Se quedó sola. Estaba allí en su piso, completamente sola, enumerando males.

También padecía de asma. Y de ansiedad. Era un compendio de todas las enfermedades que tuvieran nombre. Había convertido en enfermedad no grave su propia conciencia de la vida. Sus enfermedades no eran mortales, eran pequeños suplicios cotidianos. Eran sufrimiento, sin más.

Vivía en un piso de alquiler: cincuenta y cuatro años viviendo en un piso de alquiler. Fumó mucho en su juventud. Debió de fumar hasta que cumplió los sesenta. No sé cuándo dejó de fumar con exactitud.

Puedo intentar calcular de forma aproximada cuándo dejó de fumar. Sería sobre 1995, algo así. Es decir, que tendría entonces unos sesenta y dos años.

Fumaba con modernidad, y además se diferenciaba de las mujeres mayores de su época porque fumaba. Recuerdo mi niñez presidida por marcas de tabaco que a mí me parecían exuberantes y misteriosas.

Por ejemplo, la marca de tabaco Kent, que siempre me sedujo, especialmente por lo bonita que era la cajetilla, de color blanco. Mi madre fumaba Winston y L&M. Mi padre fumaba poco, y fumaba Lark.

Todos esos paquetes de tabaco que estaban en las mesas y mesitas de mi casa están asociados a la juventud de mis padres. Había alegría entonces en mi casa, porque mis padres eran jóvenes y fumaban. Los padres jóvenes fumaban. Y es increíble la precisión con que recuerdo esa alegría, una alegría de los años setenta, de principios de los años setenta: 1970, 1971, 1972, hasta 1973.

Ellos fumaban y yo miraba el humo, y así pasaron los años.

Ni mi padre ni mi madre fumaron nunca tabaco negro.

Nunca fumaron Ducados, nada de tabaco negro. De ahí que yo le cogiera manía a esa marca, al Ducados, que me parecía un tabaco sórdido, feo. No lo fumaban mis padres. Asocié el tabaco negro a la suciedad y a la pobreza. Aunque también vi que había gente rica que fumaba Ducados, pero eso no me impidió que siguiera mirando el tabaco negro con desdén o con miedo. Más bien con miedo. El miedo, al menos en personalidades como la mía, va asociado al espíritu de supervivencia. Cuanto más miedo tienes, más sobrevives. Siempre he tenido miedo. Pero, en cierto modo, el miedo no ha impedido que me metiera en líos.

Noto ahora una gigantesca grieta. Creo que al evocar las marcas de tabaco que fumaban mis padres estoy descubriendo una alegría inesperada en sus vidas, en las vidas de mis padres.

Quiero decir que creo que ellos fueron más felices que yo. Aunque al final se sintieran decepcionados por la vida. O tal vez decepcionados por el simple deterioro de sus cuerpos.

No fueron padres normales. Tuvieron su originalidad histórica. Oh, sí, ya lo creo. Fueron originales, pues hacían cosas raras, no eran como los otros. La razón de su excentricidad o de que me tocara a mí como hijo esa excentricidad me parece un enigma amoroso. Mi padre nació en 1930. Mi madre —es una hipótesis, pues cambiaba su fecha de nacimiento—, en 1932. Creo que se llevaban dos años, o puede que tres. A veces se llevaban seis, porque de vez en cuando mi madre insistía en que ella había nacido en 1936, le parecía una fecha famosa, porque la había oído nombrar muchas veces vete a saber por qué.

En realidad, nació en 1932.

4

Mi madre procedía de una familia campesina, y se crio en un pueblo diminuto, cerca de Barbastro. Mi abuelo paterno era comerciante, pero tras la guerra civil fue acusado de rojo, de republicano, y fue condenado a diez años de cárcel que no llegó a cumplir por su estado de salud. Pasó seis años en una cárcel de Salamanca. No sé muy bien los detalles, a veces mi padre refería una historia de amistad de mi abuelo con los milicianos. Parece ser que tenía amigos en el Frente Popular. Fue denunciado cuando los nacionales entraron en Barbastro. Mi padre sabía quién lo había denunciado. Pero el tipo está ya muerto. Mi padre no heredó odio alguno. Lo que heredó fue silencio. No conozco muy bien la naturaleza de ese silencio; creo que no era un silencio de naturaleza política, sino una especie de renuncia a la palabra. Como si mi abuelo no quisiera hablar, y a mi padre le pareciera bien el mutismo.

Me moriré sin saber si mi padre y mi abuelo hablaron alguna vez. Puede que no hablaran nunca. Estaban envueltos en una pereza adánica. Me moriré sin saber si mi padre le dio alguna vez un beso a mi abuelo. Creo que no, creo que nunca se besaron. Darse un beso es vencer la pereza. La pereza de mis antepasados es hermosa. Yo no conocí a ninguno de mis abuelos, ni al materno ni al paterno. Ni siquiera hay fotos de ellos. Se fueron del mundo antes de que yo llegara al mundo, y se fueron sin dejar una fotografía. No dejaron un triste retrato. De modo que no sé qué hago yo en este mundo. Ni mi madre hablaba de su padre ni mi padre del suyo. Era el silencio como una forma de sedición. Nadie merece ser nombrado, y de esa manera no dejaremos de hablar de ese nadie cuando ese nadie muera.

5

No iban nunca a misa mis padres, como hacían los padres de mis compañeros del colegio; eso me extrañaba mucho y me incomodaba ante mis amigos. No sabían quién era Dios. No es que fueran agnósticos o ateos. No eran nada. No pensaban en eso. Jamás nombraron la religión en casa. Y ahora que escribo este recuerdo me quedo fascinado. Igual mis padres eran extraterrestres. Ni siquiera blasfemaban. Jamás nombraron a Dios. Vivieron como si no existiese la religión católica, y eso tiene un mérito indecible en la España que les tocó en suerte. La religión para mis padres fue algo invisible. No existía. Su mundo moral ocurrió sin el fetichismo del bien y del mal.

En aquella España de los años sesenta y setenta hubieran hecho bien en ir a misa. En España siempre le ha ido muy bien a la gente que va a misa.

6

Como mi madre fumaba, yo comencé a fumar también. Al final lo que hacíamos era fumar. Mi madre me introdujo en el vicio, no tenía conciencia de lo que hacía. Siempre equivocaba la importancia de las cosas: les daba relevancia a cosas nimias, y desatendía las relevantes. Toda una vida fumando hasta que nos dijeron que nos estábamos pudriendo por dentro. Ella me mandaba a comprar tabaco al estanco. Acabé conociendo a los estanqueros de Barbastro.

Los muertos no fuman.

Una vez descubrí en un cajón un cigarrillo Kent con unos treinta años de antigüedad. Estaba oculto. Tendría que haberlo metido en una urna.

Busco algún significado en el hecho de que ya no quede nada. Todo el mundo pierde a su padre y a su madre, es pura biología. Solo que yo contemplo también la disolución del pasado, y por tanto su inexpresividad final. Veo una laceración del espacio y del tiempo. El pasado es la vida ya entregada al santo oficio de la oscuridad. El pasado nunca se marcha, siempre puede retornar. Vuelve, siempre vuelve. Contiene alegría el pasado. Es un huracán el pasado. Lo es todo en la vida de la gente. El pasado es amor también. Vivir obsesionado con el pasado no te deja disfrutar del presente, pero disfrutar del presente sin que el peso del pasado acuda con su desolación a ese presente no es un gozo sino una alienación. No hay alienación en el pasado.

7

Parecen vivos. Pero están muertos.

Viene a mí el día que se conocieron. Una tarde de sábado del mes de abril de 1958. La tarde está viva. La presencia de esa tarde esconde otra presencia más alejada.

La muerte es real y es legal. Es legal morirse. ¿Habrá algún Estado que decrete la ilegalidad de la muerte? Que la muerte esté amparada por la legalidad de nuestras leyes me da tranquilidad; no es un acto subversivo morirse; hasta el suicidio ha dejado de ser subversivo.

Pero qué hacen ellos aún vivos, ellos dos, mis padres, evadiendo la legalidad de la muerte. Lo cierto es que no están muertos del todo. Los veo muy a menudo. Mi padre suele venir antes de irme a la cama, cuando me cepillo los dientes. Se pone detrás de mí y mira la marca de mi dentífrico, la observa con curiosidad. Sé que quiere preguntar por la marca, pero no le está permitido.

Y no es una cuestión de que yo los recuerde, de que vivan en mi memoria. Tiene que ver con la región en la que están y en donde siguen padeciendo los espíritus. Tiene que ver con la mala muerte y la buena vida.

Allí están. Y, de alguna forma, son espíritus terribles.

Al morir mis padres, mi memoria se volvió un fantasma iracundo, asustado y rabioso. Cuando tu pasado se borra de la faz de la tierra, se borra el universo, y todo es indignidad. No hay nada más indigno que la grisura de la inexistencia. Abolir el pasado es abyecto. La muerte de tus padres es abyecta. Es una declaración de guerra que te hace la realidad.

Cuando de niño (debido a que mi personalidad estaba sin formar, o a mi timidez) sufría por no saber encontrar un lugar entre los demás, entre los compañeros del colegio, siempre pensaba en mi padre y mi madre, y confiaba en que ellos tuvieran una explicación para mi invisibilidad social. Ellos eran mis protectores y quienes custodiaban el secreto de la razón de mi existencia, que a mí se me escapaba.

Con la muerte de mi padre comenzó el caos, porque quien sabía quién era yo y a la postre se podía responsabilizar de mi presencia y de mi existencia ya no estaba en este mundo. Tal vez esta sea una de las cosas más originales de mi vida. La única razón segura y cierta de que estés en este mundo reside en la voluntad de tu padre y en la de tu madre. Eres esa voluntad. La voluntad trasladada a la carne.

Ese principio biológico de la voluntad no tiene carácter político. De ahí que me interese tanto, que me emocione tanto. Si no tiene carácter político, eso significa que ronda los caminos de la verdad. La naturaleza es una forma feroz de la verdad. La política es el orden pactado, está bien, pero no es la verdad. La verdad es tu padre y tu madre.

Ellos te inventaron.

Vienes del semen y del óvulo.

Sin el semen y el óvulo no hay nada.

Que luego tu identidad y tu existencia ocurran bajo un orden político no desbarata el principio de la voluntad, que es anterior al orden político; y es, además, un principio necesario, mientras que el orden político puede estar muy bien y todo lo que tú quieras, pero no es necesario.

8

Me arrepentí de haber elegido la incineración. Mi madre, mi hermano y yo queríamos olvidarlo todo. Quitarnos de encima el cadáver. Temblábamos de miedo, y fingíamos controlar la situación, intentábamos reírnos de algunos detalles cómicos que nos protegían del terror. Las tumbas se inventaron para que la memoria de los vivos se refugiara en ellas y porque los restos óseos son importantes, aunque nunca los veamos: pensar que están es suficiente. Pero las tumbas, en España, son nichos. La tumba es noble; los nichos son deprimentes, caros y feos. Porque todo es feo y caro para la clase media-baja española, más baja que media. Fue un invento siniestro ese guion y ese amontonamiento «clase media-baja», y una falsedad.

Éramos clase baja, lo que pasa es que mi padre siempre iba muy elegante. Sabía estar a la altura de las cosas. Pero era pobre. Solo que no lo parecía. No lo parecía y en eso era un fugitivo del sistema socioeconómico de la España de los años setenta y ochenta del pasado siglo. No te podían llevar a la cárcel por eso, por tener estilo aun cuando fueses pobre. No te podían llevar a la cárcel por evadir la visibilidad de la pobreza siendo pobre.

Mi padre fue un artista. Tenía estilo.

Antes de incinerarlo, el cadáver de mi padre estuvo expuesto en el tanatorio durante unas horas. Venía gente a verlo. Cuando la funeraria monta el pequeño espectáculo de la exhibición de la muerte, lo esconde todo a excepción de un rostro maquillado. No ves las manos ni los pies ni los hombros del cadáver. Cierran los labios con pegamento. Pensé si era un pegamento industrial el que empleaban para sellar labio contra labio. Imagínate que falla el pegamento y de repente se abre la boca del cadáver. Vino un hombre a quien yo conocía. No era amigo de mi padre, como mucho conocido. El tipo se dio cuenta de que su presencia era injustificada. Se acercó hasta mí y me dijo: «Es que teníamos la misma edad, he venido a ver cómo quedaré yo de cuerpo presente». El tipo hablaba en serio. Volvió a mirar y se largó.

Luego me enteré de que ese tipo se murió a los dos meses de la muerte de mi padre. Me acuerdo de su gesto, incluso del tono de su voz. Me acuerdo de cómo miraba la cara muerta de mi padre a través del cristal de la vitrina donde estaba el ataúd, intentando, en un esfuerzo de imaginación, cambiar la cara de mi padre por la suya, para averiguar cuál sería su apariencia de muerto.

Yo también estuve mirando a mi padre muerto. Estaba yéndose del mundo el vigilante, el custodio, el comandante en plaza de mi infancia. Estaba contemplando la desintegración de la humanidad. La venida del cadáver. El nacimiento de la ingravidez. La locura. La grandeza. El cadáver en todo su misterio.

9

Me desperté de golpe, salía de un sueño muy pesado. Había tomado ansiolíticos para dormir. En su día llegué a tomarlos en cantidades alarmantes, y los mezclaba con alcohol. Fue en el año 2006 la primera vez que me dio por mezclarlos de una manera agresiva con el alcohol. Hubo una crisis matrimonial de por medio, porque yo tenía una amante. No era una amante cualquiera, era especial, o así lo viví yo entonces; tal vez fuese algo que solo me ocurrió a mí, pues en el amor no basta con la confesión de parte, habría que encuestar a la otra persona. Las ganas de vivir siempre son confusas: comienzan con un estallido de alegría y acaban en un espectáculo de vulgaridad. Somos vulgares, y quien no reconozca su vulgaridad es aún más vulgar. El reconocimiento de la vulgaridad es el primer gesto de emancipación hacia lo extraordinario. Todas mis crisis matrimoniales, desde entonces, combinaron el alcohol y los ansiolíticos. Cuando los efectos del alcohol te abandonan, entras en estado de pánico; entonces te tomas una buena ración de ansiolíticos.

En el fondo, el único gran enemigo del capitalismo son las drogas.

Había sido un sueño denso, del que salí con una sensación de terror gastado o cansado. Había soñado con un dormitorio, con el dormitorio de una casa que fue mía no hace mucho tiempo.

Tenía que hacer muchas cosas ese día. Bebí café, me duché. Siempre dudo qué hacer primero: si tomar café y luego ducharme; o si ducharme y luego tomar café. Me puse nervioso, excitado. Tenía que ponerme un traje e ir a una comida oficial con los reyes de España. La idea de ir drogado a saludar al rey de España me seducía, pero para eso hay que tener valor revolucionario. Hacía tantos años que no me ponía un traje, tal vez desde mi boda. Porque para los divorcios los trajes no son necesarios.

Como no sé hacerme el nudo de la corbata, mi hermano me lo había dejado hecho. Me puse mi traje azul marino. No me quedaba mal. Se me veía incluso guapo, con la camisa blanca. Había adelgazado; me he pasado la vida en combate contra la comida. La comida alegra el corazón, pero la delgadez también. Se había hecho tarde, o eso creí, pero no era tarde.

Entonces me senté en una silla y pensé en el sufrimiento del tejido de la corbata: ese nudo llevaba varios días hecho. Me acordé de mi padre. Él sí sabía hacerse el nudo de la corbata, ya lo creo. Podía hacerlo con los ojos cerrados y en dos segundos.

Un hombre con corbata envejece automáticamente.

Fui a la comida real, fui con mi coche particular. Hacía unos días que había dado el número de la matrícula a las autoridades de la Casa Real.

Me costó encontrar la entrada a la Plaza de Armas.

Mi nerviosismo se intensificaba.

Entonces, cuando mi cerebro estaba a punto de estallar, escuché una voz: «Tranquilo, camarada, está todo en orden, no vas más que a una comida, te sienta bien el traje. Tus padres están muertos. Tú parece que estás vivo. Tienes un coche que no está nada mal, y aún pareces joven. Qué te puede importar una comida más o una comida menos en tu vida».

Siempre me viene bien oír esa voz. Es una voz que procede de mi interior, pero parece una tercera persona. La tercera persona que va en mí.

Conduzco por Madrid. Las ruedas de mi automóvil tocan la ciudad de Madrid. Me toco el nudo de la corbata. Consulto el GPS. Hay mucho tráfico. No va bien el GPS, porque se ha hecho viejo, no quise actualizarlo porque costaba cincuenta euros. La gente tiene dinero en Madrid, se nota.

10

Madrid es bonito.

Madrid lo ha sido todo en este país, aquí está todo. Mi padre vino varias veces a Madrid. Todos los españoles de las provincias fueron alguna vez a Madrid. En eso, Madrid fue cruel. La gente de las provincias se asustaba de que Madrid fuera tan grande.

Sin embargo, no era tan grande. No tan grande como Londres o como París, por ejemplo. Tal vez se esté acercando. Era despectivo eso de «las provincias». Y era absurdo. Ese Madrid que se elevaba aristocráticamente sobre las provincias fue, al principio, una creación monárquica, y luego franquista, pero da igual.

Y todo da igual porque la Historia se ha muerto y porque la gente se ha dado cuenta de que lo que narra la Historia no existe en el presente y la gente ya no quiere heredar las cargas fantasmagóricas de tiempos pasados, de tiempos ficticios.

Un guardia me indica dónde tengo que aparcar. Luego otro guardia me vuelve a dar otra indicación. Son guardias elegantes. Los guardias del Palacio Real de Madrid.

Una gran escalera se extiende ante mí, flanqueada por soldados vestidos de gala, con lanzas que brillan, pero inofensivas. No creo que hayan afilado sus puntas en más de cien años. Lanzas castradas, lanzas con, a lo sumo, valor histórico, pero inútiles a la hora de despedazar un cuerpo.

Subo la escalera. Observo a los guardias, los miro a los ojos.

Siento como si los guardias conocieran mi pasado, como si supieran que soy un impostor; como si supieran que, en realidad, a mí me correspondería estar allí con ellos, vestido estrafalariamente y sujetando una lanza. ¿Qué salario tendrán? Calculo unos 1.450 euros, tal vez, con suerte, 1.629 euros. No creo que lleguen a los 1.700. Ocultamos el salario, pero es lo único confesable que tenemos. Cuando averiguas el salario de alguien, lo ves desnudo.

Los grandes ventanales del Palacio Real siguen allí, viendo las cosas, y filtrando la luz de los días acumulados en forma de siglos.

Sonríen los invitados.

Madrid parece el corazón de una bestia.

11

Produce fascinación la monarquía, fascinación que no excluye la reprobación. Allí estaban Felipe VI y su esposa doña Letizia, reyes de España sin que nadie se lo haya pedido, aunque ambos saben que no es necesaria esa petición en tanto en cuanto la Historia es una sucesión de maniobras políticas aterradoras, y más vale no penetrar en ese abismo, porque ellos, Felipe y Letizia, son una solución solvente y sólida en la medida en que todo aquello que podría sustituirlos es incierto, inseguro, y muy susceptible de acabar en devastación, muerte y miseria. Saben que el servicio que le prestan a España es objetivo o mensurable, se puede contar y medir, es dinero, consiguen acuerdos internacionales, que otros estados o empresas inviertan en España. Gracias a ellos, sí. Es cierto. Inspiran confianza para los inversores internacionales. La confianza es dinero y es gente saliendo del paro.

Aun así, la gente se acaba organizando, de modo que hay que estar alerta, por eso hay en el rostro de Felipe VI una burbuja de sombra, y por eso hay en su mujer un murmullo de látigos. Tienen que tener cuidado. Ella está fabricando ese espacio moral que podría calificarse como templo político donde ocurre «lo irreprochable».

Son marido y mujer, y eso me produce cierta compasión hacia ellos. Es normal sentir compasión por los matrimonios, especialmente por los matrimonios que comienzan a acumular años de vínculo conyugal, porque todos sabemos que el matrimonio es la más terrible de las instituciones humanas, pues requiere sacrificio, requiere renuncia, requiere negación del instinto, requiere mentira sobre mentira, y a cambio da la paz social y la prosperidad económica.

Doña Letizia da un paso más allá de su marido y se sitúa en una zona histórica más confortable, más cercana a la absolución. Está pensando en esa idea iluminadora, piensa esto: «Jamás nadie podrá reprocharme nada». Están en silencio. Me quedo observando su silencio, roto de vez en cuando con monosílabos de corte afirmativo.

Alguien le ha dicho: «Elige siempre el sí».

Los reyes presiden el almuerzo oficial de la entrega del Premio Cervantes a un escritor anciano llamado Juan Goytisolo, un hombre de genio, que ha escrito libros brillantes, los mejores libros de su generación, libros escritos en español. Se trata, por tanto, de un escritor español. No es tan obvio recordar su nacionalidad. Pues España es siempre un país a punto de decir que no, por eso a doña Letizia le han dicho que, si puede, diga siempre que sí.

Es el 23 de abril del año 2015, una mañana de primavera en Madrid, con una temperatura de dieciséis grados en el exterior. Los invitados forman corros donde se charla con cierta simpatía; son conversaciones educadas y distendidas. También son conversaciones medidas. Todos los invitados saben que forman parte de un entramado común, una foto de familia, una realidad sociológica a la que podría llamarse «cultura española, ámbito de las letras, del año 2015».

Una foto ya dispuesta para que el tiempo lance sobre ella la caballería inapelable de los muertos. Me pienso a mí mismo, en este instante, como el hombre de la corbata cuyo nudo fue hecho por otro hombre. Parece un sobrenombre áulico, como de novela de caballerías: el hombre cuyo nudo de la corbata lo hizo otro hombre.

No tengo excesivos problemas para situarme en varios corros, transito incluso de un corro a otro, y saludo a ilustres escritores con afabilidad y cordialidad. Me siento elegante dentro de mi traje. Aunque en lo más hondo de mi psicología reina el miedo.

Tengo miedo. Me dan miedo el poder y el Estado, me da miedo el rey, no puedo evitarlo.

Hay miedo, en realidad, en todas partes. Incluso en quienes se supone que no deberían temer nada, como sus majestades los reyes de España, tal vez también haya miedo. En otros invitados, en invitados ya veteranos, tal vez el miedo haya sido desplazado por la costumbre y la rutina.

Esos invitados veteranos parecen estar en su salsa. Hay alguna novedad obvia: ya no reina Juan Carlos I, sino su hijo. Pero, por lo demás, los protocolos son idénticos.

Me convierto en mis adentros en una tercera persona, y me doy a mí mismo este sobrenombre: el hombre de la falsa corbata.

Me veo, al fin, como una tercera persona.

Sale el espectro. Ya soy el espectro.

El hombre de la falsa corbata es nuevo, es su primera comida con los reyes.

Teme no estar a la altura de las exigencias del protocolo. Tampoco pertenece a la alta jerarquía de la literatura española. Milita en una clase media algo oscura. Piensa ahora en esa clase media, en ese tipo de escritor que tan pronto apesta a fracaso como a «este chico lo hace bien», salvo que este chico ya ha cumplido los cincuenta años. Pero da igual, porque el mundo entero, ya global, camina hacia lugares donde las jerarquías son volubles y desgraciadas y delicuescentes, y atufan a antigüedad, donde por fin ya nada significa nada, y eso es nuevo.

Las jerarquías se están corrompiendo. La antigüedad en el cargo se corrompe. La Historia, como el agua, avanza por donde menos se la espera.

Las cosas y las personas están dejando de tener un significado claro, y eso es subversivo, liberador.

Muchos de los presentes sobrepasan los cincuenta años, incluso los sesenta, y también los setenta. Tal vez la edad media de esa comida esté en los sesenta y cinco años. En realidad, los más jóvenes son los reyes de España.

La sabiduría de los protocolos reales discernió en su día el método por el cual dos personas pueden saludar a más de cien personas, o a doscientas personas, de una forma ordenada y coherente. La idea era revolucionaria y democrática: nadie debe quedar sin ser saludado.

Todos los invitados serán saludados por los anfitriones.

Parece una idea magistral.

Una idea que es en sí misma una obra maestra.

De modo que los reyes de España se colocan en una sala contigua, en un ángulo imprevisto. Parece como si salieran de la oscuridad, o descendieran del cielo. Todo invitado va a tener su foto con los reyes, todo invitado tendrá exactamente seis segundos de visibilidad ante la realeza.

El hombre de la corbata anudada a un cuello vulgar concibe una fórmula del desasosiego histórico. Es un hombre que de vez en cuando alcanza ideas que están por encima de su clase social. Es una especie de esparcimiento descontrolado de la genialidad, algo que le gusta, muy de vez en cuando, a la Historia: que aquellos cuyos ancestros son irrelevantes alcancen algún pensamiento relevante.

El hombre de la corbata triste (triste la corbata, no así el hombre, triste la corbata por haber hallado un cuello improcedente para su estatura estética, porque existe el destino de las corbatas, como existe el destino de los grandes elefantes asiáticos) tiene la idea de utilizar un arma nueva, aparecida hace poco en este mundo. Es un arma política. Saca del bolsillo de su pantalón un móvil, un Samsung Galaxy, y va a la opción cronómetro. Es una opción tecnológica revolucionaria.

Mide el tiempo que dura el saludo a los reyes de España. Lo mide con su cronómetro. Son seis segundos y noventa y dos centésimas de segundo. Ese es el tiempo concedido a cada invitado.

12

No ha sabido decir ni buenas tardes ni buenas noches ni buenos días ni hola qué tal cómo está usted a ninguno de los dos reyes. Es normal su mudez: procede de la noche avarienta de pan y carne del campesinado ibérico, de la noche de los locos y de los retrasados mentales, y en su genética solo hay terror y angustia y error.

Terror y angustia, frente a la luz y la riqueza, frente a la seguridad y el amor que emanan los reyes.

La sonrisa de los dos reyes es, a un metro de distancia, uno de los mayores espectáculos que puede contemplar un ciudadano español, porque allí está contenida la vida de millones de españoles que ya están muertos y cuya dignidad histórica no cabe más que en esa sonrisa. Cuanto España ha sabido construir políticamente está cifrado en esa sonrisa, en cuyos bordes anidan millones de serpientes encendidas.

Se encienden las serpientes.

El escritor galardonado, un anciano ausente, un hombre desdibujado, un ser de otro tiempo, pasea del brazo de la reina. Ella, debido a sus torturantes tacones, emerge dos palmos por encima de la cabeza casi calva de Juan Goytisolo. El hombre de la corbata de triste anudado cavila sobre la exhibición pública de la tortura a la que la reina somete a sus pies metiéndolos en esos tacones de palmo (estiramiento y distorsión de huesos, dolores articulares, artritis, deformación, colapso óseo); y cavila sobre cuáles pueden ser los pensamientos del escritor galardonado. Se le nota cierta incomodidad, cierta aspereza. Tal vez pocos de los presentes lo han leído. E incluso aunque hubiera sido muy leído, en realidad de poco puede servirle, porque nadie le ama, y desde ese punto de vista es como si no lo hubiera leído nadie. No hay amor aquí, no hay amor por ninguna parte. Y acaso él lo sabe y lo acepta. Lo sabemos todos y lo aceptamos todos, porque la literatura es ya algo irrelevante en tanto en cuanto no hay amor en ella. No hay amor en ella, piensa el hombre de la corbata amarilla, y debería haberlo, pues solo el amor tiene sentido, y dónde está su amor, y qué hace en este sitio si no va a encontrar el amor aquí, y se acuerda de su padre entonces, cuya vida ocurrió bajo este orden que esa mujer con tacones severos simboliza.

A su padre le hubiera hecho ilusión verlo allí, junto a los reyes. Le hubiera gustado que le contara alguna anécdota, tal vez por eso ha ido, por amor a su padre.

Caminan el escritor y la reina a lo largo de la mesa con los invitados puestos en pie. Caminan lentamente, cogidos del brazo. La reina ralentiza su paso para hacerlo coincidir con el andar cansado del escritor.

La voz regresa y le dice al hombre de la corbata caliente: «Ya has visto, esto es todo, este es el final de los grandes escritores españoles, un deambular por palacio del brazo de una reina, un protocolo, pero por ese protocolo final la gente sería capaz de matar a su madre, porque la vida está vacía, muy vacía de sí misma».

El hombre de la corbata asustada nunca había visto una mesa tan grande, una mesa para más de cien personas. Sueña con celebrar una Nochebuena en esa mesa, y sueña con que la gente que se siente en esa mesa sean los fantasmas sin alcurnia de sus antepasados, sus padres, sus abuelos, sus bisabuelos, sus tatarabuelos.

Le gustaría hablar con su tatarabuelo, si es que existió. Existiría un hombre que biológicamente podría considerarse un antepasado, y por tanto un tatarabuelo según la aritmética generacional, pero ese hombre jamás pensó en que sería tatarabuelo de otro hombre.

No hay vínculo.

No hay nada.

Pero la monarquía sí es vínculo. Los antepasados del rey están retratados en el Museo del Prado. El rey puede ir cuando quiera a ver a su tatarabuelo y hablar con él.

Todo es amarillento, y el color de la monarquía es el amarillo. La familia real representa la familia elegida para que recaiga sobre ella la pompa amarilla de la memoria, esa memoria de la que carecen miles y miles de familias españolas, que se perdió en los días cansados de la Historia, que se perdió en el hambre, la guerra y la miseria.

El hombre de la corbata de triste anudado nunca podrá ir a un museo a reencontrarse con sus tatarabuelos, pintados por Francisco de Goya. Pero si una sola familia puede, con eso basta. Este es el misterio moral de las monarquías. Ese es el símbolo, el gran hallazgo.

Al hombre de la corbata humillada le gustaría saber si tiene algo que ver con su tatarabuelo: algún gesto, algún parecido físico, cualquier cosa que suponga una necesidad, un significado, una explicación de este presente histórico, biológico, genético.

Mientras todos los invitados contemplan al anciano y a la reina, el hombre de la corbata condenada aprovecha para poder observar la mesa, ahora que no la mira nadie.

La mesa gigantesca también cumple una función, un estar allí como mueble, cumple el poco codiciado empleo en la historia de España de «estar allí aguantando, desempeñando su trabajo».

El anciano premiado lleva en su rostro una mueca que quiere decir algo más de lo que en realidad dice, una nariz inclinada hacia el acantilado de la mayor tristeza imaginable. Es un feroz espectáculo, agarrada su mano por la mano de la reina de España. Una mujer bella, hierática, de arrogancia silenciosa, de arrogancia no culpable. Caminan los dos fantasmas, bajo el supuesto orden de la democracia española, que no ayuda a morir en paz.

Una democracia no ayuda a morir en paz.

Nada que sea humano ayuda a morir en paz; a morir en paz solo ayudan las drogas, cuyo monopolio es del Estado.

¿Y quién es el Estado? Es una superposición amarillenta de voluntades cansadas, que ya no piensan, que pensaron hace muchas décadas, y que la pereza, que es la madre de la inteligencia, perpetúa.

13

El 1 de octubre del año 1991, tras aprobar una oposición, al hombre que se sentará veinticuatro años después cerca del rey de España ataviado con una falsa corbata le fue concedida una plaza de profesor de enseñanza secundaria, de la especialidad de lengua y literatura, en un instituto de una ciudad del norte peninsular de cuya denominación el hombre que se sentará veinticuatro años después cerca del rey de España no quiere acordarse.

Fue lo mejor que le pasó en la vida desde el punto de vista económico a ese hombre que soy yo.

Incluso llegué a pensar en la existencia de Dios, que había decidido velar por mi paso por el mundo: iba a disponer de un sueldo fijo.

Había alegría en el corazón del hombre que veinticuatro años después se sentará cerca, pero no muy cerca, no demasiado cerca, del rey de España, vistiendo una corbata deprimida alrededor de su cuello, de su azarado y enrojecido cuello.

Tenía veintinueve años aquel hombre entonces, aquel hombre que devino en lo que actualmente soy yo, es decir, otro hombre. Un hombre fundado sobre otro hombre, o sobre varios. Tener veintinueve años es la mayor máquina de matar del mundo. Nadie que tenga veintinueve años lo sabe. Era el momento de disfrutar de la vida. Todos los jóvenes de esa edad anhelaban entonces un trabajo fijo, era la obsesión de la España que salía de la Transición.

El instituto al que fui destinado se llamaba Pablo Serrano, el nombre de un ilustre escultor. Me compré un automóvil: un Ford Fiesta. Y con ese automóvil iba a dar mis clases a aquel instituto, que hoy sigue en pie. Había, por suerte, un aparcamiento con árboles, reservado a los profesores. La sombra de los árboles cubría los coches. Dejaba mi coche a la sombra. Toda la vida me acompañará esa obsesión de dejar mi coche a la sombra. Heredé esa obsesión de mi padre. Mi padre siempre intentaba dejar el coche a la sombra. Si no lo conseguía, se malhumoraba. No entendíamos, ni mi madre, ni mi hermano ni yo, cuando éramos pequeños, aquella obsesión. Íbamos a los sitios en función de si allí habría sombra para el coche. Cuando mi padre tuvo algo de dinero, y nos llevaba de veraneo a la costa —eso fue a finales de los sesenta y principios de los setenta—, madrugábamos para ir a la playa, porque si llegábamos tarde no encontraba sitio para dejar el coche debajo de unos eucaliptus. Yo era muy pequeño y no entendía por qué había que levantarse a las siete de la mañana si estábamos de vacaciones y no había colegio. Intentaba averiguar la razón. Y la razón era la sombra de los eucaliptus, de modo que me quedaba mirando esos árboles, y llegué a interiorizar esa sombra como algo maravilloso y de sustancia divina. Si mi padre no dejaba el coche aparcado bajo una sombra, no era feliz, se angustiaba y sufría. Años después destruyeron esos eucaliptus y ensancharon el paseo marítimo. Ya no existen esos árboles.

Hoy ya entiendo el deseo de dejar el coche a la sombra, porque esa obsesión está en mí, conmigo, en mi corazón. Cuido esa obsesión porque es un legado de mi padre. Si al coche le daba el sol, mi padre se atormentaba. Fue un hombre original en todo.

Entré a formar parte del ejército de la educación en España. Aún existía la Formación Profesional. Y la sombra de los árboles de aquel aparcamiento de 1991 me conducía al recuerdo de los eucaliptus de 1971.

Como era novato, me asignaron los peores grupos de aquel instituto. Me tocó dar clase a los alumnos de Electricidad. Eran chavales de catorce años a quienes no quería nadie; chavales a quienes el Estado había derivado a supuestos estudios profesionales, la famosa FP. También me asignaron un grupo de peluqueras. Y un grupo de auxiliares administrativos. Me pasaba el día explicando la tilde diacrítica. Todos los españoles que han ido a la escuela acaban distinguiendo el «tú» pronombre del «tu» adjetivo. No es el mismo «tu» en «tú piensas» que en «tu pensamiento». En el primer caso es pronombre y lleva tilde, en el segundo es determinante y no lleva tilde. Y a eso me dedicaba. Me pasé veintitrés años contemplando a ese maldito «tu» o «tú». Y por eso me pagaban. Estaba todo el día enseñando eso, que no es lo mismo «tú vienes» que «tu venida», era ridículo, sobre todo cuando no venía jodidamente nadie. Pero lo hacía porque en mi vida me habían pagado tan bien como me iban a pagar allí. Me nombraron tutor de un grupo de primero de Electricidad. Los profesores tutores en el sistema de la enseñanza pública española se encargan de estar al tanto de los pormenores disciplinarios y pedagógicos de un grupo de alumnos. Pronto me di cuenta de que eso era una farsa. Entraba en el aula a mediados de octubre y aún hacía calor. Un alumno de tercero de Administrativo me preguntó por un suceso que acababa de ocurrir en Estados Unidos. Me creí que la pregunta iba en serio.

El 16 de octubre de 1991, George Hennard asesinó a veintitrés personas en la ciudad de Killeen, en Texas.

Hice una larga reflexión sobre la violencia, pero no me escuchaban. Mis alumnos no me escuchaban. Así que permití que ellos hablaran.

—Ha salido en la tele el cráneo reventado de uno a los que disparó, llevaba una pistola de repetición, cien balas disparó el tío, qué bueno —dijo Castro, el alumno que más solía hablar—. Se ha cargado a veintitrés, y además hasta que uno no estaba bien muerto no iba a por otro.

El grupo estalló en una carcajada. Y escuché la voz, puede que fuera de las primeras veces o incluso la primera vez que se me presentaba: «No conocen a las víctimas, no saben qué es morir, no saben qué es un asesinato, disparar a otro cuerpo, no saben nada, y tú tampoco sabes nada. Y en realidad no sabes si a ti tampoco te importan los veintitrés cuerpos destrozados por las balas. Tienes que repudiar la violencia porque eres un muerto de hambre, y estás en este trabajo porque te pagan una nómina a fin de mes. Y eres un educador. Y tienes que educarlos en valores razonables, tienes que hacerles ver que no se puede ir matando por ahí a la gente. Y cuando te pones a moralizar sobre el asunto, se te duermen. Invéntate una historia, jodido profesor. Solo piensas en tu nómina, pero lo entiendo. Crees que si hablas como ellos te despedirán, y no podrás cobrar a fin de mes. Y eso te acabará matando. La gente suele creer en su trabajo. Y eso en absoluto es una alienación, porque es útil creer en algo; eso mejora la vida de la gente. Pero en ti anida, desde el comienzo, el virus histórico y genético de tu madre: una insatisfacción que se extiende como una mancha de petróleo sobre los océanos del mundo, y lo hace de manera constante e irreprimible».

El profesor novato que yo era (otra vez sale el espectro) se quedó mirando a Castro. Y formó con su mano una pistola.

Apuntó a Castro y dijo: «Pum, pum, pum».

—Castro, te acabo de reventar la cabeza —dije.

Y todos se quedaron callados.

Terminó la clase y salí con cierto aire triunfal.

«Vaya, lo has conseguido», dijo la voz.

Pasaron unas semanas, y un alumno de primero de Electricidad que faltaba de manera habitual, de hecho casi nadie recordaba su cara, se presentó a la entrada de mi clase. El profesor novato que yo era se sorprendió.

—No, no vengo a su clase —dijo—, vengo a darle dos hostias a ese hijodeputa —y señaló con el dedo a uno de sus compañeros.

Estaba señalando a Maráez, a quien motejaban como «Coliflor».

—Al cabrón de Coliflor lo cogieron robando en El Corte Inglés y el muy perro dijo al segurata que no llevaba el DNI encima, pero que les daba la dirección de su casa. Y dio la mía, dio mi dirección y mi nombre, y ayer vino la pasma a mi casa preguntando por mí, y mi viejo me ha abierto la cabeza con un cazo sopero —y señaló una herida purulenta en su cabeza.

Coliflor se reía. Todos se reían. El profesor novato que yo era se quedó mirando la herida.

Hoy recuerdo aún aquella herida, y sentí ante esa herida una mezcla de rabia inconsciente y de lóbrega ternura. Hoy me viene al pensamiento una palabra solar: «clemencia». Deberíamos ser todos más clementes. Llegué a pensar que tenía que escribir un libro titulado *Clemente*. Me hubiera gustado meter mi puño en esa herida y abrirla más, hasta que ese chaval se desangrara, y luego beberme esa sangre con ternura, como en una ceremonia de la desesperación.

Este tipo de sensaciones de desesperanza profunda me han acompañado mucho en mi vida. No sé de dónde vienen. Son sentimientos mestizos, son violencia y son melancolía. También son euforia. Creo que estos sentimientos proceden de mis ancestros más remotos. Algo debe de haber en mí que me ha hecho resistente pese a mi distorsión y deterioro emocionales; de no ser así, no estaría en este mundo.

Resistente contra las bacterias biológicas y contra las bacterias sociales.

—Bueno, ya que has venido, entra en clase —dije.

Horcas, ese era el nombre del chaval, entró en clase, repitiendo la frase: «En el recreo te como el hígado, Coliflor».

«Has oído —dijo la voz—, quiere comerse el hígado de Coliflor. Cómo sabrá el hígado de un chaval de catorce años. Mira, tienes delante la clase baja española, es un espectáculo histórico para el que pocos tienen entrada, disfruta; estos chavales son como ríos de sangre joven y barata, viven en pisos de mierda, duermen en camas malolientes y sus padres no valen nada. Sus madres no tienen cuerpos afortunados ni sus padres habilidades profesionales. No todo el mundo tiene una entrada para ver esto. Tú la tienes. Mira cómo se matan. Tienes una entrada de palco. Eres escritor, o lo acabarás siendo. Es la España irredimible. Te pagan por explicarles chorradas como la tilde diacrítica; para que no confundan a Quevedo con Góngora, ya ves tú a quién demonios le importa quién era Quevedo y quién Góngora. Desde luego no a ellos dos, pues están sobradamente muertos. Más bien a quien le importa que reproduzcas ese tipo de chorradas y que obligues a que se las aprendan de memoria es a cierta aristocracia cultural española, que nada tiene que ver contigo ni con estos desgraciados a quienes la sociedad ha abandonado. Pero sí deberían saber quiénes fueron Góngora y Quevedo, porque si alguien alguna vez ha de echarles una mano, serán los muertos quienes se la echen. Como si Góngora y Quevedo fueran una ONG, porque una ONG acabará siendo la Historia para los que más la necesitan, es decir, para los que no tienen nada, salvo la Historia. Tendrías que escribir una historia para aquellos que no tienen nada, solo la Historia.»

Años después leí en la prensa la muerte de Coliflor. Había estampado su coche contra un muro. Un coche viejo, pero robado. Podía haber robado un coche nuevo y no uno viejo, pero Coliflor tenía estilo, y sobre todo tenía sentido del humor. Seguro que el muy hijoputa le robó el coche a Horcas.

Coliflor se fue de este mundo con veintisiete años.

El pobre Coliflor, cuya vida ocurrió en un minuto, que nadie conoció, ni siquiera él. También en eso hay una asombrosa pureza. Pureza y miseria contrajeron matrimonio en el seno de la escasa vida del tonto de Coliflor.

Me gusta recordarlo así, como el tonto de Coliflor, donde la palabra «tonto» denota paz, honor y santidad.

Identifiqué a Coliflor porque en el periódico salían su nombre y apellido: Iván Maráez.

Era él, Coliflor.

Había engordado mucho, el pobre Coliflor. Todos mis alumnos acabaron engordando. Todos se convirtieron en gordos.

El gran bastardo español de todos los tiempos: Coliflor.

Y eso, Coliflor, que tus padres, en el momento de tu nacimiento, te pusieron un nombre bonito, que parece ser fruto de una motivación. Es decir, pensaron tu nombre, y eso cuenta.

Te llamaron Iván.

Debió de ser el mejor día de tu vida, cuando tus padres decidieron que tendrías nombre. Pero es imposible que recordaras ese día. Nadie recuerda el día en que recibe el nombre elegido por sus padres. Debió de ser el mejor día de tu vida y no lo supiste, no palpaste ese día, no lo disfrutaste.

Bueno, Coliflor, yo creo que en el día de tu bautizo fuiste amado. No sé, parece que en el hecho de que te llamaran Iván hay un sentido de la belleza, un poco de voluntad, de deseo de que tú estuvieras en este mundo.

O tal vez ya en ese día tus padres se cabrearon.

O tal vez fue alguno de tus abuelos el que cargó con tu bautizo, querido Coliflor. Y se le ocurrió bautizarte con el nombre de Iván por alguna causa ridícula e insignificante.

La razón de su nombre Coliflor se la llevó a la tumba.

Eh, Coliflor, he de decirte una cosa bien graciosa: el tipo que te dio clases de lengua castellana en 1991 llegó a sentarse cerca —eso sí, no muy cerca— del rey de España. ¿Eh, qué te parece eso, Coliflor? No es que eso sea importante, porque nada es importante cuando se está muerto y se fue desgraciado cuando se estuvo vivo.

No es importante, pero es cómico.

Cómico sí lo es, y he pensado que te haría reír.

Porque en alguna medida tú fuiste una víctima de todo un ordenamiento histórico, de la construcción de jerarquías, de la constatación de que efectivamente existe un determinismo biológico, y yo fui el portador oficial de las noticias del Estado español, fui el cartero, el notario. Por eso alguien me puso cerca del rey de España muchos años después. Es como si todo acabara teniendo un sentido, aunque sea un mal sentido.

Eh, Coliflor, ya habrán metido tus huesos en la fosa común; creo que son cinco años. Y no creo que tus padres, si aún viven, te pagasen cinco años más.

Eh, Coliflor, aquellas Navidades del 91 le hablé de ti a mi padre. Mi padre te cogió cariño. Le conté cómo eras. Tuvo curiosidad por ti. Mi padre era un imán para los desgraciados de este mundo. Recuerdo cómo se reía mi padre con lo de que cuando te detuvieron en El Corte Inglés dieras el nombre de tu amigo. Era mi primer trabajo serio, y a mi padre le gustaba que le contara cosas. Coliflor, estuviste en el pensamiento de mi padre. ¿Sabes, Coliflor?, a mi padre en Barbastro lo querían los enfermos, los retrasados, los pobres, los locos, los desgraciados. Era un imán para la desdicha. ¿De dónde sacó ese raro don? Era un don que salía de las profundidades de la tierra que le vio nacer, de allí, de esa tierra, del Somontano. Era raro mi padre, ¿por qué siempre se le acercaban los tontos y se ponían a hablar con él? Yo creo que era porque mi padre era profundamente bueno.

Su bondad fue legendaria.

«Cuéntame más cosas de Coliflor, qué chaval más grande», dijo mi padre la Nochebuena de 1991, frente a un pollo de corral que había guisado mi madre.

Mi padre te quiso, Coliflor.

Yo no.

Yo no entonces, ahora sí, Coliflor. Porque tus ojos, que en este instante los recuerdo, eran buenos, y la mala suerte no debería apartarnos nunca a la hora de fijar nuestra mirada en el cielo, rindiendo agradecimientos por haber contemplado los suspiros de todos los hombres encadenados en el aire.

14

Recuerdo el año de 1983, en el mes de agosto. Viajaba a la ciudad de Zaragoza con otros dos amigos para buscar un piso de estudiantes. Me acuerdo de los pisos que nos enseñaron.

Creo que los pisos costaban entre veinte y veinticinco mil pesetas al mes. Buscábamos uno que tuviera tres habitaciones, salón y cocina. Los había también de dieciocho mil, incluso de quince, pero alejados del centro.

Había una orgía de pisos baratos delante de mis ojos.

Éramos tres estudiantes pobres, con nuestras becas a cuestas. Éramos buena gente. Tal vez los tres éramos feos. Quizá yo menos. En los tres había alegre expectación por el futuro.

Alquilamos uno que nos costaba veintiocho mil pesetas. Se iba de nuestro presupuesto, pero nos gustaba, era céntrico. La calle se llamaba Pamplona Escudero, estaba muy cerca de la universidad y cerca de todas partes. Estaba a cinco minutos de la universidad.

Luego me enteré de que ese señor, ese tal Pamplona Escudero, fue alcalde de la ciudad, y seguro que disfrutó mucho siendo alcalde de esta ciudad. Pensé en qué pensaría mi madre de ese piso, en si recibiría su aprobación. Seguro que no le gustaba. A mi madre bien poco le gustaban las casas ajenas. Pensé en que mi madre no entendería qué era lo que estaba haciendo yo en ese piso, por qué tenía que vivir en una casa como esa.

Era 1983 y en España morían guardias civiles todos los días. Un país en el que siempre estaba muriendo gente. Pero tener tu propio piso era un motivo de alegría, y ahora estoy desempolvando todos los motivos de alegría que pudo haber en mi vida.

Yo tenía miedo de aquel piso, de aquella ciudad. El miedo, siempre con el miedo, como una peste encima. El miedo que busca una novia en tu cerebro, y si no encuentra esa novia la va forjando él mismo; y al final el miedo se hace novio de la desesperación, que es un ser femenino que está construido sobre el deterioro y la locura. Y esa es otra parte fundamental de mi persona: toda la vida me ha acompañado el temor a volverme loco, a no saber racionalizar las cosas que me ocurrían, a que el caos se me llevara por delante. Mi madre era igual que yo, y mi madre desesperó a mi padre y mi padre se enfureció con mi madre y heredé el trono del ruido y la furia, que no es otra cosa que las ganas de romper objetos, de romper ventanas, de romper camisas, de romper platos, de romper puertas, de pegar patadas a los muebles, y de arrojarte al fin al vacío.

Dios, cómo me gustan los desesperados. Son los mejores.

15

Mi madre veía la mano del diablo en su adversidad cotidiana. Muchas veces decía: «El diablo está en esta casa», cuando buscaba algo y no lo encontraba. Y concluía gritando: «Imposible que el diablo no esté en esta casa». Y buscaba algo que tenía delante, pero que no sabía ver. Yo he heredado el mismo principio de demencia. Busco cosas que están delante de mí, como un libro o una carta o un jersey o un cuchillo o una toalla o unos calcetines o un papel de un banco, y no las sé ver. Mi madre estaba convencida de que el demonio le escondía las cosas, que el demonio era el culpable de los pequeños contratiempos. Ella vivía todos esos accidentes domésticos con intensidad de loca. Y yo soy ella ahora, y el demonio no es otra cosa que una degeneración neuronal hereditaria que toca el nervio óptico y se transforma en oleadas de conexiones químicas apagadas o titubeantes, y en ese deterioro eléctrico de la transmisión de la realidad se incuban las bacterias de la psicosis, y la forma orgánica de la voluntad se pudre en una masa de órdenes ajenas al mundo social y me convierto en un museo de sequedad, de silencio, de soledad, de suicidio, de sordera y de sufrimiento.

Para mi madre y para mí, la vida no tenía o no tiene argumento.

No estaba pasando nada.

16

A principios de los años ochenta, mi padre venía de vez en cuando a Zaragoza por razones de trabajo. Quedábamos a comer. Venía con algunos amigos suyos, y en aquellas comidas yo me sentía como un extraterrestre, no sabía qué decir. Sus amigos eran buena gente, pero yo no tenía ganas de estar con ellos, me parecían aburridos y lejanos. Los restaurantes de aquella época, sin embargo, tenían su encanto. Había misterio. Quedábamos siempre en restaurantes antiguos, no sé qué habrá sido de ellos, que transmitían una idea atractiva de Zaragoza. Luego me haría un experto en esa ciudad. Pero entonces no tenía ni idea de Zaragoza. No había Google entonces. Mi padre me llamaba al teléfono de la vecina y decía: «Soy tu padre». Porque no teníamos teléfono propio en mi piso de estudiantes.

Siempre le gustaba hacer eso, decir eso, «soy tu padre», con voz teatral. Era lo único que teníamos: esa afirmación de carácter universal. Y lo mismo hago yo ahora con mis hijos, voy y les digo cuando les llamo al móvil: «Soy tu padre». Eso acojona mucho. No se sabe muy bien qué quiere decir, pero acojona, es fuerte, parece un cimiento, parece una nube que llena de sangre el cielo de tu conciencia, parece el origen del mundo. Y me decía mi padre el sitio adonde tenía que ir a comer. Comía con sus amigos, comíamos bien. Una vez comimos en un restaurante de la avenida de Madrid. Nunca había estado allí. Entré en el sitio y allí estaba mi padre, acompañado del entonces alcalde de Barbastro y de otro tipo. Eran tres y se les veía contentos.

Estaban fumando puros y tomando un carajillo. Reían. Contaban chistes. Habían comido bien. Tres hombres felices, hijos del mismo pueblo, de edades similares, hijos de la misma experiencia de la vida, procedentes los tres de las mismas calles, frutos del mismo árbol, por eso emanaban una fraternidad que era arraigo. Los tres simbolizaban el arraigo, y el arraigo es lo que yo tengo hoy. Eran arraigo en un pueblo del Altoaragón y en una forma de estar vivos. Por eso reían y estaban felices, henchidos de arraigo.

Le dije a mi padre que viniese a ver mi piso, pero no vino. Mi padre no vio nunca los sitios en los que viví cuando era estudiante. No sé dónde coño se creía que vivía. Nunca vio las camas donde dormí en aquellos años. No sé por qué no vino. A lo mejor yo no le insistí. A lo mejor la necesidad que ahora tengo de que mi padre hubiera visto los pisos en que viví en esos años es una necesidad presente, y no la tuve en ese tiempo. No le dije, por ejemplo: «Papá, quiero que veas dónde vivo». No, no dije esa frase. La digo ahora. Tampoco él dijo: «Quiero ver tu piso». Parece que estábamos hechos el uno para el otro: no nos dijimos nada.

Le hago decir ahora a mi padre: «Quiero ver tu piso, hijo mío». Yo creo que le importaba poco dónde vivía yo, pero también, con el tiempo, le acabó importando poco dónde vivía él mismo.

Redujo la importancia de las cosas.

Mi padre fue un artista del silencio.

Sin embargo, me trajo una bata. Me regaló una bata. Cuando llevé la bata al piso me eché a llorar. No la había comprado él, naturalmente; la había comprado mi madre. En aquella bata azul marino, de algodón, recia para el invierno, estaba contenida toda la ternura de mi madre. Esa bata era el símbolo del arraigo. Y sin embargo tenía que depositar esa bata en una habitación extranjera, en un lugar hostil.

Lloré.

Intenté guardar la bata en un sitio en donde no tocase ningún elemento material de aquella habitación. Todo en aquella habitación era impuro. Me quedé mirando la bata como quien mira el amor absoluto, o como quien mira una provincia del amor amenazado.

Sabía que mi madre y yo nos estábamos diciendo adiós. Un adiós no verbal, sin palabras. El tiempo de nuestras vidas empezaba a discurrir ya por caminos distintos.

Nos estábamos despidiendo.

Nunca más volveré a sentir aquella ternura, y da igual, y eso siento ahora: que da igual; y esa es la grandeza de la vida: no hay ninguna razón ni para el llanto ni para la condenación. Lo que me unía a mi madre era y sigue siendo un misterio que tal vez consiga descifrar un segundo antes de mi muerte. O tal vez no, porque la fealdad del morir puede muy bien ser el único misterio.

Quisiera salvar aquella ternura, la ternura con que mi madre me ayudaba a hacer la maleta cuando me marchaba de Barbastro a Zaragoza en aquellos años, en 1980, en 1981, en 1982, las cosas que me ponía dentro de la maleta, cómo me ayudaba con la ropa, cómo me ponía comida en unos tarros de cristal, y yo luego me quedaba mirando todo aquello y me vencía el desamparo.

En realidad, todo esto tiene que ver con la pobreza. Era la pobreza —lo pobres que éramos— lo que me hacía temblar de miedo. Y al miedo me dio por llamarlo ternura.

Si hubiéramos sido ricos, todo habría ido mejor, y esa es la verdad de todas las cosas.

Si mis padres hubieran tenido dinero, me habría ido mejor. Pero no tenían nada, absolutamente nada. La confesión de la pobreza en España parece una inmoralidad, algo repudiable, una afrenta. Y, sin embargo, es lo que hemos sido casi todos.

Fuimos pobres, pero con encanto.

17

Yo nací allí, en un pueblo español que se llama Barbastro, en el año de 1962, o eso me dijeron. Debió de ser un gran año, seguro. Albergo serias dudas sobre el hecho de que naciera en el año de 1962. No albergo dudas sobre el lugar en que nací, sino sobre el año. Todo el mundo debería albergar dudas sobre la fecha de su nacimiento, porque esta es la primera verdad heredada, no vista ni sentida ni comprobada, en la que habremos de creer. Tienes que tener fe en que te dicen la verdad, y en que los números que conforman la fecha de tu nacimiento significan algo.

No eres testigo de tu nacimiento. Lo eres de otras cosas: de tu boda, si te casas. Del nacimiento de tus hijos también eres testigo. No eres, sin embargo, testigo de tu muerte.

Ni de tu nacimiento ni de tu muerte eres testigo.

He dudado muchas veces de mi fecha de nacimiento; tal vez la duda proceda del sentido del origen de mi materia corporal y espiritual, o del sentido de la colisión que se produce entre mi cuerpo y el tiempo, y que esa colisión deba tener una fecha. En realidad, una fecha es un nombre. La fecha es el nombre de la colisión.

Todo el mundo debería dudar de su fecha de nacimiento. No hay ninguna certeza vivida en esa fecha, y te determina estúpidamente, y tiendes a darle una importancia que no procede de tu propia voluntad sino de pactos sociales anteriores a ti. Pactos que se hicieron mientras tú no estabas en este mundo o estabas sin haber nacido, sin haber colisionado.

Podría ser víctima de un error, mi madre tenía muy mala memoria. Consigo recordar pocas cosas de la década de los años sesenta. Mis primeros recuerdos ocurren ya en la década de los setenta, a excepción de uno de ellos, que tiene que ocurrir necesariamente en 1966. Es el recuerdo de mi madre embarazada de mi hermano. Tiene que ser un recuerdo anterior al verano de 1966. Es una escena llena de irrealidad. No es un recuerdo fidedigno. Estamos en la cocina y mi madre permanece sentada en una silla, y va vestida casi de un blanco inmaterial, y me dice «aquí está tu hermano» y señala su vientre, y conduce mi mano hasta su vientre, y yo me quedo sorprendido, y luego veo una luz que entra por la galería de la cocina. Una luz que viene desde las estrellas. Miro por la ventana y veo una lejanía llena de dulzura. Este es mi primer recuerdo y no lo entiendo. No sé qué es. Es un recuerdo que intento recuperar constantemente, y lo que recupero es una sensación de paz. Creo que cuando me vaya a morir sentiré lo mismo.

18

Estoy en el cuarto de baño, cepillándome los dientes, y siento detrás a un ser que está siguiendo mis pasos. Son los restos de mi padre y de mi madre muertos, se agarran a mi soledad, se incrustan en mi pelo, sus minúsculas moléculas fantasmales siguen el paseo de mis manos y de mis pies por el cuarto de baño, sostienen a mi lado el cepillo de dientes, miran cómo me cepillo los dientes, leen la marca de la pasta dentífrica, observan la toalla, tocan mi imagen en el espejo; cuando entro en la cama, se ponen a mi lado, cuando apago la luz oigo sus murmullos, y no siempre son ellos, pueden venir con fantasmas enfermos, con fantasmas sucios, horribles, enfurecidos, malignos o benignos, da igual, el hecho de ser fantasma supera al bien y al mal.

Fantasmas de la historia de España, que también es un fantasma.

Me acarician el pelo mientras duermo.

19

Mis padres ya no existen, pero existo yo, y me marcho en cinco minutos. Muchas veces me repito mentalmente ese hallazgo verbal: «Me marcho en cinco minutos». Es ambiguo; mido en esos cinco minutos una cantidad de tiempo que solo yo conozco. Esos cinco minutos pueden ser cinco lustros o cinco mil años o, en efecto, cinco minutos; o incluso cinco segundos. Es como si al anunciar que no me importa morir enseguida estuviera reclamando mi voluntad de morir el día que me dé la gana. Como no me importa morir, yo me daré muerte ahora mismo o tal vez dentro de cincuenta años: soy señor del tiempo que me queda; acaba siendo una forma de jugar con lo que no se debe jugar, pero qué hacer con la muerte si no, con algo como ella, que carece de contenido y es el final de todo, así la gente que se acerca a la muerte comienza a integrarla en sus juegos, en sus pensamientos, acaba dándole un significado, y no significa nada; tal vez la idea de la paz, del descanso, haya sido la que mayor fortuna ha tenido. Todo el mundo quiere descansar. Todo el mundo necesita dormir. La preocupación de los que van a morir son los que se quedan, es hacer el menor mal posible a los que se quedan, en dejarles todo resuelto. Dejarles resueltas las cosas a los hijos y largarse, esfumarse. Te desvaneces con paz si dejas todo resuelto a los hijos, eso es morir tranquilo.

20

Me asustan los viejos. Son lo que seré.

Seré otro zombi en una habitación inencontrable de la sala de geriatría de un hospital sin nombre, solo con un número. Hospital número 7, por ejemplo. Sí, ahora pienso mucho en envejecer, en cuando ya no me pueda valer por mí mismo y esté a expensas de la rabia o de la caridad de algún celador cuya vida entera puedo ver en este instante. El don de ver las vidas, ese lo tuve.

Yo estudié en los Escolapios hasta séptimo de EGB. Estudié en un colegio de curas porque era el único que había. Un día de 1971 un cura me llamó. Quería que entrase en el coro del colegio. Yo tenía ocho años. Se llamaba G. Sí, aún habrá gente que lo recuerde, aunque poca. Entré en la clase. Lucía el sol a través de las ventanas. Recuerdo la sotana. Una sotana en donde abultaba una barriga. Todos aquellos curas estaban gordos. Me habló cariñosamente. El franquismo estaba lleno de curas tarados. Me empezó a acariciar el pelo. Luego comenzó a hundir sus manos en las mías. Y yo no entendía nada. No sabía qué estaba pasando.

Treinta años después, vi la esquela de G. en el periódico del pueblo. Se había muerto. Fumaba Ducados. No me alegré de que se hubiera muerto. Me quedé pensativo. Creo que al final no lo hizo, pero no lo recuerdo. Si algo me salvó, fue la luz del sol que entraba en aquella clase, y bajo esa luz aquel tarado se asustó de sus actos. Cabe que mi cerebro borrara todo aquello. No lo sé. No sé hasta dónde llegó. No lo recuerdo. Es que no puedo recordarlo. Solo sé que camino por un pasillo y entro en una clase y allí está él, embutido en su sotana, y me sonríe y comienzan las caricias que yo no sé interpretar. Me quedo mirando la sotana, su negro estrafalario, su oscuridad simbólica, ¿qué significa ir vestido así? Me quedo mirando el cíngulo de la sotana, no consigo averiguar su utilidad, la relaciono con el cinturón, pero no es un cinturón, no tiene hebilla ni agujeros, es como un adorno, pero qué es lo que está adornando, y cuál es la razón de adornar algo allí, acaso tiene que ver con la Navidad, con el nacimiento del Niño Dios. ¿Soy yo el Niño Dios, y por eso me ha llamado este hombre que lleva adornos en su cebada barriga? Mi inteligencia se rompe, mi memoria se detiene. No sabía qué era aquello, si bueno o malo. Ningún niño lo sabe hasta que pasa el tiempo. Vuelvo una y otra vez a ese recuerdo, intentando averiguar qué pasó, pero hay un apagón. Tras las caricias, hay un apagón.

Mis ojos están a la altura del cíngulo, mirando el cíngulo, intentando descifrar su sentido. No supe si tenía que decírselo a mis padres, y no lo dije porque pensé que la culpa era mía. Que yo era el culpable. Que dejarían de quererme. Que había sido malo. Que no los había querido suficiente y por eso me había pasado lo que me había pasado.

El problema del Mal es que te convierte en culpable si te toca. Ese es el gran misterio del Mal: las víctimas siempre acaban en culpables de algo cuyo nombre es otra vez el Mal. Las víctimas son siempre excrementales. La gente simula compasión hacia las víctimas, pero en su interior solo hay desprecio.

Las víctimas son siempre irredimibles.

Es decir, despreciables.

La gente ama a los héroes, no a las víctimas.

21

Es una tarde de finales de abril del año 2015, es un día 29, decido ir a ver una exposición sobre una escritora santa de la literatura española. La exposición es en la Biblioteca Nacional de Madrid. Tengo mucha hambre. Casi no he comido. Entro en las salas dedicadas a la exposición. Hay un montón de cuadros que pretenden ser retratos de la santa. Me fijo en que en ningún cuadro aparece la misma mujer o el mismo rostro. Es como si fuesen un montón de mujeres y a la vez ninguna. Nadie sabe qué cara tenía, no se recuerdan sus facciones. Todos esos pintores que la retrataron eran una panda de falsarios. Sus facciones, sus ojos, la forma de su nariz, sus pómulos son de viento. No conocemos su rostro de manera indubitable. Por tanto, podría haber sido cualquier rostro; ningún rostro. Quienes la pintaron, la retrataron de oídas.

Aquí no hay nada.

Miro sus libros manuscritos: un montón de tinta delirante, una caligrafía salida del infierno. Poco se ha dicho sobre la materialidad de la escritura, y es un asunto más relevante que las influencias literarias y que las apariciones de Dios. Por ejemplo: no es lo mismo escribir en un teclado que en otro; en una pantalla de un portátil o en una pantalla grande; en una pantalla rectangular o en una cuadrada; en una mesa alta o en una mesa baja; en una silla con ruedas o en una silla sin ruedas, etcétera, etcétera.

Porque la materialidad de la escritura es la escritura. De hecho, Santa Teresa escribió como escribió porque se le cansaba la mano de tanto meter la pluma en el tintero, de ahí su letra desganada y caótica y feroz y con mala sangre. Si hubiera tenido un boli Bic, su estilo habría sido otro.

De modo que sus visiones de Dios fueron visiones materiales de su escritura.

Escribir es una mano que se mueve sobre un papel, un pergamino o un teclado.

Una mano que se fatiga.

Se escribe una cosa u otra según sea el papel, la mano, el boli, la pluma o el ordenador o la máquina de escribir. Porque la literatura es materia, como todo. La literatura son palabras grabadas en un papel. Es esfuerzo físico. Es sudor. No es espíritu. Basta ya de menospreciar la materia.

Moisés escribió diez mandamientos porque se cansó de cincelar la piedra. Estaba sudando, estaba agotado. Podrían haber sido quince, o veinticinco, y si fueron diez se debió a las laboriosas y pesadas condiciones materiales de la escritura sobre piedra. Toda la historia occidental frecuenta el idealismo, nadie se ha parado a mirar las cosas de otra manera; especialmente de la manera más sencilla, la que se acuerda de la materia, y de las vanas realidades.

Me intereso por esta mujer, por esta santa. Mucha gente puede llamarla, si así lo desea, «madre». Puede ser la madre de todos: ¿qué significa eso? ¿Podría ser ella mi madre muerta? La muerte está por todas partes, y las madres también. La gente reza a Santa Teresa. Inspira devoción, y en ese sentido parece un fantasma imperecedero. ¿Es mejor este fantasma que el fantasma de mi madre? Hay gente rezándola en este momento, confesándole su dolor, su desgracia, pidiéndole auxilio. Y esa gente cree que hay alguien al otro lado, que la santa les escucha, y no hay nadie escuchando, y eso es maravilloso: millones de palabras arrojadas al agujero negro de nuestras paredes cerebrales. ¿Hablar con mi madre muerta es lo mismo? No es lo mismo. Mi madre sí está. Porque yo soy ella.

Esta mujer a la que ahora recuerdan en el quinto centenario de su nacimiento está muerta. Es una muerta con experiencia secular. No todos los muertos son iguales: existe la antigüedad entre los muertos. Esta mujer invocaba el amor todo el santo día. Ella estaba enamorada, pienso. Y vivió en este país. Miro su biografía: nació el 28 de marzo de 1515, que es como no haber nacido nunca. Es imposible que ese año signifique algo en este 2015. Hay documentos, y obras literarias, y pictóricas, e iglesias y castillos que demuestran que debieron de existir personas metidas dentro de esos números: 1515. Hace quinientos años nace en un sitio inhóspito, llamado Gotarrendura, un bebé al que pondrán el nombre de Teresa de Cepeda. Se me ocurre una estupidez como esta: no existían entonces, en 1515, ni el Real Madrid ni el Fútbol Club Barcelona, dos sistemas de gravedad, dos masas gravitatorias de la vida española. Tal vez no sea una estupidez. Era una mujer que fundaba conventos. Si hubiera vivido hoy, habría grabado discos y habría salido ella en la portada. O habría fundado clubes de fútbol. Yo mismo soy Santa Teresa: nos une el dolor. Y una aspiración a la que ella llamó Dios y yo llamo X. Ella, al menos, tenía un nombre para su aspiración, para su gran deseo. Yo no tengo nombre.

Nadie sabe cómo fue el rostro real de Santa Teresa. Nadie pudo hacerle una fotografía. Y los rostros de mi padre y de mi madre muertos sí están fotografiados.

Debo romper esas fotografías, para que mi padre y mi madre queden igualados a Santa Teresa.

Si el Real Madrid y el Fútbol Club Barcelona se desvanecieran, España se convertiría en un agujero negro. La gravedad de España son dos clubes de fútbol.

22

A mi madre siempre le gustaron las buenas colonias y a mi padre también; ellos me transmitieron ese gusto, que en el fondo no es más que un deseo de apartar de nosotros el avatar futuro de la corrupción de la carne. El mal olor nos espanta no porque sea mal olor (porque el mal olor no existe), sino porque será lo que exhalemos cuando nuestra carne caiga en las garras de la descomposición.

Hace unos días estuve en Barbastro, la ciudad en la que vivieron y murieron mis padres. Pensé en las conexiones de actos y hechos, palabras y hechos, que provocaron mi divorcio. El dato objetivo de que mi madre no llegara a conocer mi divorcio no es fortuito. Es como si hubiera sentido la mano de una Gran Bestia anterior a la Historia manipulando mis días. Un diplodocus. Un tiranosaurio. Un velocirraptor. Un espinosaurio. Un gallimimo. Filtraciones de un techo humano que estaba allí desde siempre. Hechos de un apóstol apócrifo, la imposibilidad de que los hechos sean purificados, que arroja la imposibilidad de vivir en paz.

Mi divorcio me llevó a lugares del alma humana que jamás hubiera pensado que existían. Me condujo a una reescritura de la Historia, a nuevas interpretaciones del descubrimiento de América, o nuevas consideraciones sobre la revolución industrial; abrasó el tiempo pasado o lo elevó hasta convertirlo en un patíbulo en el que cada día era decapitado un recuerdo.

Me di cuenta de que valía la pena vivir aunque solo fuese para estar en silencio. Me costaba hablar con gente que no había conocido a mis padres, es decir, con la mayoría de la gente con que me topaba; las personas que no habían conocido a mis padres me ensombrecían el ánimo.

Vi alegría en el terror.

Cuando la vida te deja ver el casamiento del terror con la alegría, estás listo para la plenitud.

El terror es ver el fuselaje del mundo.

23

Cuántas veces llegaba yo a mi casa, cuando tenía diecisiete años, y no me fijaba en la presencia de mi padre, no
sabía si mi padre estaba en casa o no. Tenía muchas cosas
que hacer, eso pensaba, cosas que no incluían la contemplación silenciosa de mi padre. Y ahora me arrepiento de
no haber contemplado más la vida de mi padre. Mirar su
vida, eso, simplemente.

Mirarle la vida a mi padre, eso debería haber hecho
todos los días, mucho rato.

24

Después de mi divorcio, me compré un piso pequeño.

Lo llamo apartamento, pero la idea del apartamento en España no tiene sentido. Aquí solo existen los pisos. Solo existe la palabra «piso». Y hay pisos grandes o pequeños, y eso es todo. La idea del apartamento contiene una sofisticación que no está en la cultura inmobiliaria española. Mi padre nunca vio ese apartamento que me compré. Murió nueve años antes, eso es mucho tiempo, muchísimo tiempo. No vio la casa de mi soledad. Es decir, no vio mi gran presente. Es decir, no sabe en qué me he convertido. Es decir, su hijo está muerto —la clase de hijo a quien él conoció— y en su lugar hay un hombre que nadie sabe de dónde ha salido, un desconocido. ¿Qué hubiera pensado del apartamento? Probablemente no se hubiera enterado. Porque en los últimos años de su vida ya no se enteraba de nada. Deambulaba por la vida, a la espera de nadie sabe qué. Se quejaba muy poco, pero no de su enfermedad sino de pequeñas adversidades cotidianas. Parecía no recordar cosas. Como siempre, no hablaba ni de su padre ni de su madre. No hablaba de su vida. Mi padre parecía haber nacido por generación espontánea. Mi madre hacía lo mismo. Mi madre no tenía pasado ni presente ni futuro. Era como si hubieran hecho un pacto. ¿Cuándo lo sellaron? ¿Lo verbalizaron?

Mi madre no hablaba del pasado. No sabía que existiese el pasado. Mi madre no entendía el tiempo. No tenía categorías históricas en su mente. Eso fue una rara creación estética de mi madre; como si en ella se hubiera posado una especie de sentido de la vergüenza histórica. ¿Se avergonzaba de sus padres? Mi madre nunca reflexionó sobre su vida; actuaba por instinto, por un instinto que escondía frustración. A veces, refiriéndose a su madre, decía «mama», y hacía llana la palabra y no aguda. Esa forma de pronunciar «mama» era característica de una dicción arraigada en los pueblos del Somontano de Barbastro. En su juventud, mi madre tuvo un sentido alegre de la vida al que quiso darle cumplimiento. Recuerdo que siendo yo muy niño salían prácticamente todos los fines de semana. Imagino que iban a cenas con amigos. Hablo de mediados y finales de los años sesenta. A mí me dejaban al cuidado de mi tía Reme. A veces, si me concentro, consigo imaginar los restaurantes a los que iban. Imagino manteles blancos, flan de postre, champán servido en copas anchas, las llamadas copas abiertas, que ya no se usan. Ahora se usan las copas de champán conocidas con el nombre de tipo «flauta». ¿Por qué ya no se usan las copas abiertas para servir el champán? ¿Por qué ahora se usan las copas de tipo flauta? Supongo que tiene que ver con la idea de «lo elegante», que es cambiante y caprichosa. A la copa ancha de champán también se la conoce con el nombre de copa «Pompadour». Y hay una copa intermedia, entre la Pompadour y la flauta, que es la llamada copa de tulipa o tulipán. Mis padres bebían champán en la copa Pompadour en los años sesenta del cada vez más lejano siglo xx, la desaparecida copa Pompadour, que simbolizaba la fiesta y la alegría.

Siempre me arrepentiré de haberlos incinerado.

25

Desde que no bebo alcohol me he reencontrado con un hombre que no conocía. A veces me araño las manos, me pellizco los dedos con las uñas, para aguantar el aburrimiento y el vacío. Las cosas ocurren lentamente si no bebes. Beber era la velocidad, y la velocidad es enemiga del vacío.

Un divorcio despierta la culpabilidad, porque la culpa es un ejercicio de relieve, es relieve sobre la tierra lisa. La vida de un ser humano es la construcción de relieves que la muerte y el tiempo acabarán alisando. Uno de esos relieves reside en el descubrimiento de que no existen dos seres humanos iguales. Allí nace el deseo de promiscuidad. Todas las mujeres son distintas. Y eso atenta contra el amor platónico. A la edad que yo tengo no diré que el sexo no sea importante, pero es como si dentro del sexo de repente descubrieras una dimensión que no es de carácter corporal, no es de carácter estrictamente libidinoso. Es Eros, sí, una ordenación del espíritu, que se basa en la codicia de los detalles de aquello que amas. Es una inclinación que te lleva hacia la belleza. Vas de la lujuria a la belleza por un camino lleno de árboles frondosos, y esos árboles son tus años, los años cumplidos.

Por tanto, en mi vida, como en tantas otras vidas, combatieron el platonismo y la promiscuidad. Y eso siempre daña. Pero al final un divorcio, en el capitalismo, acaba reducido a una lucha por el reparto del dinero. Porque el dinero es más poderoso que la vida y que la muerte y que el amor.

El dinero es el lenguaje de Dios.

El dinero es la poesía de la Historia.

El dinero es el sentido del humor de los dioses.

La verdad es lo más interesante de la literatura. Decir todo cuanto nos ha pasado mientras hemos estado vivos. No contar la vida, sino la verdad. La verdad es un punto de vista que enseguida brilla por sí solo. La mayoría de la gente vive y muere sin haber presenciado la verdad. Lo cómico de la condición humana es que no necesita la verdad. Es un adorno la verdad, un adorno moral.

Se puede vivir sin la verdad, pues la verdad es una de las formas más prestigiosas de la vanidad.

26

A veces confundo mi divorcio con la viudedad. Pienso que la viudedad sería peor. Al divorciarte, tu pasado se convierte en algo difícil de reconstruir o de recordar o de precisar o de poseer; para reconstruir luego ese pasado hay que ir a los documentos: fotos, cartas, testimonios, papeles. Es como el final de un periodo histórico. Para guardar memoria, solo cabe llamar a los historiadores. Y los historiadores son perezosos, están durmiendo, no les apetece trabajar. Quieren tomar el sol.

Tal vez la culpa sea una forma de permanencia. Tal vez los grandes culpables acaben divisando desde sus culpas una forma de perduración.

Alguna vez pensé en que ojalá Dios o el azar hiciera posible que mi muerte sucediera antes que la de mi exmujer. En las separaciones, el tiempo que se ha convivido es definitivo. Una separación con dos años de convivencia, por ejemplo, puede ser inofensiva. Una separación con treinta años de convivencia es toda una época histórica. Es como el Renacimiento, o la Ilustración, o el Romanticismo. El escritor Alejandro Gándara me dijo hace poco que era necesario el transcurso de cinco años para la cauterización de un divorcio. Creo que tenía razón: cinco años.

Me dolía especialmente el desmoronamiento de la ternura. Vienen a mi cabeza frases que ella decía, llenas de bondad. Entonces supe que la muerte de una relación es en realidad la muerte de un lenguaje secreto. Una relación que muere da origen a una lengua muerta. Lo dijo el escritor Jordi Carrión en un estado de Facebook: «Cada pareja, cuando se enamora y se frecuenta y convive y se ama, crea un idioma que solo pertenece a ellos dos. Ese idioma privado, lleno de neologismos, inflexiones, campos semánticos y sobrentendidos, tiene solamente dos hablantes. Empieza a morir cuando se separan. Muere del todo cuando los dos encuentran nuevas parejas, inventan nuevos lenguajes, superan el duelo que sobrevive a toda muerte. Son millones, las lenguas muertas».

Mis padres también poseyeron un lenguaje. Casi no recuerdo a mi padre diciendo el nombre de mi madre. Cómo pronunciaba su nombre, cómo fue cambiando la manera de decirlo. Sí recuerdo algo maravilloso: mi padre inventó una forma de silbar. Ese silbido era un sonido secreto, que solo conocían mi padre y mi madre. Una contraseña. Yo sé reproducir ese sonido, no recuerdo cuándo ni cómo lo aprendí ni de dónde lo sacó mi padre. Con ese silbido se comunicaban cuando se buscaban en una calle, o en una tienda, o en una muchedumbre; y sobre todo cuando, a primeros de septiembre, llegaban las fiestas mayores de Barbastro y la gente atestaba las calles, cuando salían los gigantes y los cabezudos y las carrozas y las comparsas de música. Yo les tenía auténtico pánico a los gigantes. Cuando mi padre perdía de vista a mi madre, entonaba ese silbido, y mi madre sabía que él estaba cerca. Eran jóvenes entonces. Y se encontraban guiados por ese sonido.

Jamás la he vuelto a oír, esa forma de silbar, ni siquiera algo parecido.

27

Recuerdo que cuando tenía seis o siete años padecía de terrores nocturnos y no podía dormirme, y comenzaba a llorar. Mi madre entonces venía a mi cama y se quedaba a dormir conmigo, o ella se quedaba en mi cama y yo dormía con mi padre. Lo inexplicable es que rezaba antes de dormir. Una mezcla de superstición, terrores infantiles e influencia de la educación religiosa. Pero ahora sé también que aquellos rezos ponían en fuga a los espíritus de los muertos que codiciaban el corazón inocente de un pobre niño. También sé que siempre he sido un niño, con el egoísmo de los niños encima. Los niños obligados a ser hombres serán siempre no culpables. Cuando me metía en la cama, y sabía que mi padre estaba al lado, entonces me sentía protegido y todo mi organismo se relajaba y yo alcanzaba la paz, la tranquilidad, la felicidad, y me dormía.

Yo tenía siete u ocho años y me quedaba dormido al lado de mi padre. Es decir, al lado de un muerto. Ahora tengo más de cincuenta años y cada vez que me voy a la cama sigue estando ese muerto allí.

No se va.

El pasado de cualquier hombre o mujer de más de cincuenta años se convierte en un enigma. Es imposible resolverlo. Solo queda enamorarse del enigma.

28

Mi padre muerto duerme conmigo y me dice: «Ven, ven ya». Los muertos están solos, quieren que vayas con ellos. Pero ¿adónde? No existe el lugar en el que están. Los muertos no saben dónde están. No saben decir el nombre del lugar en el que están. Pero el cadáver de mi padre es todo cuanto conservo o cuanto poseo en este mundo. Está junto a mí. Dirige su cadáver las grandes devastaciones de mi vida; gobierna su cadáver en mi cadáver; en la oscuridad de mi cadáver la oscuridad del suyo alienta fuertemente; administra su cadáver la luz de mi cadáver; su cadáver es un maestro que enseña a mi cadáver la desconcertante alegría de seguir existiendo desde el cadáver, región olímpica, región de la liga de campeones, la Champions League, región de emociones ya sin tiempo y sin historia, emociones muertas que sin embargo perseveran sin cometido.

Estoy haciendo cualquier cosa y de repente aparece mi padre a través de un olor, una imagen, a través de cualquier objeto. Entonces me da un vuelco el corazón y me siento culpable.

Viene a darme la mano, como si yo fuese un niño perdido.

29

Puede que mis padres fuesen ángeles, o su muerte ante mis ojos los convirtió en ángeles. Porque tras su muerte todo cuanto les vi hacer mientras estuvieron vivos cobró un alcance taumatúrgico. Ese alcance no se produjo hasta el fallecimiento de mi madre, que cerró el círculo.

El cristianismo se asienta en una conversación interminable entre un padre y su hijo. La única forma de verdad resistente que hemos encontrado es esa: la relación entre un padre y un hijo; porque el padre convoca a su descendencia, y eso es la vida que sigue.

El rito de las monarquías es el mismo: un padre y un hijo. El rito de las sociedades del siglo XXI es el mismo: padres e hijos. No hay nada más. Todo se desvanece menos ese misterio, que es el misterio de la voluntad de ser, de la voluntad de que haya otro distinto a mí: en ese misterio se basan la paternidad y la maternidad.

30

Es posible que mis padres no fuesen reales. Cada vez queda menos gente que pueda testificar que fueron reales. Sus cadáveres no existen, porque los devoró el fuego de los modernos crematorios españoles; por tanto, al no existir el cadáver se hace dificultosa la idea de la resurrección de los muertos o el florecimiento de alas angelicales en el costado del esqueleto; la cremación es irredimible, cierra la posibilidad de una exhumación del cadáver.

Sin embargo, aún quedan personas que los vieron y personas con ánimo de testimoniar. Hace unos meses, una mujer de unos setenta años me dijo: «Tus padres fueron la pareja de guapos más famosa de Barbastro, eran una leyenda». Sí, lo intuía. Fueron célebres en los años sesenta. Es cierto, los dos eran guapos. Mi padre fue un hombre alto y guapo. Y mi madre una rubia hermosa, en el tiempo de sus juventudes. Cuando era un niño yo lo sabía, sabía eso. Por eso quería que me sacaran a pasear. Quería que la gente viera que yo era su hijo. Cuando me sacaban a pasear mis tíos, sufría, porque no los sentía tan guapos. Creo que fue la primera vez que anidó en mí la vanidad social, la vanidad de exhibir una posesión codiciada. Quería que los demás me envidiaran, me respetaran, me halagaran, porque mis padres eran especiales. Creo que he rescatado un sentimiento que estaba en mi memoria profunda, porque ese deseo vanidoso de que la gente me viera de la mano de mis padres desapareció hace mucho tiempo. Al encontrar este recuerdo he sentido asombro y terror. Es como si de repente un geólogo asistiese al espectáculo de la formación de la Tierra hace millones de años y comprobara que el nacimiento de la Tierra no tiene ningún significado. No la banalidad del mal, como dijo Hannah Arendt, sino la banalidad de la materia y de la memoria.

Eran guapos. Los dos eran guapos. Por eso estoy escribiendo este libro, porque los estoy viendo.

Los vi entonces, cuando eran guapos, y los veo ahora que están muertos.

Que mis padres fueran tan guapos es lo mejor que me ha pasado en la vida.

31

Todo ser humano que comienza a vivir está alegre. Es la alegría que procede de la juventud, que es el tiempo de la suprema ignorancia de la extinción. Veo a ese hombre que está en el centro de esta fotografía, ensimismado en sus manos, elegante, parado el tiempo, congelada la existencia, retumbando un momento de delicia visual:

Parece que lleva en la mano un cigarrillo y que está absorto, alejado de las conversaciones que le cercan. Hay hombres y mujeres rondando. Todos cuantos están en esta fotografía ya se han ido, fueron —uno por uno— protagonistas de una agonía hospitalaria o de una muerte súbita y de un entierro, todos fueron llorados, unos más, otros menos. Pero todos ellos conocieron a mi padre antes de que lo fuera; pudieron hablar con él con tranquilidad, pudieron conocer un misterio que a mí me será hurtado siempre; ellos saben el misterio, todos cuantos están enterrados en esta fotografía. Ellos lo vieron, lo trataron. Yo solo pude conocer a mi padre cuando fue ya mi padre. Si lo hubiera conocido antes de serlo, habría conocido la falta de necesidad de mí mismo; habría conocido un mundo sin mí. Puedes disfrutar más del mundo si no estás en él. ¿De ese gozo se alimentan los ángeles?

Se muere mejor si nadie sabe que estás vivo, no haces cargar con la pesadumbre de tu muerte a nadie, con papeles, llantos y funeral, con culpas y demonios. Quienes mejor mueren son quienes no sabían que estaban vivos. La vida o es social o es solo naturaleza, y en la naturaleza la muerte no existe.

La muerte es una frivolidad de la cultura y de la civilización.

Todos cuantos fueron atrapados en esta fotografía no sabían con claridad que iban a morir. Ningún vivo antes de morir sabe eso. De saberlo, solo lo saben los vivos que ven a los muertos.

No sé en qué año fue hecha esta fotografía, finales de los cincuenta, calculo; ha llegado a mis manos por casualidad; pertenece a una colección particular, no estaba en mi casa; me la dio mi hermano, a quien a su vez se la dio el dueño de esa colección particular. No late en ella la voluntad del padre de conservar esta foto, ni siquiera la recordó nunca; es una foto del padre antes de ser padre; es la foto de un hombre que no tiene hijos ni esposa ni arraigo; es la foto de un hombre que no tiene nada que ver conmigo; no la dispuso para que yo la viera, no dijo nunca «guardaré esta foto para los años venideros, tal vez para mis hijos si los tengo, que no creo»; es un hombre soltero; está libre de cualquier parentesco. Por eso no sé quién es ese hombre, ni nadie lo sabrá ya nunca.

Por fin, esta foto evade el parentesco y somos libres los dos. Todo padre y todo hijo buscarán siempre el fin del parentesco, el derrumbe de ese encadenamiento; es la búsqueda de la libertad, y acaba siendo la muerte la que disuelve todos los parentescos, todos los pesados lazos de la sangre, aunque haya mucho amor en esos lazos. La foto del padre antes del padre remite a un momento pleno en que yo no estoy, y me da una gran alegría no estar. Porque ese hombre de la foto, ensimismado en sus manos, con su traje cruzado, con su pañuelo en la solapa, todavía no me está buscando, su vida transcurre sin la mía.

Parece un solitario en esa foto, y sin embargo preside la escena. ¿Y qué está haciendo? Solo lo supo en ese instante; lo que estaba haciendo solo lo supo en ese instante; ¿y qué deseaba entonces? ¿Qué era lo que podía darle la felicidad absoluta en ese instante?

El padre antes de ser padre es una fuerza que está en el mundo avisando de la llegada de un hijo, avisando de tu llegada, pero aún no has llegado, y es ahí donde está la maravilla: aún no has llegado y entonces, en esta foto, cabe la posibilidad de que no llegues nunca. Y es una posibilidad de una gran hermosura, de una gran belleza.

¿Puedes imaginar un mundo en el que esté tu padre pero no estés tú, ni se te espere?

El mayor misterio de un hombre es la vida de aquel otro hombre que lo trajo al mundo.

Cuando yo no era necesario fue tomada esta fotografía. Por eso adoro esta fotografía, porque contiene mi misterio: yo no soy, y mi padre allí es un hombre que no quiere casarse ni tener hijos. No se lo plantea. Recibe bromas al respecto, las típicas bromas, «a ver quién te caza a ti», o «y tú cuándo te casas», pero no les da importancia. Reina en el bar. Es el bar de la vida, está en el centro.

Yo no soy allí, y descanso.

Busco volver a la paz de no ser.

32

Años después de la foto del bar, encontró esposa y yo nací. Mi padre debía de conocer la razón de mi existencia, pues soy su hijo (sigo siendo su hijo aunque él no siga siendo un ser vivo), y se la llevó consigo al reino de los muertos. Los dos amábamos las montañas: esos pueblos perdidos del Pirineo oscense de una España atrasada e inhóspita, en donde la perdición de esos pueblos serenaba nuestra propia perdición. La nieve, las rocas altas, los árboles insaciables, el enigmático sol, los ríos de los valles, las montañas siempre en el mismo sitio, un silencio imperturbable, la indiferencia de la naturaleza, eso amábamos. Amábamos la inmovilidad de las montañas. Su «estar allí». Las montañas no son, están. También nuestra vida fue estar. La existencia de mi padre fue una reivindicación del «estar» por encima del «ser».

Estuvimos juntos; y de ahí procede todo, de que estuvimos juntos. Estuve con mi padre cuarenta y tres años de mi vida. No ha estado conmigo una década, y ese es el problema moral más grande de mi vida: la década que llevo vivo sin la contemplación de mi padre.

Cristo pedía constantemente la contemplación de su padre. Que la novela de Jesucristo haya sido un *bestseller* no anula mi propia novela. Cuanto él hacía en vida era mirado por su padre. Si su padre no contemplaba su vida, la vida de Cristo era falsa. Tu padre da significación y sentido a todos los polígonos industriales, autopistas, aeropuertos, centros comerciales, aparcamientos subterráneos, circunvalaciones, avenidas, urbanizaciones y habitaciones de hotel que pueblan el mundo falso en el que vivimos.

Puede que el único espacio humano sea una iglesia románica o el piso familiar: son lo mismo.

Todo se concentró en un nombre, que es un topónimo: *Ordesa,* porque mi padre le tenía auténtica devoción al valle pirenaico de Ordesa y porque en Ordesa hay una célebre y hermosa montaña que se llama Monte Perdido.

Más que morirse, mi padre lo que hizo fue perderse, largarse. Se convirtió en un Monte Perdido.

Lo que hizo fue desaparecer. Un acto de desaparición. Lo recuerdo muy bien: se quería largar. Una fuga.

Se fugó de la realidad.

Encontró una puerta y se marchó.

33

La mesa en la que escribo está llena de polvo, al ser de cristal el polvo consigue su reflejo, su imagen bajo la luz. Es como si las cosas se casaran con el polvo en esta casa. Hay polvo en los bordes dorados de la tostadora, allí el polvo también se hace visible. Hay sitios en los que el polvo no puede impedir su visibilidad; allí es donde puedes acabar con él: destruirlo, borrarlo de la faz de mi casa. No me siento capaz ni instruido para limpiar todo ese polvo, y eso me desespera y me conduce a pensamientos neuróticos sobre la miseria. Hay polvo hasta en el radiador toallero del cuarto de baño, y se fusionan calor y polvo, como en un matrimonio de conveniencia, como aquellos matrimonios de los reyes del siglo XVI que fundaron la civilización occidental.

Nunca me acostumbraré a ser pobre. Estoy llamando pobreza al desamparo. He confundido pobreza y desamparo: tienen el mismo rostro. Pero la pobreza es un estado moral, un sentido de las cosas, una forma de honestidad innecesaria. Una renuncia a participar en el saqueo del mundo, eso es para mí la pobreza. Tal vez no por bondad o por ética o por cualquier elevado ideal, sino por incompetencia a la hora de saquear.

Ni mi padre ni yo saqueamos el mundo. Fuimos, en ese sentido, frailes de alguna orden mendicante desconocida.

34

Llevo ya mucho tiempo sin beber.

Creí que no lo conseguiría, pero lo he conseguido. Hay ocasiones en que me apetece muchísimo tomarme una cerveza, una copa de vino blanco muy frío. La bebida me estaba matando, iba a ella de forma compulsiva, buscando el fin. Reaccioné. Ahora sigo sufriendo, pero no bebo.

Bebí muchísimo. Tuve dos ingresos hospitalarios. Me caía en mitad de la calle y venía la policía.

Todo alcohólico llega al momento en que debe elegir entre seguir bebiendo o seguir viviendo. Una especie de elección ortográfica: o te quedas con las bes o con las uves. Y resulta que acabas amando mucho a tu propia vida, por insípida y miserable que sea. Hay otros que no, que no salen, que mueren. Hay muerte en el sí al alcohol y en el no al alcohol. Quien ha bebido mucho sabe que el alcohol es una herramienta que rompe el candado del mundo. Acabas viéndolo todo mejor, si luego sabes salir de allí, claro.

Beber era más importante que vivir, era el paraíso.

Beber mejoraba el mundo, y eso siempre será así.

Recuerdo el día en que, tras mi divorcio, una entidad bancaria me concedió la hipoteca de mi apartamento. Recuerdo que me preguntaron que si gozaba de buena salud y dije que sí. Cuando salí del banco, con la hipoteca concedida, me fui a un bar que había al lado de la sucursal. Era la una y media o las dos del mediodía. Estuve bebiendo en ese bar sin parar. Bebía vino. Me puse eufórico. Salí del bar y anduve justo por detrás de la sucursal y allí, en una plaza, me caí redondo. Inconsciente al lado de mi hipoteca concedida. Vino la policía a recogerme, porque siempre hay alguien que la llama. Desperté en el hospital. Lo primero que pensé al recobrar la consciencia, allí, en una cama de urgencias, fue en si me quitarían la hipoteca, en si me habrían visto los del banco caerme redondo, completamente borracho. Aquello era el colmo. Tenía su impronta humorística, llevaba mi raro sello, mi comedia permanente, la herencia de mi madre; porque mi madre hacía cosas así.

Mi madre muerta asiste a mi teatro mortal, a mi comedia. No sé si mis dos hijos me amarán tanto como yo he amado a mis padres. Quede constancia de esa duda pasajera, absurda, que siento en este instante mientras paseo al azar por Zaragoza. A mi madre le encantaba esta ciudad porque yo vivía entonces cerca de un centro comercial. Y a mi madre, como a mí, le apasionaban las tiendas. Adoraba las perfumerías. Tuvimos más de una airada discusión. Iba a una perfumería de ese centro comercial y se compraba cremas de trescientos euros, que teníamos que pagar luego mi hermano y yo. Mi madre no lo podía comprender. Para qué había sacado adelante a sus hijos si no se podía comprar esas cremas. Y en el fondo tenía razón. No habíamos logrado salir de la clase media-baja, como mucho tal vez habíamos viajado de la clase baja a la clase media.

A veces pienso que sería preferible ser completamente pobre. Porque si eres de clase baja, aún tienes esperanza. Ser un mendigo es haberle dado con la puerta en las narices a la esperanza. Y eso tiene su pasión.

Me desperté aún borracho en urgencias de la clínica Quirón, que era adonde me había llevado la policía. Estaba desesperado, y con una laguna mental encima. No sabía qué había pasado; lo único que me preocupaba era si el director del banco, que me acababa de conceder una hipoteca a treinta años, me había visto caerme borracho en mitad de la calle dos horas después de haber firmado. Calculé que no. Creo que firmé la hipoteca un poco antes de las dos de la tarde, y me caí redondo sobre las cuatro o cuatro y algo, pero en los bancos trabajan mucho, y pudiera ser que ese día salieran tarde. Me atasqué con conjeturas mentales sobre la hora de salida del trabajo de los banqueros. La jefa de urgencias era una médico que me trató con desprecio. Yo no era un enfermo sino un asqueroso borracho. Quería que me fuera de allí enseguida, pero yo no me tenía en pie. Aún estaba vomitando. Miré mi vómito y era vino puro. Me dijo la enfermera que había vomitado un litro de vino. Pensé en volvérmelo a beber, pues era vino resucitado o vivo o real, buen vino reutilizable, como salido de una botella y no de un estómago. La jefa de urgencias se cabreó conmigo porque no me iba. Decía que estaba alborotando y molestando a los demás pacientes, había a mi lado un montón de viejos. Le dije a esa mujer que la Organización Mundial de la Salud calificaba el alcoholismo de enfermedad, y que por tanto debía dispensarme el trato que se le da a un enfermo y no el de un pervertido, de un «vicioso hijodeputa». Me dijo que me fuera, que no tenía nada, que no estaba enfermo.

Intenté incorporarme, pero me alcanzó otro vómito y esta vez vomité no sobre la palangana, sino sobre una anciana que estaba a mi lado. La médico me insultó. Le dije que ella era la culpable. Pedí redactar una reclamación. Me convertí en el apestado de esa sala de urgencias. Todo el mundo me miraba mal. Imagino que ese es el trato que reciben los alcohólicos en España. Pedí disculpas a la anciana, y de repente me di cuenta de que estaba hablando solo. Esa mujer estaba muerta. «No se preocupe, no le oye», me dijo la enfermera. «Váyase, ahora ya puede.»

Me fui a mi casa y me tomé tres Tranxilium 15, estaba angustiado, desesperado, asustado, muerto por dentro, y me quedé dormido. Me desperté a las tres horas con un ataque de pánico que no sabría describir y me volví a tomar otros tres Tranxilium 15, y me volví a dormir.

El 9 de junio de 2014 dejé de beber.

35

Para dejar de beber debes irte a otro sitio. El bien y el mal son una de las ficciones mejor montadas de nuestra civilización. No existe el bien, ni existe el mal. Pensé en el anarquismo del corazón, allí donde el bien y el mal se evaporan y regresa la vida sin atributos. Así que me subí a mi coche y me fui a las montañas. Crucé a Francia, por el puerto de Somport. Los pueblos franceses están varados en el tiempo. Cualquiera que haya pasado por las aldeas de Urdos, Bedous y Lescun y haya conducido por esas carreteras sabe que esos lugares están igual que hace cincuenta años. Encontré allí, en esos valles pirenaicos, una anulación de la vida social, y vi los ríos en pleno deshielo, pues era el mes de junio.

Entré en un bar de Lescun y vi gente bebiendo cerveza.

Entré en mi hotel de Canfranc y vi gente bebiendo vino.

Y yo bebí café con leche o agua con gas. Me quedaba mirando el agua con gas, las burbujas dentro del vaso. Cuando no bebes, los días son más largos, los pensamientos pesan más, los lugares se fortalecen, no olvidas nada en las habitaciones de los hoteles, no rayas el coche, no rompes los retrovisores cuando aparcas, no se te cae el móvil en la taza del váter, no confundes los rostros de la gente.

Me adentraba en los bosques. Volví a tocar la vida. Viajé hasta Ordesa, y me quedé contemplando las montañas. Vi con claridad los errores de mi vida y me perdoné a mí mismo todo cuanto pude, pero no todo. Aún necesitaba tiempo.

36

El envejecimiento es nuestro futuro. Lo disfrazamos con palabras como «dignidad», «serenidad», «honestidad», «sabiduría», pero cualquier anciano renunciaría a esas palabras con tal de que le quitaras cinco años de encima, o incluso cinco meses. Mi madre no aceptó nunca el envejecimiento. No sé qué clase de viejo seré, y me importa poco. Lo normal es que muera antes de la llegada de la decrepitud. La gente se muere siempre, todos acabamos por morirnos. Todos los fracasados de la tierra, todos los pobres y todos los analfabetos, cobran así su venganza sobre los que acumularon éxitos, poder, conocimiento, cultura y sabiduría.

El envejecimiento es igualatorio.

Y es divertido ver ese espectáculo: no tiene contenido moral ni mucho menos religioso, solo es un espectáculo inesperado, muy estimulante y muy fascinante. El mundo y la naturaleza eliminan a los depredadores que, azarosamente, crearon. Nos envuelve el presente, esa rabiosa capacidad del presente para hacernos creer que la vida tiene consistencia. Hay que valorar estos esfuerzos del tiempo presente, su gran afán civilizador. Es lo que tenemos. Tenemos más cosas: almendras, adoro las almendras. Y otra cosa aún más inquietante: el aceite de oliva. El aceite de oliva hace que me incline por la exaltación del presente.

Solo la materia.

Quiero decir que cada vez que el espectro de mi madre viene a mi memoria, recuerdo el aceite de oliva.

Puede que fuese la materia orgánica que más relación tuvo con el cuerpo de mi madre. Mi madre siempre estaba cocinando. Si siempre estaba cocinando, ¿en qué cabía pensar?: ¿en harina, en pan, en huevos, en verduras, en hortalizas, en carnes, en arroz, en salsas, en pescados?

No.

En aceite de oliva.

Mi madre vivió siempre rodeada de aceite de oliva.

Mi madre me transmitió un culto secreto, no verbalizado nunca, al aceite de oliva. Creo que el aceite de oliva es un agujero de gusano, una caída en el tiempo, que me lleva directamente a la vera de mi primer antepasado, que me mira y sabe quién soy. Sabe que necesito amor. Amor de alguien de mi estirpe.

No sé por qué he tenido que ser tan desdeñoso con el envejecimiento de los seres humanos.

Cuando sea un viejo decrépito querré que me quieran, y entonces alguien recordará estas palabras mías. Pero una cosa son las palabras en un libro, y otra las palabras de la vida, diré yo.

Son dos verdades distintas, pero las dos son verdades: la del libro y la de la vida.

Y juntas fundan una mentira.

37

Mi madre bautizó el mundo, lo que no fue nombrado por mi madre me resulta amenazador.

Mi padre creó el mundo, lo que no fue sancionado por mi padre me resulta inseguro y vacío.

Como no oiré sus voces nunca más, a veces me niego a entender el español, como si con sus muertes la lengua española hubiera sucumbido y ahora solo fuese una lengua muerta, como el latín.

No entiendo el español de nadie porque el español de mis padres ya no se oye en el mundo.

Es una forma de luto.

38

Me tomo un Espidifen para el dolor de cabeza. Naturalmente, pienso que mi dolor de cabeza es el síntoma de un tumor cerebral que va abriéndose paso en mi cuerpo, un tumor asesino al que nunca podré conocer, un tumor que es como una roca o un meteorito, en donde todo mi pasado y toda mi vida han sido condensados, un tumor que, una vez examinado, analizado y estudiado, podría desvelar escenas y actos concretos de mi vida, un tumor en donde se vieran caras de seres humanos, caras de mi familia, de amigos, de compañeros de trabajo, de enemigos, de seres anónimos con los que me topé, ciudades, cosas vividas sin ningún sentido, un tumor en donde cabe este libro que estoy escribiendo, un tumor que fuera una gran obra artística creada con tu propia carnalidad y espiritualidad, que además de acabar matándote te diera la alegre sorpresa de que él es todo cuanto andabas buscando, deseando y escribiendo, un tumor que fuese la península ibérica constituida en otro país que no se llamara España, como si se tratase de la creación de un plano alternativo de la Historia, un tumor que fuese digno de admiración y de amor, y así estoy, a la espera de que el tumor se manifieste y genere todo un espacio de narraciones nuevas sobre mi vida, en donde, por supuesto, está incluido el momento en que llamo a una puerta blanca, que es la puerta del jefe de neurología de un hospital de Madrid, y al fondo se ve a un hombre sentado, con las manos sobre la mesa, y ese hombre dice que pase, y en el tumor se incluyen las palabras de este hombre, que son palabras que hablan precisamente de él, del propio tumor, y son las palabras que dan vida externa a esa masa bacteriana o vírica (es lo mismo) que me matará, y en ese tumor cabe la escena en donde estoy sentado en una esquina de la cama, pensando en las palabras que ha dicho el neurólogo acerca de esta protuberancia negra en la que está incluida esta escena, y también cabe en ese tumor la escena en que el tumor sigue agarrado dentro de mi cabeza pero ya no le llega nada con que alimentarse, y es él ahora quien tiene que experimentar el terror de su propia desaparición, pues acaba de abandonar la casa de la que se nutría.

En la hipocondría hay belleza, porque todo ser humano, cuando ya ha pasado la mitad de su vida, dedica su tiempo (tal vez antes de dormirse por las noches, o cuando viaja en transporte público, o cuando se sienta en la consulta del médico) a fabular sobre qué tipo de enfermedad lo arrancará del mundo. Finge y urde historias sobre su propia muerte que van del cáncer al infarto, que van de la muerte súbita a la ancianidad interminable.

Nadie sabe cómo va a morir, y nuestra aprensión es melancolía; y la tradición de la melancolía debería regresar al mundo. Es una palabra que ya nadie usa. Y la melancolía ahora se llama trastorno obsesivo compulsivo. Mi madre fue melancólica, toda su vida estuvo sumergida en las aguas rosas del trastorno melancólico.

Mi madre se murió sin saber que se moría. No sabe que está muerta. Solo lo sé yo.

Ella no lo sabe.

39

Cuando conduzco, parece que está a mi lado. Oigo el clic del cinturón de seguridad del copiloto. Me gusta conducir por Madrid. Nunca estuvimos juntos en Madrid. Le hubiera encantado estar conmigo en Madrid, lo sé. Ojalá mi padre volviera de entre los muertos y pudiera sentarse a mi lado: nos pasaríamos el día conduciendo por Madrid.

A mi padre le gustaba la ciudad de Madrid. Habló de ella muchas veces, por eso yo amo Madrid. Por él.

No nos hablaríamos, si volviera y fuera mi copiloto.

Mi padre, como mucho, tan solo diría «ojo, te viene un tipo por la izquierda», o «esa calle tiene una dirección prohibida», o «has visto ese chalado cómo te ha adelantado por la derecha sin poner el intermitente», o «conduces muy bien, hace buen tiempo», o «yo tenía un amigo de Madrid, un sastre, pero ya se habrá muerto, se llamaba Rufino».

Rufino, sí, ojalá supiera dónde vive. Y poder ir a su piso madrileño y pedir allí asilo político contra la muerte, contra el desamparo.

40

Estaba planchándome la ropa. Me he planchado un par de camisas. Mi padre tenía muchos trajes, cuyo destino ignoro. Guardaba sus trajes en un armario rojo, cuyo destino habrá sido el albañal. ¿Por qué era rojo aquel armario? Seguro que fue una ocurrencia de mi madre, un delirio decorativo. Bueno, el día que decidió pintarlo de ese color debió de ser un día feliz.

No sé adónde van a parar los muebles viejos. Tampoco sé qué habrá sido de los trajes de mi padre. Mi padre amaba sus trajes. Eran la obra de su vida. Yo a veces abría el armario rojo y miraba dentro: era una sucesión de trajes que evocaba una sucesión de hombres poderosos: todos en su percha: todos perfectamente planchados: daría un año de lo que me queda de vida por volver a ver aquellos trajes: eran destilación visual de mi padre: eran la forma de visibilidad social de mi padre: eran la forma en que mi padre venía al mundo: eran el resplandor de la vida de mi padre: su juventud, su madurez, su indiferencia: su reinado sobre todas las cosas: sobre todas las especies: su distinción en medio de la naturaleza.

Mi padre contemplaba sus trajes con parsimonia y con meticulosidad, estoy hablando de los años sesenta y setenta. Durante el franquismo, la clase media-baja llegó a la posesión de algún traje, es decir, una camisa blanca con corbata, un pantalón de tergal y una americana.

41

A finales de los años sesenta mi padre nos llevaba de vacaciones a una pensión de un pueblo de montaña. Ese pueblo era Jaca. Él conocía esa pensión por su trabajo como viajante de comercio. Decía que se comía muy bien. Le hacía ilusión llevarnos allí. Estar allí con su familia, estar con los suyos en el sitio en el que habitualmente estaba solo. Regalarnos su descubrimiento.

Eso hacía: ofrecernos un descubrimiento, una victoria.

Era verdad que se comía bien, hacían una tortilla a la francesa exquisita y misteriosa, con un sabor que jamás he vuelto a probar en ninguna otra tortilla. Yo tenía siete años entonces, de modo que esto ocurría en 1970, más o menos. La imagen que tengo de aquellos años implica una distorsión incorpórea: veo cosas que brillan, veo polvo amarillo, muebles grandes y antiguos en estado líquido, cuerpos irreales, olores sanos, pero olores fallecidos. Antiguamente, los olores eran mejores, creo; no mejores, tal vez más naturales. El comedor de la pensión tenía un toque decimonónico, o así lo recuerdo. Los manteles de las mesas eran de buena tela, muy blancos. Las escaleras que llevaban a las habitaciones eran de madera. Las puertas de las habitaciones eran altas. Las camas me daban miedo. En la cena, ofrecían de postre un flan casero que era una delicia. Me dejaban entrar en la cocina. Nunca había estado en una cocina de un restaurante y me deslumbró que fuera tan grande y que tuviera tantas sartenes y tantas ollas y tanta gente trabajando. Paseábamos por Jaca, que me parecía una ciudad muy hermosa, pero no tenía playa. No acababa de entender por qué no había playa si estábamos de vacaciones. Mi madre me llevaba a la piscina municipal. Allí me enseñaron a nadar, y allí tragué mucha agua. En aquellos años se produjo el *boom* de las piscinas municipales. Todos los pueblos de más de diez mil habitantes se emanciparon de los ríos.

España se convirtió en ayuntamientos que construían piscinas municipales. Y nos olvidamos de los ríos, que acabaron sus días sirviendo de vertederos.

Hace muchos años que cerraron esa pensión. No sé qué harían con aquellos manteles tan blancos, ni con las sartenes, ni con las camas, ni con los muebles, ni con las cuberterías, ni con las sábanas.

Las cosas también se mueren.

La muerte de los objetos es importante. Porque es la desaparición de la materia, la humilde materia que nos acompañó y estuvo a nuestro lado mientras la vida se estaba cumpliendo.

42

Rompo cosas al intentar abrirlas. Pienso que es el demonio directamente el que crea esos envases que son tan difíciles de abrir.

De modo que enseguida trato de quitarme de en medio todas las cosas metiéndolas en el cubo de la basura. Así no las veo. Mi lucha se basa en quitar cosas de mi vista. Y el cubo de la basura es el mejor lugar; es mi aliado el cubo de la basura; por eso me gusta que sea grande; también me apasionan las papeleras; son lugares para quitar de en medio todo lo que impide que mires el aire y el espacio sin interferencias.

Me gusta que se llene el cubo de basura hasta arriba.

Me gusta deshacerme de cosas, de tarros, de latas, de plásticos, todo allí dentro.

Miro siempre las ofertas de cubos de basura en los supermercados. Me gusta hacer el nudo de la bolsa de basura, que apriete el nudo, para que no se escapen los desperdicios, los despojos.

43

Son enigmáticas las planchas. Estoy mirando otra vez la plancha. Mi padre planchaba, porque quería que sus trajes quedaran de una determinada manera. No es habitual que la gente sepa cuánto vale una plancha, sobre todo los hombres. Aprendí tarde a planchar. Ahora que ya sé un poco, me gusta romper las arrugas de las camisas y de los pantalones. No plancho la ropa interior porque no la ve nadie. No cuidamos las cosas que viven en la oscuridad. No plancho mis calzoncillos. No todo el mundo plancha su ropa. Ahora me dedico a preguntarle a la gente si plancha. La gente no sabe a qué viene tal pregunta. Es muy difícil planchar, especialmente camisas. Los pantalones tejanos son, en cambio, bastante fáciles de planchar.

Y planchar relaja.

Modelas la ropa, ves allí la ropa inerte recibiendo el calor y alcanzando una forma, una visibilidad y un orden; del caos de las feroces arrugas con que la ropa sale de la lavadora se va pasando a planicies, a llanuras, a una verdad; y piensas en que tu cuerpo se meterá allí dentro y estará bien allí, y habrá un sentido, e incluso habrá amor.

Jamás vi a mi padre con una camisa arrugada. Jamás. Jamás en su vida se puso un pantalón tejano. Todo bien planchado, siempre.

44

Intento llegar deprisa. Conduzco de Madrid a Zaragoza. Conozco ya la carretera. Se trata de atravesar un trozo de España, con un paisaje rojizo, desértico. Hay grandes puentes, obras de ingeniería anónimas. ¿Quién hizo todo esto? Esta autovía, estos puentes. Me cuesta tres horas ir de Madrid a Zaragoza. Voy directo a comprar comida al Hipercor, voy a dar de comer a mis hijos. Escojo comida de calidad, pero estoy nervioso, unos nervios anchos y anónimos como esos puentes que he atravesado con mi coche.

Hago cola en la charcutería, compro cosas caras. Una anciana compra trescientos gramos de jamón de bellota, y me quedo mirando su cara inexpresiva.

La empleada va cortando el jamón y me quedo mirando la negra pezuña del pernil.

45

Ya son dos desconocidos.

He cocinado para ellos. He intentado abrazarlos, pero todo acaba en un rito incómodo. No sé dónde poner la cara, dónde los brazos. Se han hecho mayores, eso es todo.

No son necesarios los abrazos, mi padre y yo nunca nos abrazamos. Pero insisto, insisto en crear la costumbre de abrazarnos y de besarnos. Y lo lograré. Ya lo estoy consiguiendo. Cuando nació mi primogénito, hubo que operarle de estenosis pilórica. Llevaba quince días en el mundo. Vomitaba todo lo que comía. Se estaba quedando en la piel. Pasé la noche entera sufriendo. Su madre, mi exmujer, lloraba, a mí me producía una ternura dolorosa ese llanto, porque entendía su llanto. Ella decía «pobre hijo», y esas dos palabras me parecía que no las decía ella sino un vendaval de antepasados que hablaban por su boca. Pensé en Pergolesi, en el *Stabat Mater*. Esas dos palabras, «pobre hijo», surgían de la noche de los tiempos, de la noche de la maternidad. No sé qué me hería más, si la ternura de una madre o el peligro que corría mi hijo, o ambas cosas se sumaban, se añadían la una a la otra, creando un río profundo de amor y de ternura y de miedo. Pero mi padre no me llamó al día siguiente. No es un reproche, de sobra sé que lo quería. No es un reproche, es un misterio.

No acierto con los abrazos, parece como si nuestros cuerpos no acabaran de encontrarse en el espacio.

Tal vez mi padre sabía eso. Conocía la imposibilidad de los abrazos. Por eso no llamó para preguntar si su nieto seguía vivo. Todo fue bien, salió bien la operación, y a los dos días le dieron el alta.

46

Cocino la carne a la plancha, me he gastado una fortuna en ese solomillo, me asusta el dinero que vale y me asusta que a ellos no les guste. La casa está sucia y desordenada. No funciona la impresora.

Vivaldi, el pequeño, está muy delgado, pero me gusta su delgadez. Brahms, el mayor, habla ya de política y admite poco la discrepancia. Como si yo fuese a gastar energía en discutir con él de política, cuando yo solo quiero cuidarlo y que sea feliz. He decidido usar esos nombres para llamar a mis hijos. Nombres nobles de la historia de la música. Todos los seres queridos serán bautizados con nombres de grandes compositores.

Como yo mandé quemar el cuerpo de mi padre, no tengo un sitio adonde ir para estar con él, de modo que me he creado uno: esta pantalla de ordenador.

Quemar a los muertos es un error. No quemarlos también es un error.

La pantalla del ordenador es el lugar donde está el cadáver ahora. Va envejeciendo la pantalla, pronto tendré que comprar otro ordenador. Las cosas no resisten como lo hacían antiguamente, cuando una nevera o una televisión o una plancha o un horno duraban treinta años, y este es un secreto de la materia; la gente no entierra electrodomésticos viejos, pero hay gente en este mundo que ha pasado más tiempo al lado de un televisor o una nevera que al lado de un ser humano.

En todo hubo belleza.

47

Vivaldi casi no me cuenta nada de su vida. Intento hablar del instituto. Valdi, abrevio, ha acabado primero de bachillerato. Valdi sospecha que la educación pública en España es absurda o irrelevante.

Tuesto el pan, he comprado un aceite de oliva excelente que hace que me acuerde de mi madre, cuya sangre y cuyo cuerpo y cuya alma fueron aceite de oliva.

¿Qué está pensando Valdi? Es, en el fondo, tan enigmático; afloran tan pocas cosas de su personalidad a la superficie; está intentando fabricarse una identidad, tiene diecisiete años, y comienza a vivir. Bra, Valdi y yo hablamos poco. Prácticamente, mi función es preparar comidas. La abogada que llevó mi divorcio dijo que esos chicos iban a ser grandes personas. Buenos chicos, y es verdad.

Son buenos chicos. No me hacen demasiado caso, o el mismo caso que yo hice a mis padres. Buenos chicos, sí, mejor, buenos músicos. Son historia de la música. Grandes compositores de sus vidas. ¿Qué compositor fui yo para mi padre? A mi padre la música no le gustaba demasiado. A mi madre en cambio sí. Le gustaba mucho Julio Iglesias. Cuando Julio cantaba por la tele, mi madre corría para escucharlo. Sus canciones le tocaban el corazón. Me alegré del éxito internacional de Julio Iglesias, porque era el cantante favorito de mi madre.

Yo creo que en el fondo estaba enamorada de Julio Iglesias, que para ella era un símbolo de una vida de éxito y de lujo que jamás viviría.

Que jamás vivió.

48

Mucho tiempo estuve narcotizado por una nómina. Mucho tiempo: más de dos décadas. Recuerdo que me desperté a las siete y media de la mañana de un 10 de septiembre del año 2014. Tenía una cita a las ocho y media con los jefes de mi trabajo. Iba a solicitar mi baja, me marchaba. Llevaba veintitrés años dando clases en institutos de enseñanza secundaria, ya no podía más.

No sabía cuántos años de vida podían quedarme, pero los quería vivir sin esa esclavitud. Pensaba que no me quedaban muchos años, y los pocos que me quedaban quería dedicarlos a la contemplación de mis muertos, a lo que fuese, incluida la mendicidad.

Ahora iba a vivir del viento. Vivir del viento, me gusta esa expresión, es muy española. Recuerdo que mis compañeros me contemplaban como a un perturbado suicida. Adiós a la nómina. Y la vida renació, y me di cuenta de que nunca había sido laboralmente libre. Me puse eufórico. Me sentí orgulloso de mí mismo.

Regresé a mi apartamento y estuve mirando un buen rato por la ventana: la vida regresaba, una vida que no estaba dedicada en cada hora a su transmutación en una nómina, en un salario, en una ponderación de mi jubilación. Mis horas ya no valían nada. Eran solo vida, vida sin derechos laborales.

Pasear, mirar las nubes, leer, estar sentado, estar con uno mismo en un gran silencio, esa fue la ganancia.

Y al día siguiente ya no madrugué. Dejé de dar clases en la enseñanza media. Ahora pienso que aquel no era un trabajo aceptable, como creí en su día, sino que solo era otro trabajo alienante, de una alienación tal vez menos evidente. La alienación laboral se camufla, pero sigue estando allí, como en el siglo XIX. Escuelas, institutos, hospitales, universidades, cárceles, cuarteles, gigantescos edificios de oficinas, comisarías de policía, el Congreso de los Diputados, ambulatorios, centros comerciales, iglesias, parroquias, conventos, bancos, embajadas, sedes de organismos internacionales, redacciones de periódicos, cines, plazas de toros, estadios de fútbol, todos esos lugares de celebración de la vida nacional, ¿qué son? Son los lugares donde se crea la realidad, el sentido de la colectividad, el sentido de la Historia, la celebración del mito de que somos una civilización. Todos aquellos chicos y chicas a quienes di clase, ¿qué habrá sido de ellos? Algunos tal vez se hayan marchado para siempre. Y aquellos compañeros de trabajo con los que coincidí también se irán muriendo. Sus rostros se desvanecen en mi memoria. Todos van a la tiniebla. Me acuerdo vagamente de un verso del poeta inglés T. S. Eliot en donde los grandes hombres ingresan en la tiniebla del vacío. Algunos compañeros murieron nada más alcanzar la jubilación. Eso es un castigo del azar. El azar castiga a los calculadores, a quienes calcularon su jubilación. Los institutos no guardan recuerdo de aquellos cuerpos. Los institutos españoles de enseñanza media eran edificios sin gracia, construcciones deficientes, con pasillos ingrávidos, con aulas frías en los inviernos y tórridas ya incluso en las primaveras. Las tizas, las pizarras, la sala de profesores, las fotocopias, el timbre sonando al término de la clase, el café con los compañeros, las tapas defectuosas, mal cocinadas, los bares sucios.

Y todo se descompone. No había fotografías de los profesores jubilados en los pasillos de los institutos. No había memoria, porque no había nada que recordar. Y aquellos compañeros enloquecieron de medianía y adocenamiento y humillaban y despreciaban a sus alumnos. Aquellos chicos eran humillados y ofendidos por los profesores, esos mediocres con rencor hacia la vida. No todos eran así. Había pro fesores que amaban la vida e intentaban transmitir ese amor a sus alumnos. Es lo único que debe hacer un profesor: enseñar a sus alumnos a amar la vida y a entenderla, a entender la vida desde la inteligencia, desde una festiva inteligencia; debe enseñarles el significado de las palabras, pero no la historia de las palabras vacías, sino lo que significan; para que aprendan a usar las palabras como si fuesen balas, las balas de un pistolero legendario.

Balas enamoradas.

Pero yo no veía hacer eso.

Están mucho más alienados los profesores que sus alumnos. Oía insultar a los alumnos en las juntas de evaluación, castigarlos por cómo eran, suspenderlos en sádicos ejercicios de poder. Ah, el sadismo de la enseñanza. Los alumnos son chicos jóvenes, están nuevos. Los profesores españoles se rasgan las vestiduras porque sus alumnos no saben tal o cual cosa. No sé, no saben quién fue Juan Ramón Jiménez o cómo resolver integrales o cuál es la fórmula del anhídrido carbónico y cosas así. No se dan cuenta de que lo que a ellos les parece importante no es más que una convención, una construcción cultural, un acuerdo colectivo que a sus alumnos, simplemente, no les interesa. Los chicos no están alienados bajo esas grises convenciones. Ven esas convenciones como las vería un extraterrestre. Nadie censuraría a un extraterrestre por no conocer nuestros tópicos y nuestras supersticiones sobre la historia, la ciencia y el arte. Ellos son de otro mundo, los chicos de quince años ya son de otro sitio.

De ellos aprendí un sentido de la libertad.

Y recuerdo haber contemplado la destrucción de la adolescencia por parte de aquellos energúmenos de profesores. Acababan con aquellos críos. Les gustaba suspenderlos. Yo no suspendía a nadie. No podía suspender a nadie. Tal vez al principio sí suspendí a algunos de esos críos por no saber analizar frases. Al principio, claro, cuando sales de la universidad y repites como un loro las estupideces que allí te enseñaron, como las oraciones subordinadas de relativo, que eran mis preferidas: había en ellas una flexibilidad, había árboles y flores y cielos en aquellas subordinadas. Me quedaba mirando con mis alumnos las oraciones subordinadas de relativo. Recuerdo esta:

He leído el libro que me prestaste ayer.

Pero casi prefería no analizarlas. Nos quedábamos mirando la frase en la pizarra. ¿Qué libro sería? ¿Quién sería la persona destinataria del préstamo? ¿Valió la pena leer ese libro? ¿No hubiera sido mejor que te prestaran cualquier otra cosa, en vez de un libro?

Nos moríamos de risa con el objeto directo en frases como esta:

Juan quemó el coche.

¿Quién demonios era Juan? ¿Era un buen coche? ¿Por qué quemar un coche? El colmo era cuando pasabas la oración a pasiva, porque esa era la forma de comprobar que «coche» era el maldito complemento directo:

El coche fue quemado por Juan.

Si la frase tenía sentido, el jodido «coche» era el complemento directo. Nos quedábamos pensando, mis alumnos y yo, de quién sería el coche que Juan había quemado. Yo pensaba en mi coche, en que si Juan quemaba mi coche, yo mataba a Juan.

El complemento directo representaba al proletariado de la sintaxis, tenía que cargar con todo, tenía que cargar con la acción del verbo.

Muchas veces yo mismo he sido un complemento directo, siempre cargando con el verbo, con la tiranía del verbo, que es la violencia de la Historia.

Practicaba una explicación marxista de la sintaxis. Un marxismo cómico, pero al menos nos moríamos de risa. Estoy siendo injusto: el único aliado leal de la redención social de los españoles desfavorecidos es el profesorado. Tuve inmejorables amigos allí. Vi profesores excelentes, pero el sistema educativo agoniza; eso es, en realidad, lo que quería decir, que el sistema educativo ya no funciona porque se ha quedado varado en el tiempo.

Recuerdo todo esto en este instante, y es de noche, una noche que se precipita hacia la madrugada, y hay en mí cierta euforia y pienso en una botella de whisky que hay en la cocina.

No puedo volver a beber.

49

Mi madre se levantaba temprano en los veranos para comer fruta. Es como si la estuviera viendo.

«Ahora es cuando mejor se está», decía.

Comía peras de San Juan, albaricoques, cerezas y sandía.

Le gustaba la fruta del verano.

Madrugaba para sentir el frescor de la mañana, en aquel piso de Barbastro en el que hacía mucho calor en los veranos y mucho frío en los inviernos, porque estaba mal aislado, porque lo hicieron mal. ¿Dónde estarán los albañiles que lo hicieron? Estarán muertos. Y sin embargo aún puedo oírlos, oír sus voces mientras trabajan, mientras suben tabiques, mientras echan cemento, mientras cuelgan de los andamios y fuman un cigarro negro.

Se pasó cuarenta veranos levantándose pronto, para disfrutar del frescor de las mañanas. Mantenía una complicidad con esas mañanas de verano. Las siete y cuarto de la mañana, esa era la hora cumbre. Ella representaba la alegría de los veranos, de aquellas mañanas en donde yo solo tenía once o doce años y no conocía las devastaciones del insomnio y me podía levantar con ella a las siete de la mañana y luego volverme a la cama hasta las nueve.

Y vuelve la voz, y me dice: «Haz un pacto conmigo, ¿quieres seguir viéndola?, ¿quieres verla desde el presente en el que tú estás?, ah, camarada, esas grandes corrientes del tiempo, todo eso que se marcha, te has hecho especialista en las cosas que se pierden, te pasas la vida pensando en tu madre muerta y en tu padre muerto, como si no quisieras pasar a otro espacio de la experiencia humana, no quieres pasar porque justamente entre los muertos vive la verdad y lo hace de una forma luminosa, no de una forma triste o lamentable o patética, sino con una declarada alegría incluso, como una conclusión llena de júbilo que encierra cánticos, soles, árboles, y fruta en el verano, mucha fruta en el verano que en estos momentos muerde tu madre, mírala, está allí, es el 24 de junio de 1971 y está mordiendo una rodaja de sandía y son las siete y cuarto de la mañana y tú estás convencido de que la muerte no existe, de que solo existen la inmortalidad y la canción del verano, estás viviendo el escándalo de la transitoriedad de todo, porque todo es transitorio, y eso no lo soportas».

Sí, la canción del verano, desde finales de los años sesenta, se pegó a mi piel.

A mi madre le encantaban la canción del verano y las patatas fritas de bolsa. Qué felices éramos entonces.

Ya no existen las bolsas de patatas fritas de marca Matutano; creo que ahora se llaman de otra manera. Mi padre siempre pedía esa marca cuando estábamos en los bares.

«Las patatas, que sean Matutano», le decía al camarero con una sonrisa tranquila.

50

Me encuentro con una foto, de mediados de los setenta.

Éramos niños en la nieve, escuchando las indicaciones de un monitor de esquí, intentando aprender a deslizarnos por la ladera, al lado de las montañas inertes, con el frío en la cara. Con nuestros equipos de esquí, que eran equipos económicos. Yo llevaba un chubasquero.

El chubasquero era amarillo. La gente rica tenía anoraks, los chubasqueros eran ropa de gente más humilde. Casi me muero de rabia por no tener un anorak como los ricos.

Un niño en la nieve con el chubasquero amarillo.

De toda aquella gente que presenciamos el nacimiento de una estación de esquí alpino llamada Cerler en el año de 1972 hemos envejecido unos cuantos, y otros muchos ya se han muerto.

La estación de esquí de Cerler se construyó en el pueblo homónimo, situado en los montes Pirineos de la provincia de Huesca, que es una provincia desconocida en España, y en el mundo no digamos. Estábamos asombrados ante aquellos telesillas verdes que atravesaban las montañas elevados sobre los altos pinos, sobre los acantilados de piedra oscura. Y la nieve fuerte, descendiendo sobre los pilones industriales, la electricidad, los esquiadores con sus equipos modernos, los novísimos esquíes de fibra, las fijaciones automáticas, los hoteles, el turismo naciente, los automóviles aparcados al pie de las montañas, los recién inventados portaesquíes en los techos de los automóviles. Los esquíes de madera tenían los días contados.

Todo era una industria incipiente.

Todo estaba mejorando en el mundo; la idea de mejorar es un nervio de la Historia, es alegría universal. La mejoría descendía sobre el último cuarto del siglo XX como un sendero hacia la felicidad y la plenitud. Y era cierto, todo estaba mejorando: mejoraban los automóviles, mejoraban las comunicaciones, mejoraba la justicia social, mejoraba la enseñanza, la medicina, la universidad, se extendía la calefacción central a todas las viviendas, mejoraban las discotecas, los bares, el vino español, y mejoraba la tecnología de los esquíes de montaña.

Ya no habría más fracturas de huesos, pregonaban los monitores de esquí, pero siguió habiendo piernas rotas. El advenimiento de las fijaciones automáticas no se celebra en ninguna iglesia, y sin embargo yo me acuerdo de aquel hecho asombroso, de aquel avance.

Sí, y aún hoy, con las fijaciones más tecnológicamente avanzadas de la tierra, sigue habiendo fracturas, porque la nieve y las montañas cobran en huesos rotos. Aquellos nombres legendarios de la industria incipiente de las fijaciones de esquí de los años setenta: Marker, Look, Tyrolia, Salomon. La fijación tiene en el esquí alpino un cometido trascendental: ella se encarga de mantener el pie del esquiador unido al esquí. Había en las fijaciones una combustión mística: no te dejaban caer, te mantenían unido a las montañas, te mantenían al lado de las montañas, en una danza con las montañas.

Te sujetaban, eso hacían las fijaciones. Te daban gravedad, arraigo. Te mantenían de pie, impedían que te cayeras al abismo.

Seguí subiendo a esquiar a Cerler, pero hace tiempo que no voy. No puedo permitírmelo. Esquiar se quedó para los ricos.

Me miro en el espejo de los lavabos de las cafeterías de la estación de esquí de Cerler, a mil ochocientos metros de altitud, y veo a mi padre.

«Hola, papá, sigo esquiando, como cuando era un niño.»

El sol brilla el día de Nochebuena sobre Cerler.

Subíamos a esquiar con tu Seat 1430.

Le colocaste un portaesquíes. ¿Cuánto te costó?

Al poco tiempo, vimos nacer un hotel de lujo a pie de pistas. Se llamaba y se llama el hotel Monte Alba, pero allí ya no nos alojamos nunca.

Luego las cosas te fueron mal, y ya no subimos más a esquiar a Cerler.

Cojo la nieve en mi mano, y cojo tus cenizas. Y así habrá de ser siempre, hasta que todo se disipe y las montañas languidezcan.

Seguí subiendo a esquiar, pero ya no era como en la infancia. Cada vez subía menos, cada vez era más caro. Había que ahorrar seis meses para esquiar dos días. Además, ya mi cuerpo no aguanta tanto esfuerzo físico.

51

Se casaron el 1 de enero de 1960.

Me han quedado muy pocas cosas materiales de ellos, pocas gravitaciones de la materia, como las fotos. Fotos, poquísimas. Uno de los dos se encargó de borrar cualquier huella, cualquier alcance futuro de sus vidas, tal vez no de forma premeditada. Ninguno de los dos pensó en mi futuro, en el que yo estoy ahora recordándolos, en donde estoy solo.

Me encontré esta foto:

Nunca la había visto antes. Mi madre la escondía. Lo gracioso es que yo creía conocer todos los rincones del piso de mi madre, piso que fue también mi casa. Creía conocer todos los cajones, pero está claro que no era así. De modo que mi madre escondía fotos que ni mi padre sabía que existían. El grado de inconsciencia de mis padres sobre sus propias vidas me parece un enigma. Aún es más enigmático que sea yo, una vez muertos ellos, el que esté intentando saber quiénes fueron. El grado de omisión de sus propias vidas me parece arte.

Fueron dos Rimbauds, ellos, mis padres: no querían la memoria, no se pensaron a sí mismos. Fueron inadvertidos, pero me engendraron a mí, y me enviaron al colegio y aprendí a escribir, y ahora escribo sus vidas; se descuidaron ahí, debieron haberme abandonado en medio del más revolucionario y radical e inapelable analfabetismo.

El hecho de que jamás pueda volver a hablar con ellos me parece el acontecimiento más espectacular del universo, un hecho incomprensible, del mismo tamaño que el misterio del origen de la vida inteligente. Que se hayan ido me tiene en vela. Todo es irreal o inexacto o escurridizo o vaporoso, desde que se fueron.

Las fotografías dan siempre la precisión de la realidad; las fotos son el arte del demonio. Toda la cristiandad mataría por tener una foto de Jesucristo. Si tuviéramos una foto de Jesucristo, volveríamos a creer en la resurrección de los muertos.

Ocultaron su boda, no sé por qué y ya nunca lo sabré. Sé que se casaron el 1 de enero de 1960 por el libro de familia, que también estaba oculto. No sé cómo era la gente entonces, en 1960. Podría ver documentales o películas de la época. No veo ninguna relación entre mi persona actual y esta fotografía de mis padres bailando.

Debió de ser una noche excelente.

De la boda de mis padres del 1 de enero de 1960 no existe ninguna foto sobre el planeta Tierra. ¿Se hicieron alguna foto? Todo el mundo guarda una foto de su boda. Mis padres, no. Si hubo alguna foto, mi madre la rompió. ¿Por qué? Por estilo, porque los dos tenían estilo.

Nadie que estuviera en esa boda sigue en pie sobre la tierra; todos están bajo la tierra.

Se fueron de viaje de novios al pueblo francés de Lourdes. Nunca me dieron muchos detalles de aquel viaje. Mi padre ya tenía su Seat 600. Imagino muchas veces ese viaje. Tuvieron que cruzar la frontera; lo harían por el Portalet, aunque al ser invierno —el invierno de 1960— el puerto estaría nevado. No sé cómo hizo mi padre para cruzar ese puerto con un Seat 600. Cuando voy con mi coche por las carreteras francesas de montaña que llevan a Lourdes siempre me acuerdo.

«Por aquí estuvieron», digo.

Se lo digo a nadie.

Nunca acabo de tocar esas sombras. Esos fantasmas. ¿Dónde se alojarían? Iba a preguntárselo a mi padre y no puedo hacerlo. Parece una tontería, dices: «Ah, esto se lo tengo que preguntar a mi padre, él lo sabrá bien». Y resulta que tu padre lleva nueve años muerto. De modo que nunca sabré dónde se alojaron en esa insólita ciudad de Lourdes. Es una ciudad de lisiados, de milagros, de vírgenes y santas, y a la vez es una ciudad de fértil vegetación, todo muy verde y frondoso.

¿Por qué fueron allí de viaje de novios?

Podrían haber ido a Barcelona. O a Madrid. O a San Sebastián. A París, imposible, no había dinero. Qué extraña elección, que ya nadie podrá aclararme. Cualquiera que haya estado en esa ciudad reconocerá que es un lugar inolvidable, mesiánico, litúrgico, esotérico, loco. ¿Cómo no pregunté, mientras pude, por qué eligieron como viaje de bodas esa ciudad donde la Virgen María se apareció dieciocho veces a la pastora Bernadette Soubirous? La respuesta es obvia: no lo pregunté mientras pude porque pensé un día de estos se lo pregunto, como si siempre fueran a estar allí. Tal vez me desagradaba preguntarles por ese viaje, parece algo muy personal. En fin, en cualquier caso, lo único obvio es que si tienes que preguntarle algo a alguien, hazlo ya.

No esperes a mañana, porque el mañana es de los muertos.

Si volviera a tener otra oportunidad, tampoco lograría preguntarles nada sobre su viaje de bodas. No pregunté entonces porque sabía que no querían hablar de eso.

Puedo imaginar por qué no querían hablar de eso. No les gustaba la palabra «matrimonio», eso era lo que les pasaba, en realidad. Algo, simplemente, instintivo.

52

El 1 de enero se convirtió en una fecha importante en nuestra casa, en mi infancia, pero mis padres nunca acababan de decir por qué. Mi padre dijo: «Es nuestro santo», y esa fue la única explicación. El 1 de enero celebrábamos el santo de Manuel, pues los dos nos llamábamos así. Con un efecto de saturación y de pensamiento mágico, Valdi, mi segundo hijo, vino a nacer un 1 de enero. Hay trescientos sesenta y cinco días en el calendario, pues bien, Valdi fue a nacer el mismo día en que se casaron sus abuelos. ¿Fue por azar? Si el azar es amor, entonces lo fue.

Venían amigos de mis padres a casa todos los primeros de enero, allá por 1965, 1966, 1967, hasta mediados y casi finales de los años setenta. Luego hubo cambios. Cambiaron de amigos. Y en los años ochenta venían otro tipo de amigos. Yo intuí que esos cambios no eran buenos. A primeros de los noventa dejó de venir gente, se redujo la celebración al ámbito familiar.

Yo era muy feliz ese día, no sabía muy bien qué se conmemoraba. Mi padre siempre estaba feliz el 1 de enero. Me pregunto por los amigos que vinieron a verle durante treinta años.

Y luego dejaron de venir.

Y esas paredes combadas de ese piso que con mucha suerte será reformado son las únicas testigos.

Qué fue de Ramiro Cruz, que era el primero en llamar por teléfono allá por 1968. Qué fue de Esteban Santos. Qué de Armando Cancer. Qué de José María Gabás. Qué de Ernesto Gil. Se fueron muriendo.

Yo me aprendía de memoria los nombres de los amigos de mi padre porque en mi cerebro de niño todos eran héroes. Si eran amigos de mi padre, es que eran como él. Por tanto, eran los mejores hombres del mundo.

Marcaban este número: 310439. Porque entonces no había que colocar el prefijo, eso aún tardaría en llegar.

Le gustaba mucho que le llamara Ernesto Gil, porque fue alcalde de Barbastro. Le gustaba que le llamara el alcalde para felicitarle el Año Nuevo y el santo.

Me acuerdo de cómo cogía mi padre el teléfono, aún en bata. Llamaban pronto. Para mí eran llamadas inquietantes, porque oscilaban entre la solemnidad y el misterio.

Mi matrimonio me unía de una forma racional o social o deductiva o coherente a mis padres, pero tras mi divorcio, que coincidió con la muerte de mi madre, la última testigo, se desató una nueva relación con la vida de mis padres. Mi divorcio redirigió mi relación con mis padres muertos. Vino para quedarse una relación fantasmal, llena de acertijos y de clarividencia.

Vinieron los espíritus. Mi padre es el que más viene, se acuesta a mi lado y toca mi mano.

Y allí está, carbonizado.

«¿Por qué mandaste que me quemaran, hijo?»

Yo también, en poco tiempo, seré un padre muerto y mandarán quemarme. Y Valdi y Bra me verán como a un muerto.

Es un error pensar que los muertos son algo triste o desalentador o depresivo; no, los muertos son la intemperie del pasado que llega al presente desde un aullido enamorado.

Creo en los muertos porque ellos me amaron mucho más que los vivos de hoy.

Nunca dijeron qué había pasado el 1 de enero. Nunca dijeron: «Nos casamos ese día». Cuando lo averigüé de casualidad, por el libro de familia, me quedé fascinado. Lo entendí todo entonces.

53

Aún figura el nombre de mi padre en internet, en una web vieja de agentes comerciales. ¿Puede haber algún ser humano que consulte esa web? Es imposible la extinción total a corto plazo, hay que esperar décadas, incluso siglos. Alguna empresa o particular aún podría llamar para contratar sus servicios. Después de diez años muerto, en internet aún se ofrecen sus servicios como agente comercial en activo. Internet apuesta por la inmortalidad, es la apuesta más firme por la inmortalidad a la que pueden acceder los seres humanos.

De vez en cuando entro en esa web y me quedo mirando el nombre de mi padre y el número de teléfono que lo acompaña.

Alguien tendría que borrarlo. O mejor aún: alguien tendría que poner el número de mi móvil al lado, para que, si no contestan en el fijo, me llamen a mí, y no se pierda esa llamada.

Que no se pierda esa llamada que espera encontrar un vivo donde hay un muerto. Que no se desvanezca esa fe.

Muchas veces marco ese número: 974310439. Ese número es una liturgia.

Muchas veces he pensado en tatuarme ese número en mi brazo, y lo acabaré haciendo.

No quiero morirme sin ese número tatuado en mi brazo, para que se lo coma la muerte.

Ese número: 974310439.

54

No me importa exhibir la vida de mi padre. Aunque en España nadie quiere exhibir nada. Nos vendría muy bien escribir sobre nuestras familias, sin ficción alguna, sin novelas. Solo contando lo que pasó, o lo que creemos que pasó. La gente oculta la vida de sus progenitores. Cuando yo conozco a una persona, siempre le pregunto por sus padres, es decir, por la voluntad que trajo a esa persona al mundo.

Me gusta mucho que los amigos me cuenten la vida de sus padres. De repente, soy todo oídos. Puedo verlos. Puedo ver a esos padres, luchando por sus hijos.

Esa lucha es la cosa más hermosa del mundo. Dios, qué hermosa es.

55

Un día del verano del año 2003 los médicos quisieron hablar con mi madre y conmigo.

No querían que mi padre estuviese presente.

El médico nos señaló dos sillas para que nos sentáramos. Nos dijo a bocajarro que mi padre tenía cáncer de colon de muy mal aspecto, y que nos fuéramos haciendo a la idea. Era un oncólogo a quien se le notaba bastante que tenía ensayados esos momentos, los momentos de la transmisión de la idea de la muerte que se acerca, los momentos de la devastación. Me impresionó esa actitud, porque de alguna forma ese hombre estaba disfrutando, no de manera inmoral, y no porque le diera placer la transmisión de la contundencia de la muerte o la divulgación de la catástrofe, sino porque creía que estaba haciendo bien su trabajo. Era como si llevara en su cabeza un laboratorio de palabras sobre la propagación de las noticias decisivas. Y hubiera hecho toda clase de pruebas, hubiera ensayado con toda suerte de palabras. Llevaba en su cabeza la articulación verbal de lo decisivo, pero no era un poeta, era un alienado más en este mundo de inagotables seres que se gastan en vano.

Mi padre murió dos años y unos meses después de que el médico decretara esta estúpida sentencia. Aunque yo creo que mi padre murió por parecerle una idea interesante el vaticinio de aquel oncólogo y por no dejarlo en ridículo, por cortesía laboral con aquel tipo.

La estupidez del oncólogo le pareció a mi padre una percha azarosa con la que salir de este mundo por invitación de alguien.

No creo en los médicos, pero sí en las palabras. No creo que los médicos sepan demasiado de lo que somos, porque desconocen el mundo de las palabras. Sí creo en las drogas. La ciencia moderna ha delegado en los médicos la autoridad sobre la catalogación y prescripción de las drogas. La medicina vale si suministra drogas. Es decir, si suministra lo que mata. Las drogas son la naturaleza, estaban allí desde siempre. No nos dejan tomarlas a nuestro capricho.

Hubo un silencio, y volví a mirar al oncólogo. Mientras mi madre le preguntaba alguna ocurrencia, de repente yo sentí más pena por la vida del oncólogo que por la de mi padre.

Me pareció más deprimente la vida de ese hombre que la noticia de la enfermedad de mi padre.

56

Nunca le dijimos nada a mi padre, ni él preguntó. Mi padre decidió despreciar su enfermedad. Creo que fue una actitud mística. Se limitó a guardar silencio.

Lo operaron varias veces, y él guardó silencio. Era como si no le importara que entraran en su cuerpo para llevar a cabo tareas imprecisas, protocolarias, apáticas. No le importaba que los cirujanos visitaran sus órganos internos y dieran cumplimiento así a su jornada laboral, tan escrupulosamente acordada y delimitada por los sindicatos y la administración.

Mientras los médicos cobraban su nómina mensual, mi padre se moría. Había menos alienación en la muerte de mi padre que en la nómina de esos seres ingrávidos.

57

Le gustaba ver la tele. Yo creo que se tragó millones de horas frente al televisor. He visto la evolución de la tecnología de los aparatos de televisión. Comprar un televisor en los sesenta y en los setenta del siglo pasado era un acto trascendental y daba alegría y miedo.

Recuerdo el primer televisor que entró en mi casa. De pequeño, recuerdo a mi padre viendo con fervor aquel programa concurso de la década de los setenta que se llamó *Un, dos, tres... responda otra vez*. Mi padre era adicto a ese programa, donde los concursantes tenían que responder a inesperadas preguntas, bajo el mantra de «un, dos, tres... responda otra vez».

Mi padre respondía con los concursantes, y solía ganar él.

Podía haber ido a ese concurso.

Nunca lo hizo.

Debió de pensar que tendría que coger un autobús; no le gustaban los autobuses, ni los trenes. Solo le gustaba su coche, porque su coche era una emanación de sí mismo. Su coche era él. Por eso lo dejaba a la sombra en los veranos tórridos, porque a mi padre no le gustaba estar al sol.

Yo aborrecía ese concurso, pero lo ponían los viernes, y todos estábamos relajados. Al día siguiente no había que ir al colegio.

No sé cómo podía gustarte ese programa, era horrible, has de saber que a mí no me gustaba nada, aquellas bobas preguntas, solo me cabe el consuelo de que se vayan muriendo todos los concursantes y todos los presentadores y los productores y las azafatas de aquella inmensa boñiga de programa, no te puedes ni imaginar lo que sufría ante esa horterada en la televisión, y tú allí, contestando con aquellos seres humanos reducidos a una sonrisa amarilla. Creo que exhibían una España subdesarrollada. Bueno, tu hijo ya estaba en otro orden de la historia de España. Menos mal que ya todo ahora es un fantasma. Se murieron los presentadores, se fueron muriendo casi todos. El alivio y la purificación de la muerte para aquellos cuyos rostros capturó la televisión: humoristas, cantantes, presentadores, todos esos rostros tercamente españoles. Porque la única manera de vencer la vulgaridad en España es a través de la muerte. Puedo imaginarme fotos, enmarcadas en molduras de lujo aparente, de esos concursantes en las paredes de los pisos de sus casas; fotos pasando de padres a hijos, son mamá y papá en el *Un, dos, tres... responda otra vez,* mamá y papá fueron concursantes en 1977 con Kiko Ledgard. ¿Os acordáis de Kiko Ledgard?

Dónde estará enterrado Kiko Ledgard, aquel presentador legendario de la televisión española de mediados de la década de los setenta. ¿Tuvo hijos? ¿Se acuerdan sus hijos de él? Mi padre y yo lo mirábamos todos los viernes. Bueno, en realidad yo miraba cómo mi padre lo miraba a él. Recuerdo que Kiko Ledgard se ponía varios relojes en ambas muñecas, por una superstición.

En algún sitio estarán esos relojes, eran buenos.

Sin embargo, papá, ahora voy a una cosa que se llama YouTube y busco esos programas de la televisión española de los años setenta y los veo con una nostalgia y un amor indecibles, porque eran tus programas. No es verdad que odiara esos programas, solo hubiera querido que me hubieras cogido de la mano y hubiéramos ido de paseo a la calle, que hubieras estado conmigo en vez de estar con ellos, con los presentadores de la televisión española, con quienes estoy yo ahora, en una pantalla de ordenador, adicto a la nostalgia, adicto a ti, adicto a YouTube. Adicto al pasado.

Sueño con que tú, mamá y yo vamos vestidos de gala, con ropa de marca, con zapatos brillantes, y nos esperan en el mejor restaurante de París, con vistas al Sena.

Sueño que reímos y bebemos champán y comemos caviar y *escargots* y que mamá se enciende un cigarro con un mechero Dupont de oro que tú le acabas de regalar.

Sueño que somos ricos.

Sueño que cuentas chistes en francés, sueño que es 1974, y que el mundo es nuestro.

Sueño que jamás vimos la televisión.

Sueño que siempre estábamos de viaje, una noche en París, otra en Nueva York, unos días en Moscú, otros en Buenos Aires, o en Roma, o en Lisboa.

Sueño el dominio del mundo.

Sueño cenas de los tres en los mejores restaurantes del planeta. Y contamos chistes en todas las lenguas: en ruso, en inglés, en italiano, en portugués.

Sueño que te compras una mansión cerca de Lisboa. Sueño que miramos los tres juntos el Atlántico.

Porque yo sé cuánto amabas la vida.

58

Pasaron los años, y mi padre, ya a finales de los noventa, se hizo adicto a los programas de los cocineros. Se pasaba las horas viendo cómo cocineros hacían buñuelos o bacalao o paellas por la televisión. Se ponía una bata verde muy fina que tenía, una bata de seda, se colocaba las gafas y se sentaba delante de la televisión a ver programas de cocineros.

Parecía un ángel, mi padre; un ángel risueño, contemplando la organización gastronómica de la realidad.

Parecía un enviado cuya misión era santificar la comida con el sentido de la vista.

No había ninguna trama en esos programas, o la trama era simplemente cómo se cocinaba una merluza a la mallorquina. Yo creo que lo que le fascinaba en realidad era la adscripción geográfica de las recetas de la cocina española. Que cada plato se cocinara según se hacía en alguna parte. Tal vez en el fondo se imaginaba viviendo en Mallorca, o en Bilbao, o en Madrid y comiendo una merluza, un bacalao o un cocido. Él sabía cocinar y sabía cómo se hacían todos esos platos, lo que le gustaba era ver cómo cocinaban otros.

Le gustaba ver la alegría que crea alguien que está cocinando. Porque en alguien que está cocinando hay una propuesta de futuro. Todo va a ser, todo se dispone para la posteridad, aunque sea una posteridad de dentro de quince minutos.

59

Un día dejó de preocuparse de su coche, un Seat Málaga antiguo. Siempre se había angustiado por su coche obsesivamente, por cuidarlo, por tenerlo siempre en perfecto estado. Lo abandonó en un garaje y dejó de conducir. Fui yo mismo a ver el coche, y estaba lleno de polvo.

Se lo dije: «Papá, el coche está lleno de polvo».

Me miró, y parecía que eso sí le hacía mella.

«Era un buen coche, haz lo que quieras con él», dijo.

Cuando se desentendió de su coche, supe que mi padre iba a morir pronto; supe que eso era el final.

Fue uno de los momentos más tristes de mi vida, mi padre me estaba diciendo adiós por una máquina interpuesta.

En vez de decirme: «Tenemos que hablar, esto se acaba», me dijo: «Era un buen coche». Dios mío, cuánta hermosura. Viniera de donde viniera el espíritu de mi padre, estaba tocado del don de la elegancia, del don de lo inesperado, de la ingenua originalidad.

Del estilo.

Me senté en una silla de la cocina, y me lo quedé mirando. Me puse muy nervioso. Me angustié mucho. Solo yo en todo el universo sabía lo que significaban esas palabras, «haz lo que quieras con él».

Me estaba diciendo algo devastador: «Haz lo que quieras conmigo, no percibo tu amor».

No percibo tu amor.

No te amé lo suficiente, y tú a mí tampoco.

Fuimos condenadamente iguales.

60

Fui a ver su coche. En todo el coche se respiraba el viento espiritual de mi padre. Sus manos grandes en el volante, sus gafas, el maletero vacío, la manta dentro del maletero para proteger el maletero vete a saber de qué (y por supuesto mi coche también tiene una manta en el maletero para proteger el maletero vete a saber de qué), la guantera con los documentos en orden. Mi padre supo ver la aleación mística de la clase media-baja española con los automóviles que esa clase media-baja llegó a poseer.

Era una mística industrial y política: un hermanamiento ancestral de chapa y pintura con carne y sangre.

Su forma de irse de este mundo me parece de un arte superior. Se fue con una discreción admirable.

Le daba igual la muerte, no la consideraba. Le dio pena el coche. Le debió de asustar que aquello que había sido motivo de preocupación constante a lo largo de su vida —y por tanto, cimiento y sentido de esa vida— ya no importara. Era un cambio radical.

Iban a morir a la vez, su coche y él.

El día que abandonó su coche, me dio un vuelco el corazón.

Yo sabía lo que significaba el coche para él. Era un poco de arraigo material en el mundo, una propiedad. El alma de mi padre venía de muy lejos en el tiempo, de la vieja noche planetaria, alma de hombres sin arraigo —hombres vivos o muertos, era lo mismo—, de allí venía el alma de mi padre; almas que no arraigaban, que eran de una extremada belleza y de una extremada volatilidad.

Nos volvimos invisibles ante mi padre.

Mi madre tuvo ataques de pánico.

Tenía miedo a las últimas fases de la enfermedad.

Éramos una familia catastrófica, y a la vez poseíamos nuestra originalidad.

Íbamos y veníamos de los hospitales.

No hablábamos.

No entiendo qué pasó. Creo que yo tuve bastante responsabilidad. Había una insatisfacción en mí que impedía que me hiciera cargo de todo aquello. A mí me entraban ataques depresivos en los hospitales. No soportaba aquello.

Mi vida iba mal y la vida de mi padre se iba.

Nos echábamos las culpas los unos a los otros. Mi padre a mi madre. Mi madre a mí. Yo a mi padre. Mi padre a mí. Mi madre a mí, etcétera. Era una especie de maremagno de insatisfacción y culpas.

No tuvimos ni un minuto de descanso.

61

En realidad, en mi familia pasó algo sobrenatural: nadie dijo nunca: «Somos una familia». No sabíamos lo que éramos. Por eso, quiero recordar ahora una Nochebuena terrorífica de hace casi medio siglo, debió de ser en el 67 o en el 68. Mi padre se enfadó muchísimo con algo referido a la preparación de la cena, algo que no estaba de su gusto.

Rompió los platos.

Tuvo un ataque de ira, estrelló los platos contra la pared, contra el suelo, como en las películas.

Nos fuimos a dormir.

No hubo Nochebuena ni nada. Todo eso se fue grabando en la mente de mi familia, hasta envolvernos en una atmósfera de tristeza inconfesable.

Eligió la Nochebuena para hacer añicos los platos.

Yo no sabía qué estaba pasando. Solo vi volar los platos. De repente, los platos dejaron de estar sobre la mesa.

Se suponía que era la Nochebuena, joder, y que eso era lo más respetable en una familia. Nunca pregunté por esta escena, y debería haberlo hecho, tal vez así hubiera entendido algo relacionado con mi familia y, por tanto, relacionado con mi futuro.

Cómo iba a preguntar por esa escena, si se precipitó hacia lo innombrable, hacia lo fantasmagórico, si quise borrarla, destituirla, si casi lo conseguí al añadirle miles de gotas de inverosimilitud, las gotas de mis lágrimas, de mi conmoción, como aquella otra conmoción rígida y sórdida que me causó el sacerdote G. al entrar en una clase llena de luz.

Como es bien sabido, aquello de lo que hemos sido testigos durante niños determina nuestra vida ulterior. Sin embargo, y esta es mi contribución, no lo hace bajo ningún orden sociológico o político, sino por una atávica decantación de la sangre; y en mi caso, lo hace desde la ciencia pesada de la bendición de nuestro destino, porque tener un destino es una bendición.

La mayoría de los hombres no tienen destino.

Y es fascinante que el pasado labre un destino en los huecos mecánicos de mi respiración. Porque la mayoría de hombres y de mujeres no tienen historia. Poseyeron vidas sin historia. Y eso es hermoso también. Y al fin y al cabo el planeta Tierra es un cementerio general de millones de seres humanos que estuvieron aquí y carecen de historia, y si careces de historia, cabe preguntarse entonces si estuviste vivo alguna vez.

Se ordenan las estaciones y las décadas, se ordenan la mano y el diente corrompido, se desordenan los restos óseos de los ahorcados y al final solo cabe pensar en la *detestabilidad* de Dios.

Un Dios detestable y de cuyo aburrimiento brotó la odisea de los hombres.

Un hijo no debe asistir al momento en que su madre se convierte en una niña pequeña.

62

Creo que mi madre se echó a llorar en aquella fatídica Nochebuena. Mi madre, que, cuando llegaban las tormentas, se encerraba en la despensa de la cocina. Mi madre, horrorizada por las tormentas. Abrías la despensa de la cocina, que parecía un ataúd, y allí estaba mi madre. Si hay tormenta, ¿dónde está mi madre? Mi madre desaparecía. Mi madre se fugaba del mundo cuando al mundo llegaban los truenos y los rayos y la lluvia descomunal.

Se escondía en la despensa de la cocina, y eso fue su juventud: huir de las tormentas.

Y yo creía que era un juego, abría la puerta de la despensa y allí estaba ella, rígida, joven, como una estatua, paralizada. Pero su rostro joven se ha desvanecido de mi memoria, y solo consigo recordar a la vieja decrépita en que se convirtió, para horror suyo más que mío. Fue una testigo responsable de su propio horror. Por eso tenía la constitución de un ángel; solo los ángeles son capaces de no perdonarse el horror de la decrepitud.

La decrepitud no puede ser perdonada. Es *detestabilidad* y fracaso. La conciencia de la decrepitud, de eso hablo. Cuanto más consciente eres de tu decrepitud, más te acercas a la *detestabilidad* de Dios.

Mi madre era un ángel. Vio su decrepitud y la rechazó, y se hizo entonces una mártir, pero en todo ello solo latía su servicio a la vida. No soportaba los espejos, y yo tampoco. Los espejos son para los jóvenes. Si respetas la belleza, no puedes respetar tu envejecimiento.

Ya no hay despensas en las cocinas de los pisos actuales españoles. Pero me estaba olvidando de un cuarto esencial de la casa de mis padres; era un cuarto ciego que ellos llamaban «el ropero». Estaba al final del pasillo. Siempre costaba entrar porque la puerta se atascaba. Dentro se guardaban las maletas de trabajo de mi padre, las maletas donde estaban los muestrarios de los fabricantes de textil que vendía al pequeño comercio de los pueblos de Huesca, Teruel y Lérida. Y más cosas, también se guardaban ropa y objetos misteriosos. Mi hermano y yo teníamos prohibida la entrada. Yo sé que mi madre escondía allí cosas relacionadas con el pasado, cosas que no se atrevía a tirar, aunque con el tiempo las fue tirando todas. Nunca supe qué había en el ropero. Salía a veces en las conversaciones, en frases como «esto estará en el ropero» o «esto lo guardaremos si cabe en el ropero», pero era un cuarto extraño, esquinado, triangular, empapelado con estrellas sobre un fondo de firmamento azul oscuro. Creo que el empapelado era lo que más me inquietaba. Estaba empapelado porque toda la casa lo estuvo en su día. Mi madre fue cambiando el diseño de las paredes, optó por la pintura, por el estucado, pero dejó el ropero tal como estaba desde siempre, desde 1960. De modo que el ropero era un viaje en el tiempo. Las paredes empapeladas se pasaron de moda. El ropero conservó su pared empapelada: estrellas en el firmamento, y maletas y ropa, y cosas invisibles. Y mi madre escondida cuando llegaban las tormentas, o escondida en el ropero o escondida en la despensa; creo que le gustaba mucho más la despensa, porque el ropero era un sitio peligroso; había en él una fuerza oscura; yo adoraba el ropero, allí se condensaba la gravitación de mis padres. El *boom* de las paredes empapeladas pasó. No estaban mal aquellas paredes con papeles de todos los colores.

Mi madre se convertía en una niña y se escondía cuando llegaban las tormentas. No solo en el ropero y en la despensa, también debajo de la cama. Yo era un niño que veía cómo la magia disolvía a su madre del espacio y del tiempo. De repente, mi madre no estaba. Y comenzaba a buscarla por la casa mientras las tormentas de verano ensanchaban el cielo, convertían el firmamento en mil pedazos de luz sólida. Y entonces éramos un niño y una niña con un parentesco indescifrable y casi maldito. Ven, ven a esconderte aquí con mamá, dale la mano a mamá, el mundo es malo.

63

Nuestra desdicha estaba justificada.

Siempre lo pensé.

Nuestra desdicha fue arte de vanguardia.

Puede que fuera una desdicha genética, una especie de no saber vivir. Mi padre tuvo buenos momentos.

Cuando en los primeros ayuntamientos democráticos que hubo en España salió elegido concejal, ese fue un buen momento. Mi padre se lo pasaba bien con aquello. Estaba de buen humor. Fue en los primeros años ochenta. Yo vivía y estudiaba en Zaragoza. A veces venía a Zaragoza a verme, pero seguíamos siendo pobres. Mi padre no se entendió bien con el dinero. Siempre íbamos mal de dinero. Tenía yo veinte años cuando me dieron un premio literario. Y el dinero de aquel premio se lo quedó mi madre, y se lo pulió entero. Eran veinte mil pesetas de 1982. Se las gastó, y nunca me dijo en qué. Las cobró ella, porque los del premio me mandaron el dinero por giro postal al domicilio familiar y no a Zaragoza.

Creo que se las gastó en el bingo. Mi madre jugaba al bingo. Me acuerdo de que con dieciocho años recién cumplidos, mi madre me llevaba al bingo.

Los dos, mi padre y mi madre, jugaban al bingo. Algunas veces les tocaba. Iban todos los sábados. A finales de los setenta se legalizó el juego en España. Mi madre se volvía loca con el bingo. La recuerdo cuando le faltaba un solo número para cantar bingo, agitando el cartón de manera supersticiosa, encomendándose a no sé quién, farfullando palabras raras, invocaciones del azar, dando nombres a los números como el de «la niña bonita», y a veces ganaba, sí.

Pero la mayoría perdía. Decía: «Jugamos cinco cartones y nos vamos», y los cinco cartones se convertían en cincuenta.

No había manera de hacer dinero. Y eso creo que es hereditario. Yo también soy pobre. No tengo donde caerme muerto, lo bueno es que ahora nadie tiene donde caerse muerto. Y eso puede ser una liberación. Ojalá los jóvenes busquen la vida errante, el caos, la inestabilidad laboral y la libertad. Y la pobreza apañada, la pobreza desactivada moralmente, es decir, la pobreza en sociedad. Es una buena solución: la pobreza como fundamento colectivo; el no-tener mancomunado.

El problema de la pobreza es que acaba transformándose en miseria, y la miseria es un estado moral.

Mi madre no soportaba el tedio de la vida. Por eso iba a las piscinas o a los ríos, por eso iba al bingo, por eso tomaba el sol, por eso fumaba.

El sol y ella, casi lo mismo.

64

Hablé con la oncóloga que se hizo cargo de mi padre en sus últimos días de vida. Fue una conversación irritante y cruel. Era una médico joven, estaba estresada. Pensé que debía de ser víctima de alguna situación laboral precaria. Seguro que cobraba poco. Los oncólogos tienen un montón de moribundos a su cargo y deben de cobrar lo mismo que los ginecólogos, que tienen un cometido profesional más alegre, pues traen bebés al mundo. Irse del mundo y venir al mundo, y el mismo sueldo en ambos casos.

Le dije a aquella mujer que intentara que mi padre no sufriera en sus últimos momentos. No entendió bien lo que le estaba diciendo. Creyó que le proponía la eutanasia o algo así, una especie de asesinato. Todo era un mar de confusiones. Se enfadó conmigo; a mí me dio igual aquel enfado, me parecía que estaba viviendo una ficción, un delirio, una obra de teatro no de este mundo. Pero me aseguré de que mi padre no sufriera. Espero que alguien haga lo mismo por mí: asegurarse de que me droguen, de que me droguen hasta las cejas. Se pasó un día entero agonizando. Yo lo veía agonizar. Se oía una respiración que parecía una tempestad, un océano de quejidos misteriosos y largos. El cuerpo estaba consumido. Pero sonaba, su cuerpo producía música. Los dedos de los pies tenían un aspecto religioso, como de cristo martirizado, como de pintura española del siglo XVII, pies deformados pero en actitud de espera. Todo era un intento por respirar. Y era un intento inteligente. Mi padre hacía ruidos retumbantes, aciagos, catastróficos. Parecía su garganta el nido de millones de pájaros amarillos, quebrantando las paredes del aire. Mi padre se convirtió en el Barroco español. Entonces entendí el Barroco español, que es un arte severo de adoración de la muerte en tanto en cuanto la muerte es la más lograda expresión del misterio de la vida.

65

Desde que alcancé la adolescencia, con sus rigores lamentables, rehusé cualquier contacto físico tanto con mi padre como con mi madre. No me gustaba tocarlos. No es que no me gustase, no era eso. Lo que pasaba era que no habíamos creado esa tradición. No forjamos ese rito. Les daba a duras penas dos besos protocolarios. Menos aún iba a tocar a mi padre cuando se estaba muriendo. Ya he dicho que fuimos una familia rara; «disfuncional», se diría ahora. No creo que eso fuese ni bueno ni malo.

Mi padre ni tan siquiera fue al entierro de su madre, mi abuela, ni tan siquiera hizo una llamada. Y mi madre se encargó de dinamitar la relación de mi padre con sus hermanos, pero da igual. Mi padre decía que mi madre le escondía los papeles. La forma de mi madre de recoger la casa era tirar a la basura todos los papeles que veía.

Recuerdo a mi padre darse cabezazos contra una estantería porque no encontraba el duplicado de una venta que había hecho. Se gritaban a menudo, pero jamás se insultaron. Mi padre jamás insultó a mi madre, nunca. Simplemente se enfadaba y se desesperaba y golpeaba cosas, objetos, era su ira. Desde entonces, siempre que pasaba al lado de la estantería la miraba con intensidad: el lugar donde mi padre se dio de cabezazos. Y por supuesto el día que desmonté el piso, cuando murió mi madre, me quedé mirando el larguero de la estantería y lo acaricié por última vez. Ni siquiera era un larguero de noble madera. Debía de ser de chapa o de melamina. Siempre pensé que era de madera, pero no, no lo era.

Había olvidado aquellos gritos. Yo era pequeño, muy pequeño, yo era casi diminuto, pero mi frágil inteligencia se activaba y fabricaba una minúscula pregunta: ¿por qué mi madre no dejaba en paz los papeles de mi padre?

Mi madre estaba ciega, esa es la única razón. Pero era una ceguera herida. Mi madre no entendía la importancia de los papeles. Lo tiraba todo. No guardaba nada. A mí me tiraba los tebeos. A mi padre los papeles. Me compraba un tebeo y a la semana lo había hecho desaparecer. Pero si ya te lo has leído para qué lo quieres, decía. Quería tirar también los libros, pero descubrió que no tenía suficientes figuras y adornos baratos para poner en las estanterías y decidió darles una oportunidad. Se salvaron así los libros.

Pero no es reproche. La gente es como es, y ya está. Y cuando todos han muerto todo da igual, porque todos los muertos fueron grandes hombres y mujeres; la muerte les dio un significado final digno y afortunado.

Porque la vida social y la familiar y la vida laboral y la vida sentimental dan igual, son un invento que se descubre con la muerte. Por eso escribo así. Porque en cualquier vida hay un millón de errores que constituyeron la misma vida. Los errores se repiten una y otra vez. La infidelidad se repite. Se repite la traición. Se repite la mentira. Y no consta en sitio alguno registro de las repeticiones. Contar lo que pasó está bien, es un buen trabajo. Intentar contar lo que pasó, claro. Tal vez por eso me abrasa tanto por dentro la contemplación de las fotografías familiares; porque la fotografía representa lo que vimos bajo la luz del sol; lo que estuvo bajo el sol y tal como la luz modeló las vidas de los hombres y de las mujeres; por eso la fotografía es tan perturbadora, es lo más perturbador que existe: fuimos capaces de meter la luz dentro de un papel; mis padres estuvieron iluminados por la luz del sol y esa luz aún dura en esas hojas acartonadas, en esos retratos gastados.

La luz, que fue condenada a descender del sol y acabó combatiendo contra los cuerpos humanos, aquí en la vida.

Las fotos de mis padres, tercamente, afirman que estuvieron vivos alguna vez. Ese remoto recuerdo de ellos es más importante que el capitalismo presente, que la generación de riqueza universal.

66

A mi madre nunca le gustó dar dos besos a nadie, ni dar la mano. No le gustaba tocar a la gente. Yo creo que heredé eso. Que, bien mirado, igual es un mandato genético para protegerte de las infecciones que llevan encima los demás.

Cuando murió mi padre, algunos parientes y amigos —no muchos— le dieron un beso en la frente.

Yo no lo hice.

Mi madre tampoco.

En ese momento supe que mis hijos tampoco lo harían conmigo. Esa cadena de la frialdad a la hora de tocar el cuerpo de nuestros progenitores, ¿de dónde viene? Hay en esa frialdad, en esa asepsia, un alto grado de inhumanidad, o de miedo, o de cobardía, o de egoísmo. Es una disposición genética. Mis padres pasaron olímpicamente de la muerte de sus padres —mis abuelos—, como mis hijos pasarán olímpicamente de mi muerte. Y me parece original.

Hay allí algo que nos encumbra.

Una especie de aristocracia del alejamiento.

Yo no toqué el cuerpo de mi padre muerto.

Nunca vi su tumor, nunca me lo enseñaron, nunca me ofrecieron ver aquel pedazo de carne que lo iba a matar.

Me hubiera gustado tenerlo en la mano, tener ese tumor en la mano.

¿Qué es un tumor cancerígeno?

Es viento cansado, historia general del aire contaminado, porquería en la alimentación, es decir, otros tumores más descomunales, de vacas y de cerdos y de pollos y de merluzas y de corderos y de peces espada y de conejos y de bueyes procesados.

De mayor no me acercaba, no tocaba el cuerpo de mis padres, salvo los besos protocolarios que tan nerviosos nos ponían. Eran besos en donde chapoteaba la ballena del diablo, una especie de incomodidad más antigua que los mares.

¿A qué años dejas de ir de la mano de tu madre o de tu padre?

67

Recuerdo con ternura el esmero de mi madre, poco antes de su muerte, por seguir llevando sus uñas pintadas de rojo; eso me conmovía.

Me quedaba mirando su mano anciana, aún enarbolando un sentido de la belleza y de la memoria, con aquellas uñas de la peluquería. La coquetería de mi madre anciana me parecía delicada, amable. Quería mostrarse ante los demás con elegancia, y a mí eso me parecía maravilloso. Que fuera con las uñas pintadas era un don. Pero aun así no le cogí la mano nunca por propia voluntad, salvo cuando tenía que ayudarla a caminar, entonces sí le cogía la mano.

Agradecí esa obligación, porque me permitía cogerla de la mano sin perder el pudor, la distancia, la lejanía. Le cogía la mano por obligación facultativa, no por voluntad.

Y no cogí la mano de mi padre moribundo. Nadie me enseñó a hacerlo. Me daba pánico hacerlo, me daba miedo, un miedo que iba agigantando mi soledad. El miedo a una mano, que acabó consintiendo la gran soledad en la que vivo.

68

El cáncer lo devoró, pero él nunca pronunció el nombre de su enfermedad. Jamás habló del cáncer ni de la muerte. Jamás oímos de sus labios la palabra «cáncer». Me parece fantástico que no dijera nunca esa palabra.

Ni preguntó ni habló.

Era un anarquista profundo.

No nos dijo nunca a qué o a quién dedicaba sus pensamientos mientras se estaba muriendo.

Ese misterio se lo llevó consigo.

No dijo ni buenas noches.

69

Se fue desvaneciendo, se desvanecía su vida y su conversación se desvanecía, era ya silencio. Puede un hombre convertirse en silencio. Mi padre, que es silencio ahora, ya fue silencio antes; como si supiera que iba a ser silencio, decidió ser silencio antes de la llegada del silencio, dando así una lección al silencio, de la que el silencio salió tocado de música.

Había hecho un pacto secreto y lánguido con su cuerpo, del que nacía música.

La música de Juan Sebastián Bach, eso fue mi padre.

70

Sé que la medicina del futuro permitirá a los moribundos dilatadas y complejas conversaciones con los tumores que los van a matar, cuando la medicina dé un paso fundamental que casi es hoy inimaginable: cuando la medicina advierta que el cuerpo es un templo, una construcción espiritual del origen del cosmos, cuando la medicina sea inteligente al fin. La medicina aún no es inteligente, todavía es simple práctica, simple constatación de hechos. Tiene que descubrir la belleza y el abigarramiento inmaterial de un tumor cancerígeno, porque en un tumor cancerígeno está también la voluntad de vida del cuerpo del hombre que lo lleva dentro.

Esa es la razón de que mi padre eligiera el silencio. No había nada que decir. La medicina estaba vacía, la religión jamás existió, y ya había abandonado su coche. Los seres humanos ya estaban en la invisibilidad, no tenía nada que decirnos.

No me dijo nada.

No me dijo «adiós».

No me dijo «te quiero».

No me dijo «te quise».

Así que se calló.

Y en ese silencio estaban todas las palabras. Como en un *boomerang* metafísico, en su silencio ardían las estrellas pintadas de las paredes del cuarto ropero. Era yo entonces el que buscaba desde la habitación del hospital en que estaba postrado mi padre un lugar donde esconderme, y ese lugar era el cuarto ropero con su breve pared empapelada con estrellas.

El ropero fue nuestro *aleph*, el *aleph* de la clase media-baja española surgida en la posguerra. Los cuartos roperos fueron nuestra guarida especulativa.

71

Mi padre nunca me dijo que me quería, mi madre tampoco. Y veo hermosura en eso. Siempre la vi, en tanto en cuanto me tuve que inventar que mis padres me querían.

Tal vez no me quisieron y este libro sea la ficción de un hombre dolido. Más que dolido, asustado. Que no te quieran no duele, más bien asusta o aterroriza.

Acabas pensando que si no te quieren es porque existe alguna razón poderosa que justifica que no te quieran.

Si no te quieren, el fracaso es tuyo.

Desde que me casé y fundé otra familia, dejaron de quererme como me querían. Y cada vez me quisieron menos. Ya no luchábamos por la vida en el mismo bando.

72

Mi padre no me llamaba nunca por teléfono y mi madre a todas horas, pero me llamaba para quedarse tranquila. Veía su número, 974310439, en la pantalla de mi teléfono móvil. Le perseguían paranoias, las mismas paranoias que hacen que yo llame a Bra y Valdi, y ellos pasen de cogerme el teléfono. Mi santa madre tendía a la paranoia: en los finales de los sesenta la recuerdo atemorizada cada vez que mi padre tenía que trabajar, porque trabajar, en el caso de mi padre, era viajar. Ella temía que tuviera un accidente en la carretera. Así que el teléfono se convirtió en un instrumento con poderes oraculares. Le asustaba una llamada de teléfono. Mi madre odiaba los viajes largos, en especial cuando mi padre tenía que ir a vender a Teruel, ese era el viaje más largo. Estaba toda la semana fuera, durmiendo en las fondas, vendiendo el textil catalán a los sastres de aquellos pueblos de Teruel. Tal vez en esos viajes de cinco días mi padre se convirtiera en otro hombre. Ojalá hubiera sido así. Nunca lo sabré, porque nunca me contó nada, y porque nunca me dijo «te quiero».

Nunca me contó nada que durase más de un minuto.

Ojalá yo supiera hacer lo mismo.

73

Al día siguiente de la muerte de mi padre, es decir, el 18 de diciembre del año 2005, la oncóloga me mandó llamar. Entré en su despacho. Estaba sentada en una silla mirando el ordenador. Era una mañana con adornos, con las Navidades ya clamando a la puerta. Me pidió disculpas. Dijo que sentía haber estado desagradable conmigo el día antes del fallecimiento de mi padre. Empleó la palabra «fallecimiento», palabra que yo detesto. Iba a decir: «Palabra que la muerte y yo detestamos». Yo escuché sus disculpas. Hablaba, pero para mí hablaba desde una lejanía, como si ella también estuviera muerta, o fallecida. La fuerza de la muerte de mi padre la estaba matando, arrollando a ella también, como si mi padre fuera un asesino.

Creo que solo le dije adiós a aquella oncóloga, que aún estará viva y seguramente ejerciendo en algún hospital de provincia española, atada y vinculada ya a unas cuantas docenas de muertos, que siempre estarán a su lado.

Y en esas Navidades del año 2005 no sé qué espectrales regalos se nos ocurrió comprar. Los anuncios de la tele, la oncóloga diciéndome palabras sin sonido, mi padre muerto, mi madre que quería comprar un jamón de bellota, porque a mi madre se le iba la cabeza, no entendía nada, no sabía qué había pasado, quería hacer compras de Navidad como si todo siguiese igual, y en el fondo todo seguía igual, no entendía mi madre que de repente tuviera que renunciar a las cuatro tonterías que la hacían un poco feliz, como las cuatro cosas que compraba por Navidad.

Cuanto más pobre se es en España, más se ama la Navidad.

74

«Pero cómo demonios se te ocurre que vamos a comprar un jamón de bellota si se ha muerto mi padre y tenemos que estar de luto.»

«A tu padre le gustaba el jamón de bellota», dijo mi madre; y eso era verdad. A mi padre le encantaba, y siempre que como jamón de bellota me acuerdo de él, de cuánto le gustaba.

«Pobre hombre, ya no lo volverá a probar», decía mi madre.

Muchas veces después mi madre evocaría así a mi padre muerto: «el hombre», o «pobre hombre». Lo veía reducido a su esencia antropológica: un hombre. No su marido, sino «el hombre». Nunca dijo «mi marido». Yo estaba fascinado.

Había una insignificancia en todo tan difícil de explicar: esa mujer pidiéndome disculpas, mi padre fugado del mundo, los adornos baratos de Navidad por los pasillos del hospital, la máquina del café, los celadores moviendo a ancianos de un lado para otro en un baile de camas, la cara de susto de esos ancianos, esas caras de pena profunda, de miedo lento, de desvalimiento y de pérdida de la voluntad. Tal vez sea mejor no llegar a ese estado. La cara de los ancianos es la cara del que pide misericordia a los hombres jóvenes. Y yo bebiendo café: costaba cincuenta céntimos aquel café. Me emborrachaba de café de máquina de hospital. Me gustaba tirar los vasitos de plástico barato a una gigantesca papelera. Me gustaba contaminar el mundo con basura, es el lujo de los pobres. Eso hacen los pobres: tirar basura.

Nuestros cuerpos son basura.

Todo el final de mi padre está teñido por la fantasma-goría y por la verdad.

75

Me llamaron al teléfono móvil a las tres de la madrugada. Era el forense. Me dijo que no había declarado el marcapasos de mi padre. Como si yo tuviera que declarar semejante cosa. Menudo hijodeputa me estaba llamando, parecía el registrador de los muertos. No sabía que hubiera registrador de los muertos, creía que solo existían los registradores de la propiedad.

Que con marcapasos no podía haber incineración, dijo irritado.

Que tenía que firmar un papel autorizando la extracción del marcapasos del cuerpo de mi padre. En definitiva, que tenían que hacerle la autopsia, o sea, trescientos euros más.

En el capitalismo, cuando en cualquier negocio te dicen dos palabras de más es que hay algún problema, es decir, que la factura se incrementa. El negocio con los muertos abochorna, pero los muertos exigen trabajo, y el trabajo ha de cobrarse. El problema es el precio. Es asombrosa la capacidad del capitalismo para convertir cualquier hecho en una cantidad de dinero, en un precio. La conversión en un precio de todo cuanto existe es presencia de la poesía, porque la poesía es precisión, como el capitalismo. La poesía y el capitalismo son la misma cosa.

Al día siguiente firmé la autorización. Pedí quedarme con el marcapasos, pero nadie me escuchó. Pensaron que estaba trastornado por el dolor. Pero me hubiera gustado quedarme con algo que estuvo dentro del cuerpo de mi padre, dentro de su carne. Imagino que lavarían o purificarían o desinfectarían el marcapasos y se lo meterían a otro. O tal vez no lo lavaron y se lo metieron tal cual, con restos orgánicos de mi padre pegados al plástico. Seguro que ese marcapasos aún sigue marcando pasos de algún otro desgraciado, que andará por el mundo feliz y contento, con la pila dentro.

La pila que pasa de cuerpo a cuerpo en la noche del mundo.

Luego he sentido la presencia de mi padre en todos los sitios, como si la electricidad de aquel marcapasos reactivara la sangre desaparecida. La estoy sintiendo ahora mismo.

Mi padre se convirtió en electricidad, y en nube, y en pájaro, y en canción, y en naranja, y en mandarina, y en sandía, y en árbol, y en autopista, y en tierra, y en agua.

Y lo veo siempre que quiero verme.

Su alta carcajada cayendo sobre el mundo.

Sus ganas de convertir el mundo en humo y ceniza. Así son los fantasmas: son fuerzas y formas de la vida anterior a la nuestra, que está allí, coronada, acrisolada.

Mi padre es como una torre llena de cadáveres. Lo siento muchas veces detrás de mí cuando me miro en el espejo.

Esto eres tú ahora, dice mi padre, y luego hay un gran silencio.

Solo dice cuatro palabras.

Ahora tú eres «el hombre», o mucho mejor, el «pobre hombre».

Esto eres tú ahora.

De su muerte paso a la mía, a la espera de la mía. La muerte de mi padre llama a la mía. Y cuando llegue mi muerte, no sabré verla. Cuando contemplé la agonía de mi padre sentí terror. Esa agonía me succionaba. Se me estaba llevando. ¿Era mi padre el que estaba agonizando en aquel hospital?

Su cuerpo se estaba rompiendo.

Parecía otro hombre.

Parecía un héroe, parecía una leyenda.

Parecía un dios.

76

He salido adelante como he podido, papi. Ya sé que siempre estás a mi lado, contempla esta inmensa ruina de casa en la que vivo, contempla mi apartamento de la avenida de Ranillas: los papeles se amontonan, el polvo invade las mesas, hay un olor raro en la ropa, los suelos están sucios, la mesa de la cocina sin recoger, la cama sin hacer y por tanto sin deshacer; y la otra cama, la destinada a mis hijos, que nunca vienen a dormir (yo tampoco iría), está llena de ropa revuelta y de papeles. La ropa revuelta y su olor acre, el polvo entrando en la ropa, la ropa siempre sucia aunque esté limpia. Yo tampoco encuentro ningún papel y recuerdo tus ataques de desesperación, golpeando tu frente contra las paredes, acusando a mi madre de tirarte los duplicados y las facturas, y es aquí adonde quería ir a parar, porque si yo no encuentro mis papeles es porque no sé ordenar nada, y he pensado que a ti te pasó lo mismo, que en realidad nadie te tiraba ningún papel. Eras tú el que los sepultaba unos debajo de otros por tu incapacidad para despachar el correo y los asuntos. Ya nunca lo sabremos.

Nunca.

77

Me quedé, tras el divorcio, con el armario que estaba en el cuarto trastero de la casa que fue mía y ahora mi ropa huele a humedad acre. No sabes lo angustioso que es que tu ropa recién lavada acabe oliendo a rancio. Es el armario, que se tiró doce años en un trastero.

¿Sabes lo que es ir oliendo al fermentado armario todo el santo día por ahí? No tener dinero para comprarte un armario nuevo, después de haber estado veintitrés años atado a un trabajo lleno de gritos, lleno de «cállense».

Veintitrés años dando clases a adolescentes. Y no tengo armario. No tengo ni un triste armario donde meter la ropa para que huela decentemente.

Y mi padre me dice: «Te dije que no te casaras, que esperaras, que eras demasiado joven, que te faltaban cosas por vivir, ya te lo dije hace muchos años, pero no me hiciste caso».

Hoy has usado muchas palabras, le digo a mi padre.

Tengo delante al fantasma de la pobreza.

Nunca fue fácil oler a limpio.

Históricamente no lo fue.

Si hueles a limpio, es porque otros están sucios, no lo olvides.

78

He comprado, después de muchas indecisiones, una silla de despacho en el Hipercor, y Bra la ha montado. Yo soy incapaz de montar nada. Nunca entiendo las instrucciones. Me cabreo, me descompongo y acabo tirándolo todo por la ventana. He intentado tener una conversación con el gran Vivaldi. Le he hablado del futuro, de que tendrá que tomar decisiones. Él tiene un futuro, y yo no.

He recordado cuando yo lo tuve, cuando yo tuve un futuro.

Es la sensación más preciosa de la vida, cuando nada ha comenzado aún. Cuando el telón aún no se ha levantado, ese momento.

Yo sé que hay personas a las que ya no veré jamás, personas que fueron importantes en mi vida, y a quienes ya no volveré a ver no porque hayan muerto sino porque la vida tiene leyes sociales, culturales, no sé, en realidad son leyes políticas, son leyes atávicas, leyes que ayudaron a montar esto que llamamos civilización.

Así funcionamos los seres humanos: hay personas a quienes, aun estando vivas, no volveremos a tratar nunca más, y alcanzan así el mismo estatuto que los muertos.

Todavía hay un grado mayor de dolor: saber que ya estás pensando en un vivo como si estuviera muerto. Me pasó con mi tía Reme: no iba a visitarla nunca. No podía ir a verla; me sentía culpable. Si iba a verla, me sentiría culpable; si no iba a verla, también; pero era más cómodo no ir a verla. Cuando murió, yo estaba en los comienzos de una aventura en Madrid con una mujer. Podría haber ido al entierro, tenía tiempo. Podría haber cogido un tren. Pero estaba citado ese día con esa mujer, y me gustaba mucho esa mujer, estaba desatado, y esa noche iba a ser definitiva. Mentalmente se lo dije a mi tía Reme. Le vine a decir que no iba a su entierro por erotismo, y que un muerto tenía que respetar el erotismo. Creo que ella lo comprendió. No se me aparece por las noches ni me reprocha que no fuera a su entierro. Creo que entendió lo que me pasaba. Creo que entendió que estaba metido en un agujero y que tardaría en salir, y tardé en salir.

Hoy sí hubiera ido a su entierro.

Los seres humanos evolucionan; lo que era importante ayer, ya no lo es hoy. No fui a ese entierro, y cuando estaba con esa mujer pensaba en el entierro de mi tía Reme, de modo que forcé la relación y la noche para que nos fuéramos a la cama; pues si nos íbamos a la cama tendría sentido el hecho de que no hubiera ido al entierro de mi tía. Todos estos pensamientos ocurrían en mi cabeza con realismo, como razonamientos impecables, con lógica irrefutable. Eran un error, ahora lo sé, y una falta de caridad. Entonces no me lo pareció.

Sí, estaba muy loco, aunque, bien mirado, puede ser que no estuviera tan loco. Entonces bebía, claro. Bebía mucho y me pasaba las horas caminando por las dunas brillantes del paraíso de los que beben. Para un bebedor el sexo solo es un aditamento, es un adorno del alcohol, tal vez su mejor adorno, pero solo un adorno. Viajar, mirar mares, reír, comer, entrar en cuerpos desnudos de mujeres, son artículos complementarios. El tema principal es el alcohol, la dimensión perfecta, la mano de oro que coge una copa.

Y ahora, simplemente, no me sirve lo que hice entonces.

Cuando estaba con esa mujer, pensaba en el cadáver de mi tía; era espantoso, porque tenía que disimular, de modo que me sentía culpable, me sangraba el cerebro. Si aquella mujer hubiera conocido a mi tía, no me habría sentido tan culpable. La culpabilidad nacía de la extranjería. Mi amante era una desconocida para mi familia, allí estaba el problema. Este tipo de pesares me ha acompañado muchas veces en la vida. Necesité la aprobación de mi madre para todo. Luego trasladé esa responsabilidad a mi exmujer. Ya hubiera sido el colmo llamar a mi madre o a mi exmujer para pedirles permiso. Pero si me hubieran concedido el permiso, me habría quedado tranquilo.

Estaba buscando la presencia de mi madre en todas partes; no había salido de la niñez: tenía mucho miedo. ¿La presencia de quién? Llamo madre al misterio general de la vida. Madre es la muerte viva. Llamo madre al Ser. Soy un alma primitiva. Si mi madre no estaba, el mundo era hostil. Por eso bebía tanto y acabé llevando una conducta sexual errante y promiscua. Aún hoy no sé lo que buscaba. Necesitaría un concilio de psicoterapeutas para saber qué quería.

El caso es que no fui al entierro de mi tía, una incomparecencia más en el listado de ausencias o deserciones de los entierros de mi familia. Si no vas al entierro de alguien que fue importante en tu infancia, el niño que fuiste rasga las venas cerebrales del adulto que eres y se planta ante ti con la cara desencajada y te pide una explicación; te dice que no puede dormir, que no puede cerrar el maldito círculo de la experiencia humana.

Ojalá que todos estén bien.

79

Cuando me puse a buscar un apartamento, en mitad de mi divorcio, no encontraba nada. Me topé con auténticos chiflados que vendían apartamentos impracticables, fuera de toda lógica arquitectónica, eran inhabitables. Tenía una gran urgencia de encontrar algo. En ese tiempo estuve viviendo unas semanas en un hotel. Me pasaba todo el día bebiendo y no me enteraba de nada. Era un hotel que estaba bastante bien, costaba treinta y cinco euros la noche. Me dieron una habitación con terraza, en el casco antiguo de Zaragoza. Me llevaba una botella de ginebra a la habitación y un par de cervezas, y cuando las botellas iban cayendo me daba por llamar por teléfono. Llamaba a amigos, a amigas, a gente. Al día siguiente no me acordaba de nada. Me sentía completamente avergonzado. Lo estaba perdiendo todo. Y mi madre ya estaba muerta: no coincidimos en las ganas de hablar por teléfono; cuando ella las tuvo, yo no las tenía; cuando a mí me entraron, ella ya no estaba en este mundo. Es una putada que mi madre no me viera tan llamador, con tantas ganas de hablar por teléfono.

Es gracioso: mi madre y yo tuvimos un gran desencuentro. Ese desencuentro fue el teléfono. Ahora podíamos haber hablado horas y horas. Nuestro desencuentro tuvo que ver con las ganas de hablar por teléfono, y casi lo digo sin ironía.

Cuando ella quería hablar, yo estaba ausente. Cuando yo he querido hablar, ella estaba muerta.

Como ese hotel estaba ubicado en una zona de bares cutres y de clubes de alterne, solía bajar a la calle y darme una vuelta a eso de la una de la madrugada por las calles de San Pablo, de Predicadores, de Casta Álvarez, y me metía en algún garito regentado casi siempre por extranjeros. Solía haber allí prostitutas y gente de la noche. Yo solo quería beberme mis cervezas. Todos estábamos allí completamente solos, había una sensación grande de irrealidad. Una de esas noches me encontré al excampeón del mundo de peso ligero de boxeo Perico Fernández, quien peregrinaba de bar en bar, por esas calles estrechas, oscuras y sucias, allí donde Zaragoza se convierte en una ciudad del pasado, tal si estuviese momificada. Hablamos un poco y le invité a una cerveza. Yo iba bebido, como es natural. Pero verlo a él, tan demacrado, tan acabado, con el cerebro machacado por los puñetazos y por el alzhéimer, me causó una fuerte sensación de pena, y también de ternura. Pena y ternura a la vez. Perico era otro hombre abandonado, sin familia, derrotado, de bar en bar, consolidando un silencio de plomo a su alrededor. Estaba allí en la barra, el bar era sucio, la cerveza la servían en vasos viejos. Nos hicimos una foto. Guardo la foto. Parecemos dos ángeles en esa foto. Estaba sin familia, aunque Perico Fernández tuvo tres mujeres y cinco hijos. ¿Dónde estaban sus cinco hijos y sus tres mujeres esa noche? Lo habían abandonado, claro. Aún colgaba una sonrisa de su rostro destruido, una sonrisa dulce, serena, indolente. Perico creció en un hospicio. Se hizo famosa una frase suya: «Si mi madre no me quería, para qué me tuvo». Nunca conoció a su madre. Nació en 1952 de vientre desconocido. Eso es un gran misterio.

Otra noche lo volví a ver en otro bar cutre, de fritanga de kebabs y patatas fritas, con la barra llena de restos. Estaba más animado. En sus ojos se leía la historia de su vida. Estaba tan indefenso, tan desamparado que parecía un niño perdido. Estaba en esa región en donde el extravío es ya ardiente plenitud. Me dijo que él había sido campeón del mundo, y yo le dije, en un arranque de ebriedad, que yo también era campeón del mundo. Se rio, le hizo gracia eso.

Una sonrisa buena, porque en su corazón había bondad, esa rara bondad de la gente llana, de la gente que cayó en el mundo e hizo lo que pudo. Era un hijo del pueblo, con ese acento aragonés que en Perico llegaba hasta la filigrana sonora y mostraba una inteligencia milenaria, esencial, y llena de sentido del humor. Un auténtico hijo del pueblo aragonés, como ningún otro. Era una comedia oírle contar su vida. Recordé cuando en 1974 se alzó con el título de campeón del mundo, me acuerdo porque se lo oí decir a mi padre con alborozo. Entonces, Perico era un rey. España entera era su novia. En los primeros años setenta, Perico era adorado en todas partes. Y en esos mismos años yo tenía a mi padre, que me adoraba. Triunfamos en aquella época los dos.

Y allí estábamos los dos ahora, en el año 2014, campeones del mundo los dos. Yo me iba a salvar, aunque en esas noches no lo sabía, pero él no. Él no se iba a salvar. Murió poco tiempo después, lo vi en la prensa.

Los hombres con familia mueren igual que los hombres sin familia, eso pensé.

Tal vez Perico sabía eso.

80

Veía pisos que eran una auténtica mierda. Pero encontré uno ubicado en una avenida cuyo nombre me pareció una señal. Mi padre se llamaba Arnillas de segundo apellido. Y el apartamento que encontré estaba situado en la avenida de Ranillas, junto al Ebro.

Pensé que mi padre me estaba hablando, mandándome un mensaje. En eso fui como Jesucristo, a quien también le mandaba señales su padre. No sé qué hay de extraordinario en la vida de Jesús, en el hecho natural de que charlara abundantemente con su padre. En general, todos los padres hablan con sus hijos. Si acaso el padre de Jesús de Nazaret parecía más interesante, más devastador, más poético, o Jesús supo hacerlo más cautivador, por gracia de la literatura.

Así que me quedé con ese apartamento que sonaba como el segundo apellido de mi padre. En este apartamento las averías aparecen cuando oscurece. Se ha caído un tornillo de las lamas de la persiana y se ha despegado una especie de aislante (sé que tiene un nombre específico, tendría que mirarlo en el diccionario, porque todo tiene un nombre, pero a veces no lo conocemos) de la ventana. Nadie hizo bien las cosas en este apartamento. Este apartamento me recuerda a mi vida.

Estoy esperando a que venga Valdi. Ha salido un rato con sus amigos.

81

Mi padre pasaba mucho calor en agosto. En los últimos años de su vida se compró un aire acondicionado portátil. No era gran cosa, pero enfriaba una habitación, tal vez la mitad de una habitación, ni siquiera la habitación entera. Era ruidoso. Había que sacar un tubo por la ventana. De modo que llamaron a alguien para que les hiciera un agujero en el cristal de la ventana del cuarto de estar. Nunca pregunté quién les hizo aquel agujero tan perfecto, por el que salía el tubo del aire acondicionado. El cristal era el originario de la casa, un cristal de 1959.

Cuando murió mi madre, alguien se debió de llevar aquel aparato obsoleto. Mi hermano llamó a unos tipos que se encargan de vaciar pisos. Me acuerdo de la nevera y de la lavadora.

No me puedo acordar del lavavajillas porque mi madre nunca tuvo lavavajillas. Yo me llevé la placa que había en la puerta de la casa con el nombre de mi padre; era una de esas placas que se ponía la gente en las puertas de sus pisos, una costumbre de la posguerra que llegó hasta finales de los sesenta y principios de los setenta, heredada de las profesiones liberales, de médicos y abogados, y que ahora pasaba a profesionales de mucho menos fuste, quizá aviso de la democracia que venía, o tal vez simple impostura. Fue fácil desatornillar la placa, creí que sería más difícil. Tal vez esa facilidad estaba significando algo, era extraño que no se rompiese nada y que yo supiera llevar a cabo esa tarea manual, porque casi siempre se me rompe todo entre las manos.

Esa placa debe de tener cerca de cincuenta años. Ahora la he puesto en la puerta de mi apartamento de Ranillas, para que aguante los años que me queden de vida, pues yo tengo el mismo nombre que mi padre. Tal vez el conserje ecuatoriano pensó que la placa era reciente, que la acababa de encargar, que era nueva. La idea de que el conserje pudiera pensar eso me sobrecogió. Incluso me aterró.

82

La placa con el nombre de mi padre tiene un toque mortuorio, pues el fondo es negro, y está hecha de cristal resistente, materiales revolucionarios de la década de los sesenta. Ha aguantado muchos años. No anunció ninguna prosperidad, quedó allí varada, como una ballena negra, en mitad de una puerta; esas placas anunciaban éxito, auge; declaraban que la familia que vivía tras la puerta lo había conseguido, que había alcanzado la prosperidad. La de mi padre, y ahora mía, no anunció nada. Fue un ejercicio de caligrafía sobre la madera de la puerta. Por eso mi asombro, por eso me desconcierta tanto la vida de mi padre.

Me la quedo mirando cuando llego a casa. Siento miedo y pena al verla. Y mucha nostalgia, y mucha bondad. Es la cosa más solitaria del mundo. Me parece que el viaje que ha hecho esa placa a través del tiempo es un viaje homérico. No somos capaces de imaginar qué acabará pasando ni con las personas ni con los objetos. Jamás hubiera imaginado mi padre que esa placa que encargó no sé a quién (no tengo ni idea de quién podía fabricarlas) iba a acabar en un apartamento de su hijo divorciado en una calle que se llama como su segundo apellido. No tiene sentido que esa placa esté donde está ahora, pero esa falta de sentido es prodigiosa.

Me rodeo de prodigios baratos. Son baratos y sin embargo tienen fuerza sobrenatural. Como si lo sobrenatural eligiera la humildad para manifestarse. O como si lo sobrenatural y la humildad fuesen lo mismo.

Ningún prodigio aristocrático, ningún prodigio vip, solo los prodigios que emergen de la clase media-baja española de los años sesenta, que son muy hermosos, y son el espejo de mi alma.

83

Pronto llegará la Navidad. En los tiempos de mi infancia, a mi padre le encantaban las Navidades. Mi padre compraba el árbol y los turrones y mucha lotería. Compraba un árbol de verdad, los vendía un leñador en la Plaza del Mercado de Barbastro, había de distintos tamaños. Compraba un abeto que llegaba hasta el techo. Era un auténtico fan de las Navidades. Las mañanas del 22 de diciembre comprobaba si los décimos o las participaciones que llevaba habían resultado agraciadas. Desde las diez de la mañana, mi padre ponía la televisión todos los 22 de diciembre y anotaba los números premiados, que iban cantando los niños de San Ildefonso, con su caligrafía estilosa e inclinada.

Nunca le tocó nada, salvo algún reintegro. Pero yo era feliz viéndole anotar los números en un cuaderno, aquellos números con tanto esmero dibujados. Esculpía un 5 lleno de virguería, donde la raya de arriba se convertía en una gorra inclinada hacia el cielo. Los 4 y los 7 le salían también barrocos y estilosos. Me gustaba ver a mi padre tan concentrado, tan festivo. Y luego silbaba porque había buena comida. Creo que era profundamente feliz. Se sentía afortunado, alegre, lleno de propósitos.

La caligrafía de tu padre siempre es importante. No hay otra caligrafía en el mundo que importe. Firmo casi igual que mi padre. Hasta mi firma es suya. Le vi firmar tantas veces, y firmaba con letras altas y llenas de nubes, bordaba su nombre con trazos redondeados y el conjunto era el dibujo de la identidad de un ángel.

¿Por qué firmaba así si no era rico?

Parecía la firma de un grande de España. Parecía la firma de un duque, de un marqués.

Era una firma gótica, barroca. La mía es muy parecida, pero tiene menos adornos, es más austera, más pobre.

Me enamoré de la firma de mi padre. Era un espectáculo el amor a su propio nombre. Se veía a sí mismo lleno de pompa, de coronas, de orgullo. El orgullo de mi padre era cósmico.

84

Yo también soy un fan de las Navidades, eso lo heredé de él. Entonces, ¿por qué la montó aquella noche en que se enfadó tanto y tuvo un ataque de ira y rompió los platos? Eso, tuvo un ataque de ira. Igual quería rompernos la cara a nosotros y nos cambió por los platos. Igual estaba harto de tener una familia y lo que quería era volver a ser el hombre guapo de veintisiete años con su traje cruzado, libre y sin compromiso, aquel hombre que fue fotografiado en una barra de bar, en una histórica y marmórea barra de bar mientras se miraba las manos con ensimismamiento.

Mi padre compró un belén cuando yo tenía cinco o seis años, o menos. No sé cuántos. Lo compró en una papelería de Barbastro cuyas dueñas ya murieron y de cuyo negocio yo soy el único testigo que se acuerda. Estaba orgulloso de su belén. Se gastó dinero. Sería en 1966. Yo recuerdo el mimo con que colocaba las figuras. Tenían un toque de Barroco vallisoletano. No eran figuras pequeñas. Medirían un palmo como mínimo, o tal vez un poco más de un palmo. A mí me fascinaban el buey y la mula.

Se fueron rompiendo las figuras.

Mi madre las guardaba en el ropero, pero mal guardadas, porque mi madre lo acababa rompiendo todo. Yo creo que fue mi madre quien se las fue cargando; primero se cargó la mula. Decapitó la mula. A mi madre se le caían las cosas de las manos, no sabía cómo se sostiene algo en una mano, todo estaba en trance de caerse, de romperse. Tenía mal pulso. Mi padre le pegó la cabeza a la mula con pegamento Imedio. Pero ya era una mula tocada. Luego se cargó el buey. Luego a San José. A San José le cortó una mano.

Cada Navidad aquel belén iba en deterioro imparable. Cayeron los pajes. Los camellos también. Iban resistiendo la Virgen y el Niño Jesús. Pero no tenía sentido un belén con dos supervivientes, casi parecía una herejía satánica. Una cofradía de lisiados.

Al final nos quedamos sin belén y mi padre pasó de comprar otro, porque se derrumbó la ilusión y porque ya eran malos tiempos y mi hermano y yo estábamos creciendo. Mi madre podría haber guardado mejor aquel belén. Lo que pasaba era que mi madre no entendía el significado de esas figuras. Eso era lo más deslumbrante y a la vez lo más irritante de mi madre: todo le sobraba, todo le parecía insignificante, todo le parecía susceptible de ser tirado a la basura. Por lo que fuese, no le vendría bien guardar ese belén. No entendía quién era el Niño Jesús, ni qué hacían los Reyes Magos allí. Para ella, todo eso carecía de sentido. Era de un ateísmo natural. Su ateísmo era portentoso, porque era innato. Asesinó aquel belén. Asesinó más cosas, a mí me asesinó todos mis cómics, los tiró todos. No me dejó ni uno.

Era un huracán exterminador.

85

Me regalaron un tocadiscos cuando cumplí doce años; era un tocadiscos de maleta; allí escuché mis primeros discos; allí sospeché que la música me sanaría, sentí el poder sanador de la música; por eso he llamado Vivaldi y Brahms a mis hijos. Que todos los nombres se conviertan en músicos. Vaya, me estoy dando cuenta de una cosa: a ellos, a mis padres, no les he puesto nombre, prestigiosos nombres de la historia de la música. Tal vez mi padre debiera llamarse Gregoriano y mi madre Euterpe. Debería encontrar un nombre de un compositor célebre para cada persona a la que amé, y llenar así de música la historia de mi vida.

Vi cómo compraban el tocadiscos. Yo lo había pedido como regalo de Navidad; les vi entrar en la tienda, fue un azar que yo pasara por allí, por esa calle en donde estaba la tienda de electrodomésticos. Calculo que fue en 1974. Puede que esa imagen de ellos entrando en esa tienda sea un límite de la memoria. Mi padre llevaba una gabardina. ¿Por qué entraban en esa tienda? Mi corazón se alegró. Sabía por qué entraban en esa tienda: iban a por mi regalo. ¿Por qué se puso una gabardina para ir a comprar un tocadiscos? ¿Lo había pedido como regalo de Navidad o por sacar buenas notas en la evaluación? No lo sé. Solo veo una imagen: ellos dos entrando en esa tienda. Pero ahora dudo de la gabardina.

86

Mi padre murió con setenta y cinco años, ¿viviré yo más años que mi padre? Estoy convencido de que viviré menos, o tal vez justo los mismos años: setenta y cinco. Pero creo que no, creo que me iré antes.

Me parece una descortesía vivir más años de los que vivió tu padre. Una deslealtad. Una blasfemia. Un error cósmico. Si vives más años de los que vivió tu padre, dejas de ser hijo, a eso me refiero.

Y si dejas de ser hijo, no eres nada.

Mi padre se daba cuenta de que se estaba pasando con la comida, de que comía demasiado y estaba engordando. Su relación con la comida se volvió dañina. Le gustaba comer y le gustaba vivir. Porque quien come mucho, aunque no lo parezca, ha elegido morir; acaba eligiendo la devastación de los órganos, la explotación del intestino, la sobreexplotación del páncreas, del hígado, del estómago, del recto, del colon. A todo el mundo le sobra peso. Nos hemos acostumbrado a mirar como normal a gente a la que le sobran siete kilos, y solo nos fijamos en personas a quienes les sobran veinte o veinticinco, o cuarenta, o sesenta. Casi todo el mundo ha engordado. Incluso solo dos kilos de más son nefastos. Nos hemos olvidado de los dones del hambre.

Hoy no hace ni una gota de calor. Es un día perfecto para una pregunta escueta. Para contemplar cuánto llegaron a amarme mi padre y mi madre.

No se va ese amor del mundo.

¿Por qué me quisisteis tanto?

¿Es verdad que me quisisteis o me lo estoy inventando?

Si me invento vuestro amor, es hermoso. Si fue real, también lo es. Porque para traer ese amor de entre las sombras tengo que irme de viaje. El viaje más lento del mundo, y el más prodigioso.

87

Hace unos días se suicidaba el célebre actor y cómico estadounidense Robin Williams, con sesenta y tres años. Es decir, mi padre vivió doce años más que él. Robin se colgó con un cinturón. No era necesario esto, camarada, no hacía falta que te mataras. Mi padre, que no tenía nada, vivió doce años más que tú. Doce años es una eternidad. Tú eras rico, Robin, y elegiste morir. Mi padre era pobre, y fue la muerte quien le buscó.

No es justo.

Podrías habernos dejado tu dinero, mi padre hubiera podido encontrar oncólogos en la vanguardia de la investigación que le habrían salvado la vida, esa que tú no quisiste. Y mi padre estaría conmigo ahora. Tendría ochenta y cuatro años. Hay gente de ochenta y cuatro años que está perfectamente. Si mi padre hubiera tenido tu dinero, se habría salvado.

La muerte nunca es necesaria.

Pues la muerte siempre se nos da por añadidura o por defecto. No hace falta ir a buscarla. Es un servicio a domicilio. No tienes que desplazarte tú a ningún lugar para hacer ese trámite. Vienen ellos a tu casa. Es cómodo. Es un buen servicio el que te ofrecen. No hay ironía, es que es así.

Pasamos por el mundo, y luego nos vamos. Les dejamos el mundo a otros, que vienen y hacen lo que pueden. Las ciudades duran mucho más que nosotros, aunque por supuesto se refundan, se transforman o incluso desaparecen. Mi abuelo materno también se suicidó, como acaba de hacer Robin Williams. Tal vez la desesperación y el vacío y la náusea moral que llevan al suicidio conformen la peor enfermedad de la tierra.

Este es el rostro de mi abuela, acompañada de uno de sus hijos, que lleva una tarta en la mano:

Es una mirada de gran sufrimiento, de una dolencia interna que tiene que ver con el terror. En cualquier caso, en los ojos de esa mujer se prefiguran los míos y los de mi madre. Cuando se hizo esta foto, su marido ya se había suicidado y su hijo primogénito había muerto. Por eso está aterrorizada: no tiene marido, no tiene primogénito. Cree que la culpa es suya.

Esa mujer vio cómo uno de sus hijos moría en un fatal accidente de tráfico que causó que su marido enloqueciera y se suicidara pegándose un tiro con una escopeta de caza, en 1957. La fecha no la sé con certeza, la calculo. Pudo ser 1955, o 1951, no lo sé. En los años cincuenta, los accidentes de tráfico eran cuantiosos. Son datos que he ido reconstruyendo como he podido, porque nadie hablaba y ahora todos están muertos. No hay forma de corroborar datos y fechas, todos se han marchado. Es como si me hubieran dicho: «Invéntatelo todo, nosotros nos vamos, haz lo que quieras con tu pasado, da igual, ya no estamos vivos».

En esos ojos de mi abuela van siglos de campesinado español, de manos fatigadas, de olor a sudor, de afeitados deficientes, de calor maldito en los veranos, de animales respirando al lado de tu boca, de curas diciendo misa, de más curas diciendo más misas, de otra vez setecientos millones de curas diciendo misa. El gran enemigo de Dios en España no fue el Partido Comunista, sino la Iglesia católica.

Setecientos millones de curas diciendo misa.

Su marido se mató.

Su hijo también, antes incluso, y sus ojos impugnan el sentido de la vida, que no es otro que el sentido de la tierra, una tierra sin nombre, porque solo tienen nombre y fama y prestigio y riqueza y éxito y honor y fuerza militar y fuerza económica y universalidad dos ciudades en España: Madrid y Barcelona.

Las demás ciudades y pueblos fueron solo provincias abandonadas, lugares vacíos.

Ella, mi abuela innominada (la llamaré Cecilia, en honor a Santa Cecilia, nombrada patrona de la música por el papa Gregorio XIII en 1594), es hija de una tierra olvidada, las tierras del Somontano, y ahora yo nombro esas tierras y esos pueblos gracias a que fui a la universidad, es decir, gracias al dictador Francisco Franco Bahamonde, que sentó las bases para que los nietos de Cecilia supiéramos leer y escribir, que sentó las bases de la clase media española, que retrasó la modernidad política de España unas cuantas décadas y lo hizo por ignorancia y por simpleza.

Escribo porque me enseñaron a escribir los curas.

Setecientos millones de curas.

Esa es una gran ironía de la vida de los pobres en España: les debo más a los curas que al Partido Socialista Obrero Español. La ironía en España es una obra de arte siempre.

88

A Cecilia le encontraron un cáncer. Mi madre la rehuía porque creía que el cáncer podría ser contagioso. De modo que para mí fue una auténtica desconocida. No la recuerdo demasiado, salvo por la foto, pero sus ojos son los míos hoy. «No la toques», me dijo mi madre. Y si tú le dices eso a un niño se cree que su abuela es una masa corporal infecciosa, un roedor doliente, un acantilado con piedras negras en su abismo. Pero no había en absoluto mala fe en mi madre, sino solo desesperación. Eso es lo que siempre ha habido en el corazón de mi madre y en el mío; me quería a salvo del cáncer, porque yo era desesperadamente lo que más amaba en este mundo. La sola idea de que me pudiera pasar algo le resultaba horrible. Era un amor prehistórico, enlutado, claustrofóbico, absorbente, y exasperado.

Hablaba mi madre con su hermana Reme y con mi padre de la inevitable muerte de Cecilia; yo oía esas conversaciones; hacían preparativos; estudiaban la situación, y todo aquello creaba una atmósfera que yo vivía de una forma especial, porque era el rey de todas las cosas y era la alegría que compensaba la desaparición inminente de Cecilia. Yo era la esperanza y el futuro y Cecilia era el adiós. Nos compensábamos, estábamos en relación, para que su adiós tuviera sentido era necesario mi futuro, y viceversa.

Y pasados cuarenta y cinco años de todo aquello, ese recuerdo de las conversaciones a espaldas de Cecilia despierta en mí visiones que no sabía que estaban en mi cerebro: son líquidos los límites de la memoria. Veo nuevas cosas, siempre viendo viejas escenas como si fueran nuevas.

Los grifos de metal dorado con la tubería de cobre a la vista de la casa vieja de mi tía Reme, y Cecilia, muy enferma, bebiendo un vaso de agua.

89

Intento pensar en momentos alegres de la vida de Cecilia. Tal vez el día del nacimiento de sus hijos. ¿Cómo sería su voz? Esa voz no está grabada en ninguna parte. ¿Cómo sería de joven? En las estaciones de tren, o de autobuses, o en las terminales de los aeropuertos podrías cruzarte con tus abuelos y no habría reconocimiento. Con tus muertos no cabe la verificación, porque nuestros muertos son seres anónimos, sin iconografía, sin fama. Si tus muertos se levantasen de sus tumbas serían unos desconocidos. Solo con los muertos célebres, tipo Elvis Presley, Adolf Hitler, Marilyn Monroe, el Che Guevara, habría identificación si resucitasen.

No reconocería a mis abuelos si volvieran a la vida porque nunca los vi mientras estuvieron vivos y porque no tengo ni una triste foto de ellos ni me hablaron de ellos. Los busco ahora entre los muertos, y mi mano se llena de ceniza y excrementos, y esos son los emblemas y la heráldica de la clase trabajadora universal: ceniza y excrementos. Y olvido.

No existe tal parentesco.

No existe la familia.

Allí no hay nada, la vanidad de decir «mis abuelos». No sé quiénes fueron. No sé qué vida llevaron, si eran altos o bajos, si tenían el pelo moreno o rubio, no sé nada. No sé ni el nombre. Mi abuelo paterno no sé quién fue. Mi abuelo materno aún menos. Ni la fecha de su muerte. Y ya nunca lo sabré porque no le puedo preguntar a nadie.

¿Qué hago yo en la noche del mundo si no puedo poseer la primera noche de mi mundo?

90

Mi madre me decía: «No la toques, no la toques». Cecilia tenía un cáncer debajo de sus ropas negras, en el costado. Yo imaginaba el cáncer como algo blanco escondido en la ropa negra de Cecilia, el cáncer como una rata blanca que se comía los brazos de la gente. Nunca hablamos del cáncer de Cecilia. Ella está muerta, pero tal vez su peregrinaje hacia la purificación no terminará hasta mi muerte. También puedo pensar en mi muerte.

¿Cuánto puede quedarme?

La gente no piensa en eso, porque eso no puede ser pensado, no hay contenido allí, no hay nada, sobre todo no hay cortesía social.

Sin embargo, hay un número esperando: cinco años, tres días, seis meses, treinta años, tres horas.

Hay un número allí, esperando cumplirse.

Y ese número se cumplirá. Porque todos llevamos encima ese número. Parece una sangrienta ironía de Dios. El gusto por los números. Mi padre vivió setenta y cinco años. Los números simbolizan bien las vidas. La gente hace sus cálculos cuando pregunta los años de un muerto recién muerto.

Morir con menos de veinte años casi no es morir, porque no ha habido vida.

Morir con menos de cincuenta años es triste.

Mi padre eligió un número misterioso: 75.

No son muchos, pero tampoco son escasos. Parece una frontera. Parece un buen número. Parece un número esotérico. Es como una linde. Un irse antes de la decrepitud, justo antes. Pero no demasiado antes.

La noche en que murió me quedé pensando en ese número, intentando averiguar si mi padre quería comunicarme algo a través de ese número.

Todas mis claves cibernéticas llevan el 75.

Hay una perfección en ese número. Podría haber vivido diez años más perfectamente, incluso quince.

Pero podía haber muerto a los sesenta y cinco, a los sesenta y ocho, o a los setenta y tres.

Eligió un número hermético y lleno de mensajes, de cataratas de mensajes, una sinfonía de símbolos.

91

Vamos Cecilia y yo caminando por la calle. Ella va completamente tapada, llena de velos. Caminamos hacia una iglesia. Entramos en la iglesia. Hay velas encendidas y Cecilia me dice: «Yo soy tu abuela». Quiero recordar que me dijo eso, pero en realidad no dijo nada. No dijo ni una sílaba. La confesión del amor es un sueño de mi presente. Y yo la miro, y solo veo velos de hierro, cárceles en donde están los muertos de los que sus hijos vivos no hablan, muros, ataúdes.

Cuando la enterraron, el día de su entierro, sus hijos se juntaron, debió de ser en 1967 o 1968. Igual fue en 1969, o en 1970, o en 1966, no lo sé. Solo puedo hacer cábalas, nadie me comunicó las fechas, pues nadie volvió a decir en voz alta la fecha de su muerte años después. Se juntaron para hablar del reparto de lo poco que quedaba. Imagino que le hubiera gustado verlos a todos juntos el día en que la enterraron. Veo a sus hijos sentados en una mesa larga, había ajetreo, debieron de decirse palabras altas. Y luego, pasado el día del entierro, la olvidaron.

Mi madre casi no hablaba de ella. Aunque imagino que la llevaba en el corazón. No lo sé. Si la llevaba en el corazón, lo hacía en silencio.

Oh, fantasmal Cecilia, no es que no te quisieran tus hijos, es que te convertiste en un recuerdo iracundo o incómodo. No estaban preparados para pensar en los difuntos con racionalidad. Nadie estaba preparado, porque viviste en una España tan pobre que no daba ni para mantener la memoria caliente. Era un país atrasado, pero por qué lo era tanto, ningún historiador lo sabe.

Ningún historiador tiene la más mínima idea de esto. El enigma español, lo llaman.

No salías en las conversaciones. No sé nada de ti, porque nada me contaron. Te olvidaron miserablemente. Sin duda, tuviste que estar viva y te tuvieron que pasar cosas. Cuando salías en alguna conversación, en contadas ocasiones, aparecías como una sombra lejana, sin concreción, pero uno de tus hijos te amaba mucho.

Era Alberto, el pequeño.

Él sí te nombraba, con la voz del desamparado.

A Alberto lo llamaré Monteverdi, porque se lo merece y ese puede ser su buen nombre, el que está aún sin florecer en el monte, el que se perdió en un monte olvidado y nunca maduró, nunca acabó de florecer.

Era Monteverdi el que te recordaba. Era el que se quedó solo en la vida, el que no fundó familia, el que no arraigó y se encomendaba a ti y te interpelaba buscando amor.

Te invocaba en mitad de una conversación con tus hijos, sus hermanos, y se quedaba solo, abandonado, ninguno seguía con tu evocación; yo miraba desde la incomprensión de un crío de siete años que solo se fijaba en la vehemencia con que Monteverdi decía «mama», porque además no hacía aguda la palabra, sino desconsoladoramente llana, y mi oído registraba esa rareza, que venía de un desamparo primordial y que acentuaba tu lejanía, porque tu nombre no era «mamá», como era el de mi madre.

Monteverdi te seguía buscando entre los ausentes, era el único de los hermanos que lo hacía.

Los demás se habían convertido en padres y madres, y ya te dejaron en paz entre los idos.

Pero Monteverdi decía: «¿No os acordáis ya de lo que siempre nos decía mama?». Y te veo ahora, Cecilia, cuidando de tus hijos, y del que más te necesitó, Monteverdi.

No vi a vuestra familia, no la vi nunca.

La veo ahora, entre los muertos. Con saber que un día existió esa familia me basta. Con saber que no me la estoy inventando, me basta. Un día debió de existir esa familia, y debió de ser una familia plena, noble, unida, fuerte, alegre.

Porque la diferencia entre vivos y muertos concierne a líquidos y rápidos movimientos de la salida y puesta del sol, tiene que ver con la luz y su tránsito sobre las cabezas de los hombres.

Sabía Monteverdi que eras la única persona que le quiso. Y acudía a ti como un niño perseguido por los hombres, que no le quisieron nunca. Pero te fuiste del mundo, y dejaste solo a Monteverdi. No sé ni cuántos años tenías cuando te fuiste, no sé si tenías noventa años o sesenta. Tampoco sé cuántos años tenía tu marido, mi abuelo, cuando se suicidó.

Cecilia, de ti no supe nada, ni siquiera sé cómo te llamabas, por eso te inventé este nombre de la patrona de la música. Porque nadie decía tu nombre de pila.

Biológicamente fuiste mi abuela, y ahora tal vez eres mi mejor fantasma.

Nadie te nombraba salvo mi tío Monteverdi.

Pero aún hay alguien que te superó en el grado de inexistencia, alguien que no fue nombrado jamás. Casi fue el Espíritu Santo. Es como si Cecilia hubiera engendrado a sus siete hijos por intervención divina y no por la de su marido. Tú, Cecilia, sí fuiste mentada y te vi en vida. Él fue un agujero negro. Mi madre era hija del Espíritu Santo y de ti, Cecilia. Los cinco hermanos vivos de mi madre también tuvieron por padre a Nadie.

El innombrable, pero por qué.

¿Quién fue ese hombre? Porque existir, existió, y estuvo bajo la luz del sol, como estoy yo ahora.

Si engendró hijos, tuvo que existir.

No creo en el Espíritu Santo como dador de semen.

Mi abuelo fue el que no tiene rostro vivo, ni rostro de muerto. El que jamás fue visto en vida, y por tanto no tiene ni muerte. Es imposible pensar en muertos a quienes no viste vivos.

Perdimos la memoria, porque elegisteis la vergüenza, el sentimiento de la vergüenza. Os avergonzaba el suicidio de tu marido y del padre de tus hijos. Y en vez de la comprensión y la tolerancia, optasteis por el olvido radical. Adiós a la memoria, con lo barata que es. La memoria, que solo se mantiene con las brasas de la sangre. La memoria, que es gratis. No existen impuestos sobre la memoria. El Estado no cobra a sus ciudadanos por recordar; o tal vez sí lo haga.

Porque la memoria puede ser letal. Muchos, muchos años después, vi cómo la gente elegía el silenciamiento de personas incómodas. Recordamos solo lo que nos conviene, excepto yo, que quiero recordarlo todo. O recordamos lo que convencionalmente se instituyó para ser recordado, excepto yo. No pienso renunciar al «excepto yo» aunque suene a vanidad y a pompa. Mi memoria pone en pie una visión del mundo catastrófica, ya lo sé, pero es la que yo siento como verdad. No puedes renunciar a la catástrofe, es el gran orden de la literatura, el viento de la maldad y el viento de todas las cosas que han sido.

94

En esa única foto de Cecilia que llegó a mí hay un adolescente, un niño casi, y lleva una tarta, se ve poco la tarta en la foto, solo una esquina, ¿quién se comería esa tarta que casi no se ve? ¿A qué sabría una tarta entonces?

El niño era Alberto, mi Monteverdi.

La vida no le había atacado aún. Le atacaría más tarde. Unos años después a Monteverdi le diagnosticaron tuberculosis, eso fue a finales de la década de los cincuenta, en el 57, o en el 58, por ahí, calculo.

Ahora, cuando escribo, Monteverdi también está muerto.

No fui al entierro de Monteverdi, como siempre hago.

Es difícil describir el grado de degradación al que llegó Monteverdi en los últimos años de su vida. Monteverdi murió en 2015. Creo que había nacido en 1940. Nadie lo sabe. A nadie le importó.

Por ejemplo, Monteverdi no se duchaba. No se lavaba. Era un ser errático que atravesaba la ciudad de Barbastro, la caminaba entera, sin cometido alguno. Lo veías en los bares, en las tiendas, en las plazas. Monteverdi siempre estaba pletórico, envuelto en un júbilo ilusorio. Hay una escena de mi infancia en la que Monteverdi me persigue con un cuchillo. Fue real y a punto estuvo de asesinarme. Monteverdi me persiguió con un cuchillo. Tenía ataques de furia, o de locura. También es un misterio la vida sexual de Monteverdi. Estábamos todos locos, una familia de perturbados. Yo no sé si Monteverdi sufría, imagino que sí. Su vida era sencilla. No tuvo trabajo. Su tuberculosis lo arrojó fuera del mercado laboral de aquel tiempo, de mediados de la década de los sesenta.

Nuestra locura familiar fue también una Navidad. Una liturgia de hermanamiento.

Fuimos muy felices en los sótanos del mundo. Porque Monteverdi siempre llevaba puesta una sonrisa carnívora en el rostro. De su simpleza nació una lanza, una punta afilada; ocurre con los seres en donde lo elemental no acaba de convertirse en inocencia, sino que lo elemental o lo simple se precipita hacia la deformación, la anomalía o el espasmo moral. Monteverdi era anómalo, básico, pero no había bondad en su corazón. Solo había tinieblas, simples tinieblas, tinieblas básicas.

No hizo nada en la vida el gran Monteverdi. Se arregló, al final, con una pensión de unos doscientos euros de ahora. Mi padre, en los años setenta, le regalaba los trajes que se le quedaban viejos. De modo que esos trajes paseaban por Barbastro en dos cuerpos distintos. Mi padre llevaba trajes porque era viajante. A cualquiera le pones un traje y ya parece algo, es el misterio igualatorio de los trajes, especialmente en los años setenta del siglo XX.

Ahora ese misterio va desapareciendo.

Monteverdi llevaba corbatas muy vistosas, llenas de colores. Para colmo, Monteverdi se dejó el pelo largo.

Parecía Jesucristo Superstar con corbata y gafas. Porque Monte llevaba gafas, unas gafas como las de Paul Newman en la película *El color del dinero*. Unas gafas de ocasión compradas en el fin del mundo.

Su manera de hablar era atropellada, llena de coloquialismos que buscaban la amistad o el visto bueno del interlocutor; era una manera de hablar que iba del delirio a la ternura, y de la ternura al abismo.

Monte estaba en el abismo.

95

Llevo mucho tiempo sin beber.

En España, la ayuda que recibe un exalcohólico es facilitarle que vuelva a beber. Yo creo que en España no existe el perdón de los pecados.

De ahí que al final nadie pueda salir del alcohol en España, de ahí la expectación que despierta un exalcohólico español: a ver cuándo cae, a ver cuándo vuelve a beber.

Dará gusto verlo caer otra vez.

Ya de esta última no se levantará.

Y aplaudiremos. Y diremos: «Se veía venir».

Ese es el misterio de España por el que se preguntan los historiadores y se preguntan los hombres de buena voluntad y se preguntan los escritores inteligentes y se preguntan los intelectuales honestos: ver caer a la gente, eso nos pone a mil.

No somos buena gente entre nosotros. Cuando salimos fuera parecemos buena gente, pero entre nosotros nos acuchillamos. Es como un atavismo: el español quiere que mueran todos los españoles para quedarse solo en la península ibérica, para poder ir a Madrid y que no haya nadie, para poder ir a Sevilla y que no haya nadie, para poder ir a Barcelona y que no haya nadie.

Y yo lo entiendo, porque soy de aquí.

El último español, cuando todos los demás españoles estén ya muertos, será feliz al fin.

96

De pequeño, yo fantaseaba con la idea de que mis padres no eran mis padres, de que yo era un niño adoptado. Es una idea triste, rompe el vínculo, te conduce al limbo maquinal de las estrellas que se ven en el firmamento por las noches, a una especie de estatismo de la voluntad; ser adoptado era una perversión, era una organización criminal de tu origen, era un castillo lleno de cadáveres que se pudren a la vista de todos; en mi niñez, ser adoptado era un estigma; mi madre me suministraba información sobre niños adoptados de Barbastro; me revelaba la enfermedad moral que latía en frases como «ese chico de tu clase es adoptado», y ese chico se convertía en carne involuntaria con alma fortuita, pero era hermoso, porque allí había un secreto.

Si eres hijo adoptado, es que tus verdaderos padres no te quisieron ni cinco minutos en esta vida. Te quisieron otros, los padres inventados por la sociedad, pero no por la naturaleza, que es la única verdad.

Cuánto estaría dispuesto a pagar ahora mismo por volver a sentir aquella inocencia. Sentía una enorme compasión por los niños adoptados, me rompían el alma. Hubiera querido acogerlos. Darles a mis padres. Eran la imagen más feroz del desamparo. Todo ocurría en mi cabeza, porque en realidad esos niños eran felices.

97

Mi madre siempre conseguía pollos de corral, allá en los años sesenta y setenta. Se los traía una mujer de algún pueblo cercano. Se los traían vivos. Los asesinaba mi madre, ayudada de su hermana Reme, que tenía mucha experiencia y mucha maña. Reme venía a casa a matar pollos. Sacaba el cuchillo y les cortaba el cuello, yo lo veía con una cierta sensación de asco, pero no con miedo. Luego hervían el cadáver, recuerdo escenas en la cocina con mucho vapor, con plumas, sangre y cuchillos. Recuerdo el cuello del pollo, abierto en canal, y el humo.

Asco, sí, incomodidad porque había olor a sangre y a plumas y la cocina estaba llena de humo. Y en qué momento nace el otro asco, el asco a entrar en el lavabo con mi padre, en qué momento comienzan los tabúes, porque el niño pequeño quiere estar con su padre siempre, incluso cuando su padre está sentado en una taza de váter. No siente asco. No siente repugnancia. No siente ninguna incomodidad ni física ni psíquica. Porque el asco es un tabú de la civilización. El asco al excremento del padre nace socialmente en el momento de la independencia, de la emancipación social del hijo. Para que sea posible que los hijos se marchen ha de nacer la repugnancia hacia los olores del padre. Recuerdo haber visto orinar a mi padre y haberme sentido fascinado y asustado ante su sexo. Son escenas del pasado, y el pasado cada vez tiene menos prestigio.

Recuerdo que alguien me contó de niño la historia de un padre, en la guerra civil española, que se entregó para salvar la vida de su hijo. Su hijo fue puesto en libertad y el padre fue fusilado. Por eso es tan importante la paternidad, porque anula la duda, nunca dudas. Siempre darás tu vida por tu hijo. Todo lo restante que hay en el mundo es confusión, vacilación, perplejidad, egoísmo, indecisión, incertidumbre, ninguna grandeza. Ese padre fue fusilado, pero su hijo quedó libre.

Recibir la bala por otro sin que te importe, esa es la mayor grandeza que puede depararte la vida.

Recibir la bala por tu hijo es el buen misterio, no hay otro misterio más grande que ese sobre la tierra. La luz del sol se apaga ante este misterio. No sentirá la bala entrar en su carne, no sentirá la pérdida de su futuro, la pérdida de las cosas que le quedaban por hacer, no pensará en él, porque ya no será él sino que solo será fervor bienaventurado hacia su hijo, que estará vivo, que seguirá vivo.

Dar la vida por alguien no está previsto en ningún código de la naturaleza. Es una renuncia voluntaria que desordena el universo.

La paternidad y la maternidad son las únicas certezas.

Todo lo demás casi no existe.

98

Creo que 1970 fue el año en el que abrieron las Piscinas de la Cooperativa y dejamos de ir al río Vero, el pequeño río que pasa por Barbastro.

Me acuerdo de los baños en el río Vero y en el río Cinca.

La gente entonces se bañaba en los ríos, que estaban llenos de barro y libélulas y piedras y ramas en el agua. Y poca agua.

Cuando llegaron las piscinas públicas a España, al comienzo de la década de los setenta, mi madre se puso muy contenta. Estaba todo el día en la piscina, una piscina que tenía un vestuario, que era una gran novedad, y que poseía además máquinas de bebidas, donde podías contemplar tú mismo el automatismo de la introducción de una moneda de cinco pesetas y la extracción de bebidas refrescantes de entonces, como la Mirinda, que desapareció nadie sabe por qué; y también disponía de un portero, que vigilaba severamente que quienes entraban en la piscina tuvieran su carnet, y recuerdo la cara de aquel hombre, cuyo cadáver me roza en este instante, un hombre feo, calvo, inclinado hacia la nada, con los ojos negros, la cara enferma, un hombre anciano a la altura de 1970, que miraba tres veces tu foto en el carnet de la piscina para saber que nadie le estaba engañando y hacer bien su trabajo, que no podía creer que la gente se bañara, que no podía creer que las mujeres se pusieran en biquini y que quisieran tomar el sol, y beber una Mirinda, ni que existiese una cosa llamada «la canción del verano»; un hombre que no creía en el sol.

Ya no existen esas piscinas, desaparecieron a mediados de la década de los ochenta. Ahora hay pisos encima, donde viven los hijos de los que se bañaban, los hijos de los bañistas muertos, al servicio de la prosperidad de España, si es que la provincia de Huesca está en España.

Mi padre sirvió a la prosperidad de España haciendo que algunos españoles de la década de los sesenta tuvieran un traje a medida. Para mí eso es heroísmo.

No le dieron la medalla al valor, en una ceremonia presidida por el rey de España y el presidente del Gobierno y el presidente del Gobierno de Aragón y el capitán general de la IV Región Militar y el arzobispo de Zaragoza.

No, no se la dieron.

A él, por unas santas razones, no se la dieron.

A mí tampoco me la darán, pero por otras razones, distintas razones, muy distintas razones; sin embargo, también santas.

Mi padre y yo nos vengamos de todo eso; él a través de su esposa; yo a través de mi madre.

Mi madre nunca supo que Barbastro era un pueblo de una comunidad autónoma llamada Aragón ni que Aragón era un territorio que pertenecía a España ni que España era un país del sur de Europa. Y no lo supo no por ignorancia.

Sino por divina indiferencia.

99

No recuerdo que a mi padre le gustasen las banderas. Y mi madre no sabía ni que España tuviera una bandera. Mi madre no concebía la vida política sobre la tierra. No iba con ella. No servía para el cumplimiento de sus deseos. Mi madre era tan atávica como un río, una montaña o un árbol. Yo creo que mi padre jamás usó la palabra «bandera» para nada. Hay palabras españolas que mis padres no emplearon nunca. Sin embargo, no es concebible mi vida sin España, porque, de alguna forma, amo España. En realidad, la amo por mi padre, porque fue allí donde vivió, solo por eso. Porque amo todo cuanto tuvo que ver con mi padre. Si mi padre hubiera sido portugués, habría amado Portugal. No creo que jamás le hubiera tocado en suerte ser francés o británico o estadounidense.

Mi padre siempre vivió en España. Siempre estuvo allí, salvo el servicio militar, que lo hizo en África, en la ciudad de Melilla. Cuando visité Melilla, hace unos años, la voz saltó: «Aquí estuvo cuando tenía veinte años, aquí, aquí estuvo, con toda la vida por delante; cuando estuvo aquí no sabía qué era la muerte, ni sabía que sesenta años después vendrías a esta ciudad buscándole; sesenta años después y aún quedan vestigios en el aire de Melilla; aún puedes verle, sonriendo, con esa sonrisa bondadosa que tenía y que ha heredado Bra y no lo sabe; ni Bra lo sabe ni él tampoco, solo lo sabes tú y tal vez este sea el conocimiento más importante que has alcanzado, y ahora sonríe, sonríe porque él estuvo aquí».

100

Hay muertos que mueren con la aprobación de los vivos y otros que no: muertos calificados de grandes hombres y muertos calificados de hombres perversos, pero una vez que entran en la muerte toda descripción o enjuiciamiento o discernimiento moral se queda fuera, y solo persiste la igualdad en la putrefacción de la carne; a la putrefacción de la carne no le importa la bondad o la maldad moral que habitó en el cuerpo muerto. Pero si los vivos te quieren, el que va a morir muere más tranquilo, y eso cuenta.

Después, no hay nada.

El perverso se pudre de la misma forma que el bondadoso.

No sé si los insectos necrófagos notan la diferencia entre la bondad y la maldad; aterra pensar que no la noten, aterra pensar que la espuma amarillenta y la grasa convertida en jabón de un cadáver bondadoso sean las mismas que las de un cadáver maligno; que el bien y el mal no estén diferenciados a través de putrefacciones diferentes; que el bien y el mal acaben en la misma pestilencia, en el mismo tipo de larvas y hongos.

Tal vez por eso hice bien quemándolos, pero no lo creo.

101

Vamos caminando de la mano mi padre y yo por el cementerio de Barbastro. Es un 1 de noviembre tal vez de 1968, o 1969, o 1970. Mi padre se detiene delante de una pared de nichos. Mira hacia los nichos de arriba, que están deteriorados y sin nombre.

Me habla, me dice: «En uno de esos de allá arriba está tu abuelo». Yo miro, pero solo veo dos o tres nichos sin nombre, desconchados, agrietados, descompuestos, rajados, como de pared de arenisca, grises, lejanos, sin identificación posible, veo solo arena sucia y húmeda. Miro a mi padre y con mi mirada le pido una precisión, que aclare qué nicho es. No lo sabe. No le inquieta no saberlo.

Parece como si mi padre no hubiera tenido padre.

Es extraño.

Creo que nunca más volvió a hablar de su padre. Era una zona mística. Una zona secreta. Mi padre parecía un agente de la CIA.

Me hubiera gustado saber en qué año murió mi abuelo paterno. Creo que esa confesión que me hizo mi padre al mostrarme aproximadamente el nicho en donde fue enterrado mi abuelo fue un gesto de debilidad, una indiscreción. ¿Por qué mi padre me negó cualquier conocimiento sobre la vida de mi abuelo? No hubo tiempo para esas revelaciones; no pensamos que todo se acabaría tan pronto. Mi padre se olvidó de su padre. No sé qué pasó allí, pero algo ocurrió. Yo creo que la memoria es un arte burgués, y en eso mi padre fue profundamente antiburgués. Ese es el punto de fuga de la vida de mi padre. Vestía como un burgués, pero llevaba encima la subversión y alguna forma bondadosa de la anarquía moral que conducía al olvido de sus progenitores. Tal vez pensaba en su padre todos los días, solo que no me lo dijo. Pensó que era mejor que no lo supiese, porque no lo entendería. En realidad, yo nunca supe quién era mi padre. Fue el ser más tímido, enigmático, silencioso y elegante que he conocido en mi vida. ¿Quién fue? Al no decirme quién era, mi padre estaba forjando este libro.

No es una estancia estática la del cadáver en la tumba. Hay una frenética actividad, hay una reconversión industrial de la materia dentro de la caja. El ataúd es una fábrica. Una nave industrial donde la materia se enfurece hacia abajo, hacia lo hondo, porque todo ocurre debajo de la superficie con voluntad de ir más hacia dentro, como buscando el corazón del planeta. No está a la vista, pero percibo toda esa actividad: la alegría del cadáver del que salen chispas de vida a través de seres nauseabundos. Pero la vida nunca es nauseabunda aunque nazca en la pocilga, pues el portal de Belén también era una pocilga.

Hay una fundición y una fundación en el mundo del ataúd, hay conciencia y esencia; y yo impedí todo eso cuando mandé quemar los cadáveres de mis progenitores, mandándome quemar a mí mismo de esta forma, porque la forma suprema de la vida es el cadáver de la vida, y yo no lo supe ver.

No supe ver nada.

Los restos óseos son molde, sostén y corona de quienes nos quedamos encima de la tierra, en la superficie.

Porque en el esqueleto hay ambición y manifestación y sedición. Y yo no lo supe ver. Y hay comunidad, porque en los cementerios los esqueletos son vecinos unos de otros, y en esa vecindad aún alienta una forma de esperanza.

La esperanza de volver a veros, papá, mamá.

Solo soy eso: esperanza de volver a veros.

102

A mi padre también le pasaba, le ocurrían caídas de la voluntad. Como a mí. Hubo un momento en que ya no le compensaba salir a vender, tenía que pagar la gasolina, pagar las fondas y las comidas, y vendía poco. No le valía la pena. Él vendía poco textil y yo vendo pocos libros, somos el mismo hombre. La obsesión de que somos el mismo hombre la llevo padeciendo desde antes de su muerte.

Mi padre era autónomo, tenía que pagarse sus gastos. Y la comisión que se llevaba por las ventas era inferior a lo que tenía que desembolsar. Su «para qué salir de viaje» llega a mí en un «para qué escribir».

Son caídas de la voluntad de hacer.

Por eso optó por ponerse la bata verde y ver a los cocineros de la tele. Todo cuanto le pasó a mi padre repercute en mi vida con una precisión milimétrica. Estamos viviendo la misma vida, con contextos diferentes, pero es la misma vida. Y en esa comunión de vidas pueden latir un mensaje o una ironía ocultos. ¿Quién manda el mensaje? Se transforman los aledaños sociales y culturales, pero somos lo mismo. A veces ese grado de coincidencia masacra el tiempo, funde el tiempo haciéndolo líquido e inseguro, y las dos vidas se hacen equivalentes. Tampoco quiero llegar a ser alguien distinto de mi padre, me causa terror llegar a tener una identidad propia.

Prefiero ser mi padre.

Cuando descubro las altas y enérgicas coincidencias entre la vida de mi padre y la mía no solo me asombro, también me asusto, pero a la vez me siento seguro, creyendo que en esa repetición hay un orden y un código mayores.

Toda la vida escribiendo, como mi padre. Yo, poemas y novelas; él, duplicados de pedidos de los sastres españoles.

Mi padre era viajante, viajante de comercio. Yo, más o menos, también. Yo escribo, él escribía. Da igual lo que escribiéramos. Estamos haciendo lo mismo. Él llamaba a sus obras literarias «pedidos y duplicados». Lo estoy viendo: se sentaba en la mesa del comedor y sacaba su bolígrafo Parker (que le regaló la empresa) e iba anotándolo todo con un cuidado casi infantil, con su excelente y barroca caligrafía. Fue mi padre quien me descubrió la palabra «pendolista». Me dijo lo que significaba. Se me grabó en la memoria: pendolista. La mesa estaba coja y tenía que poner un apoyo en una pata para que su caligrafía no sufriera menoscabo. Yo creo que mi padre jamás tuvo una mesa en condiciones sobre la que escribir.

La caligrafía era importante. Los duplicados eran amarillos. La vida se vuelve amarilla. Hasta el amanecer es amarillo.

103

Mi padre no me enseñó a quererle. Me cogía de la mano cuando era un niño y salíamos a la calle. Tampoco nadie le dijo a él si quería ser padre, si verdaderamente había tomado la decisión de ser padre de una manera libre y sin coacciones.

Mi padre escribía sus duplicados, iba anotando allí lo que vendía a los sastres de las provincias de Huesca, Lérida y Teruel; sastres que hicieron trajes a medida a hombres que ya murieron y que tal vez fueron enterrados con esos trajes; murieron también los sastres y ninguno de sus hijos heredó el negocio porque ya no había negocio que heredar.

No supo enseñarme a quererle, pero cómo se hace eso.

Varias veces le dieron diplomas porque era el viajante que más vendía. A mí me ponían matrículas de honor en aquella carrera pobretona que estudié en Zaragoza, una carrera cuya finalidad era aprenderse cuatro frases sobre Lope de Vega y unas cuantas destrezas para analizar las oraciones subordinadas de relativo: menudo acierto de carrera. Era lo mismo, lo mismo lo que hizo mi padre y lo que hice yo. El subdesarrollo persistía, se había camuflado un poco pero seguía estando allí.

Los ricos seguían siendo los otros.

Nunca nosotros.

No hubo manera de pillar un chollo, eso es España para todos nosotros, para cuarenta y cuatro millones de españoles: ver cómo un millón de españoles pillan un chollo y tú no lo pillas.

104

El amarillo es un estado visual del alma. El amarillo es el color que habla del pasado, del desvanecimiento de dos familias, de la penuria, que es el espacio moral al que te conduce la pobreza, del mal de no ver a tus hijos, de la caída de España en las miasmas españolas, de los coches, de las autopistas, de los recuerdos, de las ciudades en que viví, de los hoteles en donde dormí, de todo eso habla el amarillo.

Amarillo es una palabra sonora en español.

«Penuria» es otra palabra importante.

«Penuria» y «amarillo» son dos palabras que viven juntas, adosadas.

Tuve un sueño: acudía a la casa de mis padres, y lo hacía en tiempos futuros. Era el porvenir. Y mis padres tenían una edad imprecisa, pero relacionada con la ancianidad. En mi sueño, los dos estaban vivos, pero en un tiempo del futuro, tal vez en 2030, o en 2050, en un año lejano.

La última vez que los vi estaban muertos, no muertos al mismo tiempo, sino muertos separados por el tiempo, nueve años estuvo mi padre muerto mientras mi madre seguía viva.

Muchas veces pensé en ese crecimiento, esa progresión vital como muerto que llevaba a cabo mi padre en soledad, su experiencia como ser huido de la vida, su casa entre los muertos, su trabajo entre los muertos, mientras mi madre estaba entre los vivos. Es como si hubiera emigrado a América, y desde allí estuviera amasando una fortuna o labrándose un porvenir.

Yo sé las cosas que hizo mi madre mientras mi padre estuvo muerto, pero no sé las cosas que hizo mi padre mientras mi madre estaba viva.

Fueron nueve años en donde cada uno fue a lo suyo.

No se telefoneaban.

Nueve años es bastante tiempo.

Ahora se habrán tenido que dar muchas explicaciones.

La mayoría de los seres humanos tan solo una vez toman contacto con algo verdaderamente enriquecedor, con un bien material que les es otorgado de manera gratuita, y esa es el día de su muerte, aunque sea representada en la muerte de un ser amado.

La muerte es en el fondo casi una ganancia económica, pues la naturaleza al fin te deja libre, ya no hay acción ni trabajo, ni esfuerzo, ni salario, ni éxito ni fracaso; ya no hay que hacer la declaración de la renta, ni mirar los extractos bancarios ni consultar la factura de la luz. La muerte representa, en ese sentido, la utopía del anarquismo.

Entraba en una casa con grandes salones. Recuerdo que en el sueño yo no entendía bien la disposición de la casa, me confundía con las habitaciones. Vi que mi padre estaba en la cocina, preparando una sopa de pescado. Cuando yo lo conocí en la vida real y en el pasado de esa vida real, mi padre, en efecto, sabía hacer una sabrosa sopa de pescado. Era una sopa bullabesa; se le daba muy bien prepararla. Se me quedó mirando de la misma forma en que se mira a alguien que nos resulta familiar. Me miró unos segundos, y luego siguió preparando la sopa. Penetraba mucha luz por los ventanales de esa sorprendente casa en donde vivían mis padres ahora. Dudé de que me hubiera visto. Era como si yo fuese una sombra; yo, que estoy vivo. Y él fuese de verdad; él, que está muerto. Me acerqué y vi cómo ponía mucho empeño en la preparación de la sopa. Me quedé fascinado ante la meticulosidad con que preparaba y cocinaba esa sopa, como si finalmente se hubiera convertido en uno de esos cocineros de la televisión cuyos programas tanto le gustaban.

Me percaté de que mi padre, en el futuro, era un ser laborioso, como también lo fue en el pasado, pero en el futuro su laboriosidad estaba exenta de desesperación y de angustia, esa era la diferencia, que me encandilaba y hacía feliz.

Descubrí otra habitación, que era un dormitorio. Yo esperaba encontrarme el dormitorio de mis padres, con una cama de matrimonio; sin embargo, había varias camas individuales. Mi madre apareció en escena y mi madre tenía otros hijos, pero eso no me dolió. No conseguía ver el rostro de esos otros hijos, de esos seres, de esos hermanos que habitaban en ese delicuescente porvenir. Tampoco conseguía ver a mi madre con nitidez, pero su presencia era segura, como si estuviera difuminada por toda la habitación, esparcido o sembrado su espíritu en el aire. No lograba entender las dimensiones del dormitorio, aunque sí visualizaba con claridad las camas. Allí vivía mucha gente. ¿Por qué vivía tanta gente en la casa de mis padres en el porvenir si en la casa de mis padres en el pasado solo vivíamos mi hermano y yo?

Era un sueño, sí, pero no era un sueño del todo. Era un bálsamo, una consolación, porque nuestra mente es sabia, como si dentro de nuestra mente habitase alguien que es más que nosotros; a veces he tenido la sensación de que detrás de mí había otro ser, otro ser que saldrá de mí el día de mi muerte. He pensado en ese ser muchas veces y he acabado confiriéndole un nombre: «El maquinista».

Son sueños que buscan la absolución, y que tu cuerpo pueda seguir vivo sintiéndose exculpado. El maquinista sabe que me siento culpable, piensa que mi inconsciente me condena por no haber estado cerca de ellos cuando se hicieron ancianos, por haberme ido a vivir fuera de Barbastro, por eso me ofrece sueños clementes en donde mis padres siguen vivos y yo no existo. Mi inexistencia en ese sueño simbolizaba mi condenación, pero me gusta no existir, de ahí que, cuando vaya a ser juzgado, esa querencia mía por la inexistencia volverá locos a los jueces que deban condenarme, porque la condenación es el resultado de cualquier juicio con pedigrí. La absolución es insustancial y olvidable.

Solo recordamos las condenaciones.

La absolución no tiene memoria, así somos los seres humanos.

Sin embargo, mi culpabilidad es problemática. Ese es el gran agujero de todas las vidas de los seres humanos fronterizos, de aquellos que estuvimos entre el bien y el mal.

Me desperté con cierta euforia. Estaba agradecido de haber vuelto a ver a mis padres, pero los vi en un tiempo venidero, en el futuro, un futuro sin mí. Había visto un ilusorio eje del tiempo, un plano alternativo, donde mis padres fundaban otra familia a la que yo no pertenecía, en donde yo no existía.

No me sentí excluido, no me sentí mal.

Me pareció todo de una ternura indecible, como si estuviera contemplando una segunda oportunidad de todas las cosas; parecían felices mis padres con otros hijos, y yo no estaba, mi ausencia mejoraba la vida de mis padres y eso me hacía feliz, no tenía miedo a desaparecer.

No tenía miedo a desaparecer, ni siquiera de la raíz.

Si fui un mal hijo, esa mácula se borraba para siempre.

¿Fui un mal hijo?

Si lo fui, lo fui por incompetencia, no por voluntad.

Se puede ser un hijo incompetente.

Nadie está preparado para ser padre, ni para ser hijo.

Podría haber hecho más en los últimos tiempos, claro que sí. Mis hijos me pagarán con la misma moneda, así que cuenta saldada. No se debe nada aquí. Libre de deudas. Pagadas las deudas con mi propio olvido.

Conforme el sueño se desvanecía pasé a recordar cómo era el dormitorio de mis padres en el pasado, es decir, el dormitorio en donde yo sí estuve en la realidad.

Nunca volveré a ver ese dormitorio. Necesito decir una por una todas las cosas de mis padres que no volveré a ver.

Recuerdo que me producía una gran alegría la contemplación del dormitorio real que se dio en el pasado.

Bueno, había visto a mis padres viviendo en el futuro a través de un sueño.

¿Cómo será mi muerte dentro de tres mil años? Los muertos siguen, se transforman, perduran.

La muerte de un ser humano va y viene en el tiempo. Todos los muertos van y vienen. Hacen cosas distintas de las que hicieron cuando estaban vivos.

Dentro de la muerte sigue habiendo una actividad frenética.

105

Yo tenía seis años e iba al dormitorio de mis padres. Creía que era una nave espacial. Vuelvo a repetirme, como en una salmodia, que es del todo imposible que vuelva a ver jamás ese dormitorio: las paredes pintadas de un color claro, las cortinas, la cama y las sábanas, la mesilla de noche, una butaca, una lámpara, un armario. Veo mi recuerdo mientras mi recuerdo está viendo el pasado.

El presente en que todo ser humano vive convierte el pasado en un enigma; sin embargo, el presente no es un misterio, pero en cuanto se convierta en pasado el enigma lo invadirá, por eso miro el presente con lupa, con microscopio, intentando ver cómo se produce su transformación: una comida de domingo terminada con Bra y Valdi, por ejemplo, me conduce al deseo de saber cómo recordarán mis hijos esa comida dentro de treinta años. Y entonces esa comida me deja ver sus misterios, su apoplejía espiritual, su páncreas amarillo. ¿Cómo recordarán estas comidas de domingo cuando yo esté muerto y me haya convertido en lejanía?

El pasado son muebles, pasillos, casas, pisos, cocinas, camas, alfombras, camisas. Camisas que se pusieron los muertos. Y tardes, son las tardes, especialmente las tardes de domingo, donde se produce una suspensión de la actividad humana; y la naturaleza, que es elemental, regresa a nuestros ojos, y vemos el aire, la brisa, las horas vacías.

La muerte impide la continuación del envejecimiento y, a pesar de que puede parecer un juicio desatinado en tanto en cuanto es despreciable la fantasía de que un muerto pueda seguir celebrando cumpleaños, los vivos contabilizan los aniversarios de los muertos como si fuesen vivos ausentes; de modo que los lazos se estrechan y las contabilidades entre vivos y muertos hallan intersecciones excéntricas, fruto de que la muerte no tiene contenido y de que la vida sin la muerte no tiene finalidad.

Pero estaba hablando de los muertos sin vanidad, de los muertos que en vida no fueron personas renombradas o eximias.

La muerte da un significado inesperado a la vida de cualquier ser humano. Se impide de forma inapelable cualquier noticia. Se cierra la posibilidad de movimiento. La muerte premia a quienes fracasaron en vida, a quienes no fueron motivo de portadas de periódicos, de noticias en la televisión, de fotografías, de fama y celebridad iconográfica.

A los célebres y famosos en vida la muerte los castiga con las fotografías y las imágenes en movimiento pasadas de moda, de las que ya no pueden evadirse, están encerrados en ellas.

Están encerrados en la vida que llevaron.

Los muertos anónimos están libres del ridículo del paso del tiempo. No fueron motivo de fotografías recordadas. Son nadie, son viento, y el viento no hace el ridículo.

No te dejes fotografiar nunca.

106

La luz entra por los ventanales de mi apartamento de avenida de Ranillas, número 16, escalera 1, piso quinto, be de Barcelona, lleva dentro el alma de mis padres, que se llamaron Bach, mi padre, y Wagner, mi madre, pues por fin di con dos nombres de la historia de la música para ellos. Ya los he convertido en música, porque nuestros muertos han de transformarse en música y en belleza.

Conseguí comprarme al fin un lavavajillas, es una marca blanca, es decir, no tiene marca, pero funciona. Ya no friego los platos. Me costó doscientos cincuenta euros.

Madre Wagner, tú nunca tuviste lavavajillas. Esto dijo la voz cuando levantamos tu casa: «Pero tu madre nunca tuvo lavavajillas, ¿cómo no le compraste uno?». Todo el mundo tiene lavavajillas ahora. Podrías haberlo tenido desde principios o mediados de los años noventa, que es la fecha —calculo mentalmente— en que se generalizaron los lavavajillas en España. Claro que antes los habría, imagino que desde finales de los setenta y principios de los ochenta, sobre todo en los bares y restaurantes, pero no en las casas particulares. En las casas particulares, en los noventa. Pero tú te tiraste cerca de veinticinco años fregando platos sin necesidad.

Recuerdo pilas de platos en las comidas de Navidad, que tú lavabas sola; estoy viendo ahora esos platos, cuando ya es demasiado tarde, o las bandejas con restos de canelones agarrados, que había que frotar fuerte con el estropajo para que se fueran; y los canelones aquellos que tanto le gustaban a Juan Sebastián; y había muchos platos y recetas que desaparecieron contigo; y la alegría de aquellas comidas también se esfumó; recuerdo que no te ayudábamos a fregar, como mucho a secar los platos, no te ayudábamos a nada.

Permanecíamos sentados en la mesa, como si fuésemos marqueses. Y ahora sé lo que es eso.

Desde que estoy solo, sé lo que es tener una cocina jodidamente limpia: es un trabajo agotador, es una obra de arte, es algo que nunca termina, porque una cocina nunca acaba de estar limpia.

Puedes dedicar toda una vida entera a tener limpia la cocina, así fue para muchas mujeres. Vivieron dentro de una cocina, por eso miro mi cocina de Ranillas y la utilizo para comunicarme con Wagner, mi madre.

Si acaricio mi cocina, acaricio el alma de mi madre. Si acaricio todas las cocinas de la tierra, acaricio la esclavitud de millones de mujeres, cuyos nombres se borraron y son música ahora. La música de mi corazón atolondrado.

107

Voy a comprar a la cadena de alimentación Dia. Hay un Dia al lado de Ranillas.

Entro y está lleno de gente, gente viviendo en la catástrofe, herederos de la crisis y del paro y de la nada. Hola, compañeros, comprad yogures de marca blanca, no saben igual que los Danone, pero son infinitamente más baratos. Me gusta comprar en el Dia: todo es barato y sencillo y obvio y comestible, como mi paso por este mundo. Todo es barato porque todo está casi caducado. Si te fijas en la fecha de caducidad de lo que compras, te llevas la sorpresa de que buena parte de los productos son tan baratos porque están a punto de caducar. Las galletas están casi caducadas, el pescado está casi caducado, por eso tiran los precios, porque los productos son casi cadavéricos. Unas galletas caducadas son como un cadáver. Da miedo comerte cosas caducadas, es como arrojarse al horno de la industria de la alimentación. Los técnicos que tenían que vigilar la fecha de caducidad de los productos caducaron también. La gente caduca. Morir es caducar, quiero decir que hemos extendido el concepto de acabamiento a todo cuanto nos rodea. Y al final la medida o trascendencia de nuestra muerte no está alejada de la medida y trascendencia de un yogur caducado.

La fecha de caducidad es una fecha fúnebre.

Sin embargo, los muertos no caducan; pero los vivos sí. La muerte es el lugar donde la caducidad ya no cuenta.

Una botella de Coca-Cola Zero de un litro vale un euro: una equidad simbólica, que aúna la medición de seres líquidos con seres monetarios. La gente que compra en el Dia en mi barrio a las once o las doce del mediodía son parados, ancianos y amas de casa, y locos o enfermos. Ancianas que llevan el dinero justo en la mano, y se compran una lata de naranjada y una bolsa de golosinas, y arrojan las monedas contra el mostrador, y la cajera tiene que contar las sucias monedas, llenas del sudor de la anciana demenciada, que va con un pañal y huele que apesta. Si esa vieja hablara en inglés, estaríamos ante una escena de realismo americano, llena de acerada poesía, pero en España, y hablando español, y encima hablándolo con acento de Zaragoza, simplemente nos quedamos sin acerada poesía, sin trascendencia, sin épica, sin nada; en todo caso, nos quedamos con el exotismo de las razas inferiores. Pero eso da igual, lo más inquietante es mi propensión a hermanarme con la desgracia; no a remediarla, sino a hacerla mía, a meterla en mi corazón. Meto a la anciana en mi corazón, y la amo. Y pienso en que una vez esa octogenaria fue una niña al lado de una madre joven. Pienso en eso, con fuerza.

He estado solo toda la semana, en mi apartamento.

Pequeños viajes a la cocina, al dormitorio, al cuarto de baño, paseos por la habitación en la que escribo, encender la televisión. Contemplar la cocina, los platos, los cubiertos, la cafetera. Contemplar la cama deshecha del dormitorio. Mirar la agenda. Tumbarme en el sofá. Me hermano con mi tristeza como si procediera de una tercera persona, eso es otra cosa que me inquieta, y que me aplasta, porque pienso que me estoy volviendo loco.

Es el hermanamiento con todo lo que salió mal; con eso me hermano, con toda desdicha, con todo sufrimiento; pero aún soy capaz de hermanarme con algo infinitamente superior a la desdicha: me hermano con el vacío de los hombres, de las mujeres, de los árboles, de las calles, de los perros, de los pájaros, de los coches, de las farolas.

108

Cuando llega la madrugada miro la avenida y ya no pasan coches. Todo el mundo duerme. Yo no tengo horario, puedo acostarme cuando me dé la gana, puedo trasnochar, puedo mirar la avenida a las tres de la madrugada; puedo, si quiero, salir a pasear junto al Ebro a tres grados bajo cero a las cuatro de la madrugada, pero no lo hago nunca, porque pienso que alguien podría verme, y eso me asusta. Podría pasear a las cinco de la madrugada junto al río, pero temo que eso me alterase, me rompiese los nervios. Podría mirar las aguas del Ebro a la seis de la mañana, cuando ya el alba se presiente.

No pasan coches por la avenida de Ranillas, barrio del Actur, ciudad de Zaragoza, norte de España.

La gente está durmiendo, pero yo no.

Tengo ganas de marcharme.

He comprado una fregona nueva.

Me gusta tanto fregar, ese momento en que de repente el suelo reluce, y consigues una victoria, un triunfo sobre la suciedad y el polvo. Consigues una purificación. Friego el suelo como quien purifica almas. Ojalá pudiera lavarme los órganos internos: sacar mi estómago y lavarlo, sacar mi intestino y lavarlo.

Sí, tengo ganas de largarme.

En Madrid estaré unos días, eso también me apetece mucho.

Me gusta Madrid, está lleno de millones de calles y circunvalaciones y autovías y barrios que no conozco. Tengo que acostarme ya. Retraso demasiado la hora de meterme en la cama. Hace años tuve un amigo en mi pueblo natal, en Barbastro, que no se acostaba hasta las cinco o las seis de la madrugada.

Podría llamarlo Giuseppe Verdi.

Me doblaba la edad, más bien casi me la triplicaba. Se pasaba la noche viendo películas, inmerso en una felicidad indescriptible, inmerso en una exaltación de sus placeres privados que me fascinaba; me acuerdo de él en este instante, de sus largas noches de invierno en el Barbastro de los años setenta y ochenta; noches que Verdi las pasaba leyendo y, desde que apareció el vídeo, viendo películas hasta el alba. Cómo me gustaría volver a verlo y decirle que le admiré siempre y que está en mi corazón, que lo llevo en mi corazón. En realidad, era amigo de mi padre, como un amigo cedido, un instructor adjudicado. Un amigo de mi padre que acabó siendo también amigo mío.

Era un hombre libre, vivía para sus placeres tranquilos. Mi padre lo apreciaba y lo quería, aunque eran hombres distintos. Me sorprendía que mi padre y yo tuviéramos un amigo común. Una vez, siendo yo niño, me dio un sobre que contenía ciento cincuenta pesetas. Nunca lo hablamos años después, cuando yo ya me hice mayor y nuestra amistad se hizo sólida. Nunca le dije a Verdi que de crío me hizo ese regalo, ese abstracto regalo, que me resultó inquietante porque creo que era la primera vez que me regalaban dinero. Verdi estaba soltero, y murió muy solo y demasiado pronto. Murió mal, o al menos no me gustó cómo murió. Acabó perdiendo las razones para vivir. El tiempo de los solteros es un tiempo breve. Cuando el cuerpo pierde la juventud y pierde las facultades, los solteros se abandonan. Especialmente los hombres. Y especialmente esa generación de hombres que no fueron instruidos en la vida doméstica: hombres que no sabían ni hacer una cama. Y al final fueron víctimas de esa educación que, en teoría, los preparaba para una vida de privilegios.

Mi amistad con Verdi fue especial porque se cimentaba en la de Verdi con mi padre, era como si nuestra amistad tuviera una garantía, un respaldo, un aval incontestable, y yo me sentía tranquilo.

Pasé cientos de horas hablando con Verdi, cuando yo tenía dieciséis o diecisiete años. Yo no tenía amigos de mi edad, solo tenía a Verdi. Luego, con el tiempo, y coincidiendo con mi marcha a Zaragoza, nos distanciamos, y al final Verdi se murió. Y, como siempre, no fui a su entierro. No he ido a ningún entierro de la gente que me importó, aunque tal vez no me ha importado nadie en esta vida. No descarto esa idea.

Verdi ya se va extinguiendo en mi memoria. Es ya un muerto anónimo. No hay fotos suyas en internet. Hice un par de búsquedas en Google, y ni rastro. Nada. De mi padre aún hay un par de entradas.

Bach, dos entradas en internet.

Verdi, ninguna.

La muerte de Verdi me afectó mucho, no entendí su muerte. No he entendido la muerte de nadie. Verdi parecía tan seguro de la vida, estaba tan arrebatadoramente vivo que su muerte lo convirtió a mis ojos en un falsario, en un traidor. No le estoy censurando, sino exaltando. Ojalá yo pudiera masacrar el desajuste entre estar vivo y estar muerto, su falta de solidez y de proporcionalidad; ese es el asunto: el tránsito desatinado y culpable que va del movimiento vital al *rigor mortis*. Me estoy lacerando el alma, porque no entiendo ese taimado movimiento que va de lo que se mueve y habla a lo inmóvil y mudo.

Si hubierais conocido a Verdi, lo entenderíais. Su muerte en realidad acaba revelando el puño vacío de Dios golpeando las cosas. Ya nadie se acuerda de él en Barbastro. Juan Sebastián a veces lo invitaba a comer a nuestra casa.

Y Wagner hacía canelones.

Había paz y cariño en esas comidas. Barbastro fue un pueblo radiante por los seres humanos que vivieron allí, sobre todo en las décadas de los años sesenta y setenta. Fueron hombres y mujeres extraordinariamente luminosos.

Yo estuve hablando cientos de horas con Verdi. Veíamos películas juntos. Cuando esto ocurría, ninguno de los dos sospechaba este futuro desde el que estoy escribiendo.

Si lo hubiéramos sospechado, nos habríamos pegado un tiro o habríamos derribado un gobierno; uno no, todos los gobiernos del mundo.

Verdi era un gran hombre y fue feliz. Y los ratos que pasamos juntos no volverán jamás, ese es mi problema. Eran los años setenta, cuando la vida iba más despacio y podías verla. Los veranos eran eternos, las tardes eran infinitas, y los ríos no estaban contaminados.

El mes de junio aparecía por Barbastro como un dios que iluminaba la vida de la gente.

Era el paraíso. Fue mi paraíso. Fueron ellos mi paraíso, mi padre y mi madre, cuánto los quise, qué felices fuimos y cómo nos derrumbamos. Qué hermosa fue nuestra vida juntos, y ahora todo se ha perdido. Y parece imposible.

109

No veo a nadie, no quedo con nadie a cenar o a comer, ni siquiera a tomar un café, cuando estoy aquí, en esta ciudad, en mi casa de Ranillas. Como si quisiera consagrarme a mí mismo, dentro de una urgencia, la urgencia de mí, que es la de ellos, la de mis seres queridos. ¿Quiénes son mis seres queridos? No existe la complejidad de la vida, eso es un engaño, vanidad nada más. Solo existen los seres queridos. Solo el amor.

No me apetece quedar con nadie, porque estoy conmigo mismo, porque he quedado conmigo mismo, porque me ocupa mucho estar conmigo. Es una adicción estar conmigo mismo.

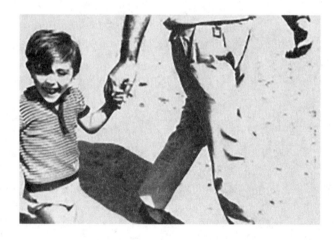

Veo solo a mis hijos, y ellos no me ven. Veo a quien no me ve. Veo una foto de un niño con la mitad del cuerpo de su padre. Somos Juan Sebastián Bach y yo. La boca abierta y el llavero de Juan Sebastián, y sus zapatos. Recuerdo que me gustaba ese polo, porque la coquetería me visitó muy pronto. Yo sigo en este mundo, pero Bach se marchó. Se estaba marchando ya cuando alguien hizo esta extraña y a la vez alegre foto. Y alegorizó esa marcha con la supresión visual de medio cuerpo.

Millones de padres e hijos desfilan por las calles de miles de ciudades de la tierra, es el gran desfile.

Las nubes enmudecen a tu paso hacia el olvido absoluto.

110

Mi apartamento de Ranillas es solar, celebra el asombro ante la existencia del sol. Jamás en mi vida contemplé el sol en toda su grandeza como en estas mañanas de Ranillas. He meditado al respecto, porque es más que el sol lo que veo.

Es la luz en estado comunicativo, la luz como si fuesen palabras.

Debió de haber un culto al sol en estas tierras antes de la romanización, lo intuyo; gente a la que le pasó lo mismo que a mí: que vino el sol a por ellos.

Viene a verme el sol.

Y el sol es generoso.

Te ofrece lo que le pides.

La visita del sol, el sol decide visitar a algunos seres humanos, y se muestra ante ellos desnudo, muestra qué es la luz. La luz y el sol son una familia, y su hijo es el calor.

La amistad del sol.

Al sol le pido a mis muertos, que vuelva a alumbrar sus cuerpos, y lo hace. El sol es Dios. El culto al sol es mi culto. La adoración del sol es la adoración de lo visible. Y lo visible es la vida. Si estamos vivos, es porque el sol inunda de luz nuestros cuerpos, y solo bajo la luz somos reales y somos materiales.

Entra la vertiginosa luz en mi dormitorio, que tiene un baño humilde. Allí me ducho. Tengo champú y acondicionador de cabello.

El esfuerzo de ducharse, en eso pienso; conforme pasan los años, el esfuerzo del cuerpo por seguir recibiendo el agua, la conciencia de todo bajo el agua de la ducha, el consumo de agua en lavar un cuerpo que ya no merece nada, pero ningún cuerpo merece nada.

Hay una habitación pequeña, destinada a Brahms y Vivaldi, pero no duermen nunca en ella. Es hermoso este pequeño dormitorio, en el que nunca duermen ellos, en el que nunca duerme ningún genio de la música. Entro en él y está vacío, y esa vacuidad parece una criatura, un hermano.

El hermano vacío. El músico invisible. La luz es fuerte, es voluntad. Da visibilidad al vacío humano de esta habitación y hace que ese vacío se convierta en una lágrima negra por mis hijos que no están aquí.

Bra y Valdi se están yendo de mi vida, porque se han hecho mayores, porque los veo poco, porque los seres humanos se despistan. Nos despistamos.

Es virginal todo esto. Te acabas enamorando de la simple luz, de que exista la luz aunque ya no se derrame sobre un ser querido. Esa es la luz que hay en mi apartamento de Ranillas.

Jamás pensé que me sería concedida la contemplación de la luz.

La muerte de todos los hombres va dentro de esa luz.

111

Mi nevera es muy pequeña, pero es mejor así. No tiro nada. No tiro comida. Bach me enseñó a no tirar comida. Siempre insistía en no tirar la comida. Era su más ferviente convicción política: no tires comida. Y heredé ese cuidado. Bach hablaba de una guerra, por eso no había que tirar comida. Bach estuvo en esa guerra, fue niño en esa guerra, tenía seis años recién cumplidos cuando comenzó. A veces contaba cosas, muy pocas, tal vez no le interesó esa guerra como acontecimiento histórico, sino como algo que sucedió sin más.

Tiendo la ropa limpia y luego no la recojo, no la guardo en los armarios. La dejo en el tendedor durante semanas, dentro de la casa. Me gusta verla allí colgada, como esos reos ejecutados, ahorcados, que dejaban a la intemperie en la Edad Media.

Recojo y limpio mi apartamento, con una emoción adolescente que renuncio a entender, sobre todo teniendo más de cincuenta años. Friego la cocina y pongo el lavavajillas, que se llama OK. Esa es la marca.

Es un buen nombre: OK.

Ayer estuve viendo en un centro comercial más electrodomésticos de esta marca desconocida. Son los más baratos del mercado, y hacen lo mismo que los más caros del mercado, eso debería intrigar a la gente. Un OK de doscientos euros hace lo mismo que un AEG de mil doscientos. Casi todos los días me peso, tengo una buena báscula, muy precisa. Por veinte euros puedes comprarte una báscula excelente.

Una báscula mide la acumulación de la grasa en el vientre, en el abdomen, en la cara, en las manos, en las venas.

A mi padre el cáncer de colon lo dejó convertido en un hombre delgadísimo, vimos así su esencia.

Él mismo estaba asustado de su esencia.

Bach acabó pesando setenta kilos. Y medía un metro y ochenta centímetros. En sus buenos tiempos, llegó a pesar noventa kilos.

En las últimas semanas, pesaba menos de setenta kilos.

Bajó a sesenta y cuatro.

Yo quería pesarlo, pero no tenía a quién pedírselo. Estaba dispuesto a llevar mi báscula al hospital para pesarlo.

El cáncer hizo que volviera a pesar lo mismo que pesaba cuando tenía dieciséis años. Estaba retrocediendo en el tiempo.

Regresaba al año de 1946. Yo miraba su delgadez y rogaba al destino que sus pensamientos y su esperanza y su deseo fueran también los de 1946.

La devastación de la enfermedad te conduce al origen, te hace viajar a la adolescencia.

112

Viajaré hoy con mi coche a Madrid.

Me gusta viajar con mi coche. Salir a las autopistas. Parar en los bares y restaurantes de las autopistas, donde todo el mundo es nadie. Allí hay camareros con vidas difusas, fíjate en ellos.

Sí, fíjate en ellos.

Suelo parar en un restaurante de carretera donde hay un menú muy aceptable por ocho euros. Me atiende un camarero obeso. Siempre pienso cómo hace para aguantar ocho horas de trabajo con semejante carga.

Otro ser que necesita una báscula.

Son cuatro torres las que ves mucho antes de llegar a Madrid. Faltan casi setenta kilómetros para llegar a la capital de España, pero las torres ya son visibles. Son solo cuatro los rascacielos de Madrid. Son pocos. Los principales beneficiarios de la abundancia de rascacielos en las ciudades no son los ricos, como cree inocentemente buena parte de la izquierda española tradicionalista, sino la clase trabajadora: la complejidad del capitalismo es idéntica a la complejidad del universo.

Creemos que sabemos mucho del capitalismo, pero no sabemos nada. El capitalismo se basa en el abigarramiento de nuestra codicia. La codicia humana es inenarrable. Llevamos siglos narrando la codicia, y nunca la alcanzamos. El capitalismo atávico acaba siendo una forma de comunismo.

Nuestros corazones codician. La gente quiere tener pisos grandes en las mejores ciudades, y quiere segundas casas a la orilla del mar, y quiere vidas plenas, y el capitalismo nos besa. Besa a hombres de izquierdas y a hombres de derechas, y quedan así hermanados por la codicia, que hace avanzar el mundo y hace avanzar este libro.

La R-2 es una autopista fantasma porque casi nunca hay coches en ella, y no hay tránsito porque es de pago. La hicieron para aliviar la entrada a Madrid por las autovías.

La R-2 es bellísima, porque su soledad impone; está rodeada de desierto y de tierras sin nombre y sin esperanza. Hay muy pocos coches en la R-2 porque la gente elige no pagar, elige la autovía, que es lenta y llena de salidas y entradas de carreteras secundarias y llena de malditas indicaciones con limitación de velocidad. Odio esas señales que ponen 80. Un círculo y dentro el número 80. O peor aún: el número 60, porque el monopolio de la velocidad es del Estado, es decir, del rey de España, es decir, de Beethoven.

En este libro, Felipe VI bien podría ser Beethoven, el rey de la historia de la música. La monarquía española y antes el franquismo vigilaron la vida de mis padres y ellos respondieron con frugal indiferencia, con la indiferencia que procede de la naturaleza: la naturaleza frente a la Historia.

No les dio nada a mis padres, España. Ni la franquista ni la monárquica.

Nada.

Al menos, durante el franquismo fueron jóvenes, al menos eso. No me gusta lo que España les hizo a mis padres. La derecha española, siempre allí, impertérrita.

Más eterna que la catedral de Burgos, la derecha española.

No me gusta lo que España les hizo a mis padres, ni lo que me está haciendo a mí. Contra la alienación de mis padres ya no puedo hacer nada, pues es irredimible. Solo puedo hacer que no se cumpla en mí, pero ya casi se ha cumplido. Que no se cumpla en Bra y Valdi, pero se cumplirá también. Esa alienación que por haber sido padecida por mis padres se hermana conmigo y la acabo besando, y quiero irme con ella, enamorado de ella.

Enamórate de quien te humilla.

Si toco esa alienación, los toco a ellos. Sus vidas. Sus dulces vidas.

Esa gente que trabaja en las cabinas de peaje de la R-2, ¿quiénes son? Músicos de alguna orquesta de alguna pequeña ciudad de la extinta Unión Soviética. Me gusta tocar sus manos cuando pago, por tocar carne humana. Es algo barata la R-2, cuesta seis euros, tampoco son tantos kilómetros. Me gustaría trabajar en esas pequeñas cabinas. Y llevar una vida honorable como la gente que envejece allí dentro. Los trabajadores de la R-2 construyen un mundo en esas pequeñas cabinas: tienen su Coca-Cola, su calefactor, su móvil, su sándwich, su ropa cómoda. Son buena gente. Gente sin pretensiones. Tienen maridos o esposas e hijos que les esperan cuando terminan el trabajo.

Que te espere alguien en algún sitio es el único sentido de la vida, y el único éxito.

Desde que no bebo, todo el mundo me parece buena gente.

Desde que no bebo, no tengo pretensiones.

Cualquier día de estos Beethoven perderá el control político y regresará la República a España, porque España es un país de contrastes, es imprevisible. Y cada cuarenta o cincuenta años España se divorcia de sí misma.

Cualquier día de estos abre un telediario con la cabeza de Beethoven en una picota.

Ojo, amigo mío, pues aunque hayas compuesto la novena sinfonía, todo peligra en España.

113

Me veo obligado a sobrevivir en un mundo que exige que sepas hacer algo, cuando yo no sé hacer nada. Imagino que tú tampoco sabías hacer nada, papá. Pero creo que tenemos nuestras razones. Cuando Bra y Valdi me nombran con la misma palabra con que yo te nombraba veo resuelto el origen de la vida, ese problema que desafía siempre a la ciencia. Si se observa de otro modo el cristianismo, de una forma más sencilla y elemental y no religiosa ni solemne, acaba por sugerirnos la inocente relación de un padre y un hijo.

Nuestra inutilidad para alcanzar un sitio en este mundo, papá, para ganar dinero, para que nos miren con atención en alguna parte, es una forma de bondad.

No quisiste tú nada, y yo tampoco.

Cuando casi te quedas sin trabajo, hacia mediados de los setenta, recuerdo que un amigo, que era director de un banco, dijo que merecías un buen puesto como el suyo. Y te postuló para entrar en el banco.

Pese a que yo era un crío entonces, cuando oí la historia de que ibas a entrar a trabajar en un banco por la puerta grande, supe de inmediato que eso nunca sucedería.

Hubiera sido la solución a nuestros problemas.

La gente te veía tan elegante, con tu traje, con tu corbata, con tu protocolo, con tu estilo, que enseguida quería hacer algo por ti.

Eras Juan Sebastián Bach, un grande de la música.

Pero tú no servías para eso.

Mamá fantaseó con que efectivamente te nombraban director de un banco. «Tú sabes mucho de cómo tratar a la gente, eso es fundamental para ser director, tú tienes buena planta, voy a hablar con el director provincial ahora mismo», dijo tu amigo mientras se bebía un anís más.

Puede que hablara con alguien, sí. Pero yo sabía que aquello nunca saldría. Yo era un niño, pero tenía visiones del mundo de los adultos.

La historia de que te iban a nombrar director de un banco duró unos meses, unos meses de infundada euforia familiar. No te nombraron director de nada. A mí tampoco me nombraron director de nada. Aquello fue en 1974 o 1975. Esa expectativa del nombramiento iluminó nuestra casa, y Wagner ya quería comprar muebles nuevos, coche nuevo. Lo feliz que habría sido Wagner si hubiéramos tenido más dinero. Dios dé una buena ración de miseria a todos esos cursis que dicen que el dinero no da la felicidad.

Hasta hace cuatro días, yo pensé que la España que me tocó a mí era mejor que la tuya, pero ahora ya no creo que la Historia avance demasiado. Bueno, tenemos ordenadores y teléfonos móviles, pero Bra y Valdi no contestan casi nunca, y cuando lo hacen hablamos treinta segundos o quince.

Te hiciste viejo en un laberinto español idéntico al laberinto español en donde yo me hago viejo. Los valores son los mismos. A lo que cabe añadir algo que había en tu carácter y que pasó al mío, algo parecido a una timidez desalentadora a la hora de lograr un sitio en el mundo, a la hora de decir: «Aquí estoy yo».

El año de 1980 es idéntico al año de 2015.

Todo el mundo quiere triunfar, es lo mismo. El éxito y el dinero, es lo mismo. Tú, al final, te dedicaste a ver la televisión. Yo me dedico a navegar por internet, que es lo mismo.

Evoluciona tecnológicamente nuestra manera de dormir o de morir.

Ni tú ni yo tuvimos acceso a la felicidad, había y hay algo que hace que todo se tuerza; ahora bien, esa inaccesibilidad procedió y procede de una forma de simpatía con el mundo, con todos los pobres y desdichados de la tierra. Por eso no pudimos, no puedo ser feliz. Faltaríamos a la cortesía general con todas las desgracias habidas en este planeta y en el universo.

¿Te has fijado, papá, en la inmensa ruina del universo, en esa soledad del tamaño de los muertos humanos y en esa luz en que te has convertido?

No es casual que mi fantasía te haya dado el sobrenombre legendario de Juan Sebastián Bach, porque esa es la música que te dibuja allá entre los cuerpos celestiales. Porque eras espíritu fundaste una familia, y la familia es presencia de lo inamovible. Tú eras Dios, música de Dios. Eras la música del que permanece. Todo hombre o toda mujer quiere fundar una familia.

Los seres humanos son fundadores de familias.

114

Es verano, y estoy en Ranillas, y los insectos se sienten atraídos por la luz del ordenador. Por muchos insectos que mate, no acabo con ellos. Vienen a por la luz de mi lámpara, bajo la que escribo. Son criaturas abominables. Cómicas también. Cuando los aplasto contra la mesa, dejan un rastro pegajoso pero de poca monta. Solo son suciedad con alas minúsculas. Tienen la suerte de que su existencia no es ni vida ni muerte, parece solo un automatismo vegetal. Revolotean como motas de polvo con alas. Ninguno es igual a otro. Miro los restos de varios insectos. Unos son verdes, otros marrones, otros casi negros. Tamaños desiguales.

No tienen familia.

No son una familia. La familia es una forma de prosperidad. España es un conjunto finito de familias, y Francia también.

Ninguno de esos insectos que asesino es hermano de otro.

No son maridos ni mujeres, ni hijos ni padres.

No tienen estructura social.

Solo son excrementos voladores.

115

La casa de Ranillas está llena de polvo. La suciedad es incesante. Valdi se queja de que no tiene una lámpara en el techo. Valdi llega cuando le da la gana. No sonríe. No sonríen los grandes compositores de la historia de la música. Esto es una catástrofe. Pero la catástrofe sucede solo en mí. Valdi no la ve, porque los adolescentes no ven a nadie, ni siquiera se ven a sí mismos. Tienen, en realidad, un buen pacto con la vida. Ni siquiera saben que están vivos; simplemente, se dejan llevar.

Me enteré hace un par de días de que el Ayuntamiento cambió el nombre a mi calle, ya no se llama avenida de Ranillas.

¿Eres tú, Juan Sebastián, quien me está mandando un mensaje de entre los muertos? ¿El cambio del nombre de la calle significa que me tengo que ir de Zaragoza para siempre? Tu segundo apellido era Arnillas. Por eso me vine a vivir a esta calle, porque era tu nombre con dos letras cambiadas de orden. Creo que me estás queriendo decir algo.

Cuando me enteré de que la autoridad municipal había cambiado el nombre de mi calle me sentí impotente. Maldije a quien tomó semejante decisión. Lo hubiera matado a golpes, pues era un insulto contra mi padre. Me tumbé en la cama de Ranillas y quería llorar de rabia, pero no me salía ni una triste lágrima; esa imposibilidad de llorar que asola a los hombres que han cumplido cincuenta años; ya no nos está permitido llorar, carecemos de potasio y de manganeso, el pozo lacrimal está seco. En vez de llorar, nos ahogamos en angustia. Habían cambiado el nombre de mi calle, y tu apellido y tu persona se desvanecían una vez más.

No me estabas mandando ningún mensaje. Simplemente, cambiaban el nombre de una calle, como cambian aceras, farolas, autobuses, bancos, estatuas, solares.

Nunca hubo ningún mensaje.

Todo ocurría en mi cabeza.

Solo en mi cabeza.

116

Tengo que poner la lengua en medio de mis dientes, para que estos no choquen entre sí. La lengua entre el maxilar superior y el maxilar inferior. Fui al dentista, porque me dolía una muela.

«No hay caries —dijo—, hay trauma. Tiene que procurar no cerrar los dientes. Son nervios, es un problema psicológico, es estrés, angustia; probablemente, ocurre cuando duerme. Los dos maxilares chocan, colisionan.»

Hizo un gesto. Apretó sus dientes.

De modo que pongo la lengua entre los dos maxilares. Pagué doscientos euros al dentista.

Doscientos euros de nervios, porque no había caries. Le doy demasiada importancia al dinero por el simple hecho de tener poco. Me gustaría saber si, de tener mucho dinero, le daría tanta importancia. En cualquier caso, la gente interioriza el valor del dinero sin darse cuenta de que eso acaba destruyendo o te acaba convirtiendo en un ser alienado. Todos caemos en la trampa del dinero. Y todos acabamos viendo el dinero como la forma final, y justa, de medir las cosas. Es como el paso definitivo hacia la objetividad. Viene el dinero de un ansia de la objetividad. Ansia de lo inapelable. El dinero es la firmeza; perderlo nos enloquece; no ganarlo nos convierte en deficientes mentales, en tarados; el dinero es la veracidad suprema, y eso es un espectáculo, es donde nuestra especie consigue su mayor densidad, su gravedad.

«No sé, igual está escondida la caries», dije.

«No, imposible, la hubiera detectado. No hay caries», dije.

Regreso a mi piso de Ranillas, que ya no se llama así, y veo en la televisión noticias de corrupción política. Un desfile de imputaciones a políticos: prevaricación, fraude, cohecho, blanqueo, tráfico de influencias, malversación de caudales públicos, pertenencia a organización criminal, etcétera.

Los políticos españoles se hunden, se convierten en víctimas absurdas, solo piensan en comprarse casas y coches y en viajes de lujo y en hoteles de seis estrellas. Están llenos de vacío.

Están fascinados por la riqueza, por la acumulación de riquezas. No pueden gastar todo lo que acumulan. Pero les da igual, es el hecho de la acumulación lo que persiguen. Es como sentarse en una silla y ver la ascensión imparable de tus cuentas bancarias, principalmente en Suiza, nuevo nombre de El Dorado.

Es un deleite aritmético, el gozo de hacer operaciones matemáticas. Y en eso casi parece como un juego infantil de sumas y restas. Es una lucha contra el tedio: algo hay que hacer en la vida, algo que sea objetivable. No se dan cuenta de que están robando. Enseguida los descubren y acaban entrampados en largos juicios de los que suelen salir bien parados, aunque su reputación acabe en el fango. No tienen conciencia de su crimen, y tal vez eso sea lo más interesante, esa anulación del discernimiento, donde el hecho de haber llegado a un alto lugar de la jerarquía social debe ir acompañado de la exención del juicio de los otros, de la dispensa de todo espejo, del don de la impunidad y del silencio.

Y de repente se rompe el silencio y aparece el espejo, y son acusados de corrupción, y en esa acusación solo ven injusticia y desagradecimiento.

Oyes cómo sus carnes se corrompen. Presientes su transformación en seres esquinados, rotos, enfurecidos, una vez que acaban en la cárcel; aunque nunca están mucho tiempo en la cárcel, tal vez tres días, o tres meses. Nunca demasiado tiempo, y todo se olvida. El olvido juega a favor de todas las acciones humanas, tanto de las buenas como de las malas.

La corrupción política española hace que olvide la corrupción de la carne de mis padres y de la mía propia.

Hay una función social en la corrupción política, una función catártica, que debería ser un eximente. La gente se olvida de sus propias miserias cuando ve en la tele a un político encausado. La corrupción de los políticos distrae nuestras propias corrupciones morales.

Veo en el telediario la salida de la cárcel de uno de esos políticos y cómo sus hijas han ido a buscarlo.

Con ilusión, han ido sus hijas a buscarlo. A pesar de todo, sus hijas estaban allí. Le aman igual, para ellas es su padre. Nada ni nadie puede destruir eso. Hay alguien esperándolo. No le harán reproches. No le pondrán mala cara. No le dirán: «Hemos venido porque no nos quedaba otro remedio». No se quejarán. Le darán dos besos y sonreirán. Envidio a ese hombre. A mí no me esperaría nadie.

Mi madre me llevaba al dentista cuando era pequeño: mi colmillo estaba saliendo encima del primer premolar; mi colmillo no tenía sitio; se estaba montando sobre el premolar. El dentista me puso un aparato; dijo que si no me ponía el aparato de mayor me parecería al conde Drácula. Mi padre no iba al dentista. Mi padre tenía un diente de oro. Se lo pusieron en su juventud.

Había olvidado el diente de oro de mi padre. En mi infancia, la boca de mi padre era de luz por aquel diente, que a mí me parecía misterioso y me daba un poco de miedo.

Para el niño que yo fui, mi padre era el hombre de la sonrisa de oro. Para mí, su boca iluminada era un enigma que acentuaba la procedencia heroica y sobrenatural de mi padre.

Al quemar el cadáver de mi padre, ¿se fundió el diente de oro? ¿A qué temperatura se funde el oro? ¿Tendría que mirar ese dato en Wikipedia, y qué lograría averiguándolo?

¿Se quedó el diente de oro el forense que le hizo la autopsia a mi padre para extraerle el marcapasos? ¿Lo revendió luego, cuánto sacó? ¿Hizo un pack, de diente de oro y marcapasos? ¿El oro y el corazón?

Mi padre tuvo un corazón de oro.

117

Voy en un tren y acabo de abrir mi bolso de viaje y he visto lo que había dentro. Estaban el neceser, un peine y unas llaves. Recuerdo el envejecimiento del neceser de mi padre. Nunca se me ocurrió regalarle uno, en los últimos años. Llevaba un neceser gastado, casi se le caía a trozos, con sus cosas dentro, con su misterio. Era un neceser antiguo, de los que tenían un compartimento para una pastilla de jabón de manos y otro para la brocha de afeitar. A saber cuántos años llevaba con ese neceser, toda una vida, casi seguro. Mi padre era fiel a los objetos, era su manera de prestar cortesía también a los seres inanimados. Tampoco le hubiera hecho demasiada ilusión que le regalara uno. He olido lo que había dentro de mi bolsa de viaje: era el olor de la soledad. Huelo mis pertenencias, para saber algo más de mí mismo y de quien me puso en el mundo.

No hay nada que defina mejor la soledad de un ser humano que su neceser. Recuerdo los bolsos de mi madre. Qué sola se debió de sentir en los últimos años. Edificamos entre todos un escabroso camino hacia la soledad. Mi padre decía que yo me parecía mucho a mi madre. Nunca le pregunté por qué. Yo lo que quería era parecerme a él. Creo que no me parezco a ninguno de los dos, en eso reside el abismo de la procreación, en la aparición de seres diferentes.

Ningún hijo se parece a nadie, ni a su padre ni a su madre, ni a sus tíos ni a sus abuelos, a nadie; nunca entendimos esto.

Un hijo es un ser nuevo.

Y está solo.

Solemos decir que se parece a su padre, o a su tía, o a una abuela para evitar lo inevitable: que ese niño acabará siendo un hombre solitario o una mujer igualmente solitaria.

Que acabará muriendo solo.

Es nuestra manera de conjurar el futuro.

118

Es el verano de 1970. Estamos en la playa, en Cambrils. Finales del mes de julio. No soy más que un niño fascinado con el turismo europeo. Nos hospedamos en un hotel que se llama Don Juan. Seducido por los coches de los alemanes, de los suizos, de los franceses. Le pregunto a mi padre qué significan las letras CH que aparecen en las placas de algunos de esos coches de 1970. Mi padre me dice: «Confederación Helvética». Años después lo entendería, cuando en el bachillerato traduje a Julio César y aparecían en sus páginas los helvéticos.

Cambrils es un pueblo pesquero de la provincia de Tarragona. A mi padre le habla del hostal Don Juan un taxista de Barbastro que murió hace mucho tiempo. A mí me da miedo ese taxista, siempre lleva un puro en la boca. Es un hombre grande, con una barriga prominente, muy moreno, con unos labios gruesos y como salidos de su rostro, como labios colgantes. Cada vez que lo veo por las calles de Barbastro pienso en eso: «Ese es el hombre que le reveló a mi padre la existencia del hostal Don Juan».

Pensé que entre los hombres que viajaban existía una confederación, una especie de sociedad en la que se pasaban unos a otros información relevante. Mi padre era viajante y aquel hombre era taxista, hacían más o menos lo mismo.

Los hombres que viajaban por las carreteras españolas de la década de los sesenta del siglo pasado fundaron la Confederación.

«Aquí se come muy bien por cincuenta pesetas», se decían.

«Aquí se duerme muy bien, sábanas limpias y cuartos calientes, por sesenta pesetas, y te dan un buen desayuno», se decían.

Eso pensé.

Era una especie de booking punto com (una sociedad de auxilios mutuos) de gente que se apañaba en aquel mundo.

Juan Sebastián está feliz en la playa. Se ha hecho amigo del dueño de un chiringuito, quien le prepara una tortilla de patata a media mañana. Le estoy viendo comer esa tortilla, veo ahora mismo, cuarenta y cinco años después, el color amarillo del huevo mezclado con la patata. Hay un sol bondadoso que resplandece sobre España entera.

Mi padre tiene un Seat 1430. Está a la sombra, aparcado bajo un eucaliptus dichoso.

Están sonando las canciones del Dúo Dinámico, canciones que exaltaban el verano español y que mi padre está escuchando en un mes de julio de 1970, en una playa de Cambrils.

119

Wagner me pasó ese don. Ella también lo tenía, pero no lo cultivaba. Ella veía a los muertos. Wagner veía a los muertos, pero no les hacía ni caso. Así era ella. Su divina indiferencia, que excluía contemplar todo aquello que no servía para cumplir sus deseos, por muy admirable que fuese.

Estoy en mi apartamento de Ranillas absorto en las cuatro cosas que tengo: un cuadro, unos libros, la tele, las cortinas, el sillón. He ido de timo en timo, porque vivir se ha convertido en eso, en ir de una estafa a otra estafa, estafas que se llevan el tiempo de tu vida.

Si te estafan es que estás vivo: el día que dejen de estafarte no será porque el mundo haya mejorado, sino porque te habrás muerto.

Ni Wagner ni Juan Sebastián dejaban que los estafasen. Se enfadaban. Al final, los dos célebres músicos se convirtieron en ancianos antisistema, es decir, en dodecafonistas, en músicos de vanguardia que contemplaban con angustia los precios de las cosas en los supermercados, dos jubilados sigilosos que compraban ofertas.

Detrás de esas injurias contra la vida no hay nadie: ni empresas ni corporaciones, ni siquiera está el diablo.

No hay nadie.

Un enorme vacío, al que servimos.

No me espera nadie en ningún sitio, y eso es lo que ha sucedido en mi vida, que debo aprender a caminar por las calles, por las ciudades, por donde me toque, sabiendo que no me espera nadie al final del viaje.

Nadie se preocupará de si llego o no llego.

Se camina entonces de otra forma.

Se puede saber por la forma de caminar si te espera alguien o no te espera nadie.

Todas las familias se marchan de la tierra.

Padres, hijos, abuelos, las familias dicen adiós.

Millones de escenas familiares se desvanecen en este instante. Me emocionan los padres jóvenes y responsables de su paternidad: adoran a sus hijos, pero sus hijos los olvidarán. Niños adorados por sus padres a quienes cuando sean mayores no podrán recordar.

Mi corazón parece un árbol negro lleno de pájaros amarillos que chillan y taladran mi carne como en un martirio. Entiendo el martirio: el martirio es arrancarse la carne para estar más desnudo; el martirio es un deseo de desnudez catastrófica.

120

Mi padre era un jugador empedernido de cartas. Yo creo que se pasó unos veinte años yendo a jugar a diario, siempre que no estaba de viaje. Sonreía cuando se marchaba a la partida. Sus partidas comenzaban a las tres de la tarde, y cumplía los horarios a rajatabla. De modo que había que comer a las dos en punto, para que pudiera llegar a la partida de las tres, que se celebraba en un sitio muy popular de Barbastro llamado la Peña Taurina, un lugar en donde se exhibía en la pared principal una cabeza de toro disecada. Yo de niño me quedaba mirando esa cabeza con una mezcla de espanto y de ternura. Mi padre era experto en dos juegos de manos, el que más le gustaba era el pumba, después el guiñote. Jugaba de tres a siete de la tarde. A veces, de muy crío, iba a verle jugar. Se disgustaba con sus compañeros de mesa. Era estricto e inflexible y siempre tenía razón. Se jugaban el café y una copa de coñac. Un Torres 5, ese era el coñac.

Las cartas eran su paraíso. Jugaba por deleite del azar. Jamás por dinero.

Creo que jugar al pumba le hacía infinitamente feliz. Debieron de ser los días de verano de 1969, o 1970, o 1971. Y a las siete acudía a casa a buscar a mi madre y salían de paseo, e iban de bares a tomar algo y hablar con la gente.

Hubo en ese tiempo una intensa felicidad en la vida de mi padre. Me acuerdo de sus camisas. Me acuerdo del llavero que llevaba y de su reloj. Era un Citizen, comprado en una relojería que se llamaba La Isla de Cuba, regentada por una madre y un hijo. Mis padres eran amigos de esta madre y este hijo. Madre e hijo eran misteriosos, tan misteriosos como el nombre de su relojería; y no creo que vendiesen demasiados relojes, aunque no podría jurarlo. Un día desaparecieron de Barbastro como por ensalmo. Y su relojería se evaporó con ellos, concluyó su tiempo entre los vivos. Ahora allí hay otro negocio, y hubo muchos otros antes de este y después de que La Isla de Cuba cerrara, que debió de ser en torno a 1980, calculo. Los negocios van y vienen, unos duran un año, otros cien, otros tres meses, otros seis años, nadie lo sabe, y en donde hubo una relojería ahora hay un bar o una zapatería o una pastelería o simplemente un local vacío. Yo adoraba y respetaba el reloj de mi padre. Me parecía el reloj de un dios; de ahí nació mi devoción por los relojes, del amor que sentía por el Citizen de mi padre. Veía su cadena de acero, la esfera, las manecillas, el cierre y todo me parecía prodigioso, inalcanzable. Mi padre era inalcanzable, siempre lo fue para mí.

De niño, nunca pude entender por qué le gustaba tanto jugar al pumba, por qué dedicaba tanto tiempo a las cartas, pensaba que ese tiempo me lo debía a mí. Era un jugador famoso en el pueblo. Muy temido, porque ganaba siempre y si no ganaba la culpa era de los otros.

La culpa era de los otros, ese hecho fue crucial en mi infancia. Ante cualquier contrariedad, o adversidad incluso, mi padre echaba la culpa a los otros, especialmente a mi madre. No sé de dónde demonios sacó semejante talante. Mi padre le echaba la culpa a mi madre de cualquier desgracia y mi madre fue aprendiendo a manipular los hechos a su conveniencia, de modo que al final acabamos todos en medio de un laberinto emocional que acudía tanto a la desesperación como a la tristeza.

Mi padre se enfadaba mucho mientras tuvo cuarenta años; de los cuarenta a los cincuenta fue el tiempo de su ira. Luego se calmó. Cuando más se calmó fue cuando se hizo septuagenario. Algo le pasó en el casino al que iba, la Peña Taurina. Se debió de enfadar con alguien, y dejó de ir allí. Cambió ese casino por un bar pequeño, el bar del cine Argensola. A mí eso me pareció una mala señal. Fue el principio de su decadencia como jugador de pumba. A mediados de los ochenta dejó de jugar a las cartas y se dedicó a ver la televisión. No verbalizó nunca por qué dejó de jugar a las cartas. Otro enigma que jamás resolveré. Me dañan el corazón los enigmas del pasado que ya nunca podré descifrar. Pienso que en ellos hay cosas maravillosas que permanecerán escondidas para siempre.

Reinó como jugador de pumba entre 1968 y 1974. Luego todo cambió, cesó la edad de oro.

Se concentraba mirando sus cartas, sentado plácidamente, haciendo averiguaciones matemáticas sobre la posibilidad de ganar la partida, y se sentaba cerca del balcón abierto de la Peña Taurina, y corría sobre su rostro la brisa de la tarde de junio, las brisas de 1970, cuando el mundo aún era bueno y había paz en su corazón y alegría en el mío. Y escrutaba el rostro de sus adversarios y exploraba sus debilidades y controlaba los posibles errores de su aliado. Buscaba la perfección, siempre la buscó en aquello que se le daba bien, y lo hizo a su manera.

Ya no creo que quede ningún jugador vivo de aquellos que se sentaron y se enfrentaron con mi padre en la Peña Taurina, casino en donde también se organizaban bailes. Había un pequeño escenario para la orquesta. Mi padre me pedía una Coca-Cola y yo me sentaba a ver cómo bailaba con mi madre y luego me daban una croqueta, pero no me gustaba.

Un día trajeron a la Peña Taurina una máquina del millón, una *pinball*. Y mi padre se aficionó de manera fanática. Y yo también, yo tendría ocho años escasos.

Era una auténtica ceremonia.

Llegábamos los sábados por la mañana, a eso de las doce, a la Peña Taurina. Mi padre me pedía una Coca-Cola y nos poníamos los dos a jugar a la máquina del millón.

Éramos muy felices. Mi padre tendía a mover la máquina con fuerza cada vez que le daba a los mandos, y eso ocasionaba falta, y la máquina se desconectaba automáticamente y perdías la bola.

Aquellas bolas plateadas, que mi padre lanzaba con los mandos hacia lo más arriba de la máquina, hacia lo más arriba del mundo y de la vida, y veía subir la bola y yo estaba de pie encima de una silla porque todavía era muy pequeño.

Se me grabaron esas sillas en la memoria, es como si las estuviera viendo ahora mismo, sillas de 1970.

Dios mío, si le gustaba a mi padre jugar a la máquina del millón. A los dos nos fascinaba el descenso de la bola plateada, los colores, las luces, los sonidos; esperar su llegada con el dedo en el botón. A mi padre le encantaba conseguir bola extra.

A mí también.

Nos encantaba jugar a los dos. Siempre que veíamos en cualquier bar una máquina del millón, allí que íbamos mi padre y yo. Jugábamos en silencio. Nos comunicábamos por gestos. Era un rito. Un hombre de cuarenta años pactando con su hijo de ocho años.

Creo que fueron los momentos de mayor comunión que hubo entre nosotros, cuando jugábamos a la máquina del millón.

Éramos padre e hijo entonces, en una forma en que ya nunca lo volveríamos a ser.

Jugábamos muy bien.

Formábamos un solo ser, nos fundíamos.

Éramos amor.

Pero nunca lo hablamos, nunca lo dijimos.

Nunca.

121

Había estado bebiendo la noche de antes, me desperté cuando sonó el teléfono de la mesilla, estaba en una cama del Gran Hotel de Barbastro. Me llamaron desde la recepción del hotel, porque tenía el móvil apagado. Era mi hermano. Y eran las diez de la mañana del 24 de mayo de 2014, sábado.

—Tu madre ha muerto.

No dijo «mamá ha muerto». Y creo que fue muy preciso al decir «tu madre ha muerto» y no «mamá ha muerto».

Qué rara familia fuimos. Me levanté de la cama, aturdido, asustado, con los estragos del alcohol aterrorizando la circulación errática de mi sangre. Me quedé mirando vagamente la habitación. Me vestí y no desayuné. Me fui a la casa de mi madre, donde estaba mi hermano.

Entré en el dormitorio y allí estaba ella, muerta. Estaba metida en la cama, murió mientras dormía, o eso dijo alguien.

Estaba ante la disolución de una época histórica. Con ella se iba todo, y me iba yo. Me vi a mí mismo diciéndome adiós a mí mismo.

Exacto: el fin de un periodo histórico: adiós al Renacimiento o adiós al Barroco o adiós al Siglo de las Luces o a la Revolución rusa o a la guerra civil o al Románico o a cualquier civilización digna de memoria.

Terminaba una época. Moría una reina.

Allí estaba la reina, con la cabeza sobre la almohada. Ya no hablaba. Parecía un milagro su recién estrenada mudez.

Vivía muy sola la reina, y ni mi hermano ni yo íbamos mucho a verla. Sobre todo yo, que iba poquísimo. Mi hermano mucho más. Él supo cuidarla. Por eso, en justa correspondencia, sé bien que mis hijos tampoco vendrán a verme cuando me convierta en un anciano, en un monarca agónico cuya muerte también dará término a todo un periodo histórico.

Desde hacía unos cuantos años, mi madre dormía en la habitación que fue de mi hermano y mía. Nunca le pregunté por qué se cambió de cuarto. Decidió no dormir en el dormitorio que había compartido con mi padre. No sé por qué hizo eso. Y me iré a la tumba sin saberlo. Pero habría alguna razón, y seguro que era una razón salvaje.

Porque mi madre era salvaje.

Puede que mi padre se le apareciera por las noches, y mi madre intuyó que en la habitación que había sido nuestra, de sus hijos, esa aparición no tendría lugar porque el fantasma de mi padre respetaría ese espacio.

Seguro que esa fue la razón.

Yo oía a mis padres desde mi habitación cuando llegaban tarde y se acostaban, porque antes de dormirse hablaban. Yo les oía hablar a través del tabique, porque ya de niño padecía insomnio, un insomnio infantil, lleno de terrores y de miedo a la oscuridad. Oía el ruido del ascensor, las llaves en la puerta, oía lo que charlaban antes de quedarse dormidos. Hablaban relajadamente. A mí me daba mucha paz oír sus voces. Hablaban de la gente con la que habían estado. Se estaban comunicando, estaban intentando ser uno solo, eso hacían. Estaban esforzándose en salir adelante, como hacen todos los matrimonios que han existido sobre la tierra. El matrimonio es una empresa social de auxilios mutuos. Es la creación de una fortaleza familiar y económica. Hablaban de eso, estaban uniéndose, era una fusión patrimonial. Hablaban con dulzura, yo lo oía todo. Describían y valoraban lo que habían visto. Hablaban de cómo iban vestidos sus amigos, de cómo les iba a sus amigos en la vida y de qué tal estaba la cena, si había sido una buena cena, de a cuánto habían salido por pareja a la hora de pagar, de la oportunidad o importunidad de un comentario de alguien, del coche nuevo que se iba a comprar Fulanito, y de lo que harían el siguiente fin de semana.

Hablaban.

Estaban intentando comprenderse y aceptarse, y que de esa comprensión y de esa aceptación surgiera el matrimonio, el caminar juntos por la vida.

122

En Barbastro mi madre fue una pionera a la hora de tomar el sol. Tomaba el sol en todas partes. Hizo escuela. Y convirtió a algunas de sus amigas a esa religión cuya liturgia se basaba en algo bien sencillo: tomar el sol. Cuando llegaba junio, ya iba a tomar el sol con sus amigas al río. Todo el verano lo pasaba tomando el sol. Luego se ponía negra, como si cambiara de raza. Y le gustaba que la gente le dijera eso, «estás negra». No decían «estás bronceada»; entonces, en España, se decía «qué negra estás»; porque el pasado es también un rito de palabras y una forma de pronunciarlas. La llegada del miedo hace que la gente hable con otro acento, con otra pronunciación.

Mi nostalgia es nostalgia de una manera de hablar el español. Mi nostalgia es nostalgia de un mundo sin miedo.

Las amigas de mi madre también están muertas o a punto de morirse. Hace mucho tiempo que nadie me pregunta por mi madre. No oigo su nombre en voz alta. No oigo su voz. No me acuerdo de su voz. Si volviera a oír su voz, tal vez creyera entonces en la belleza del mundo.

Siento ahora el calor antiguo de 1969, y a mi madre tomando el sol en un jardín de una casa de una amiga suya, menor que mi madre, y soltera. Se llamaba Almudena, y vivía con sus padres. Tenía un jardín con árboles bonitos. Había plantas y flores. Y allí mi madre y Almudena tomaban el sol, y yo estaba con ellas. Almudena era maestra y corregía exámenes mientras tomaba su baño de sol. Esa casa con jardín ya no existe: tenía una cocina grande, y salías al jardín desde la cocina, y era un jardín lleno de luz, extenso y tranquilo, y protegido con un muro, nadie podía verte tomando el sol. A mí aquello me parecía el paraíso. Mi padre me compró una bici de la marca Orbea y aprendí el equilibrio sobre dos ruedas en ese jardín. Me caía y me arañaba las piernas. Almudena y mi madre miraban mis progresos con la Orbea. Una vez me di contra un árbol y rompí una maceta. ¿Por qué recuerdo tan bien aquella casa? Era de una planta, tenía un salón antiguo, y la cocina era grande y emanaba belleza y paz.

A mí me gustaba Almudena porque era muy guapa, me sentía muy atraído por ella y tenía fantasías. Era bellísima. Me molestaba que me tratara como a un crío o que me ignorase. Mi pequeña vanidad se sentía maltratada. Y ella entonces debía de ser jovencísima; calculo que tendría veintidós o veintitrés años como mucho. Mi madre tenía amigas jóvenes, y eso me daba un privilegio. Almudena me enseñaba matemáticas, me enseñaba a dividir, yo no tenía ni idea de qué era eso de dividir, a mí solo me gustaba mirarla. La miraba cuando me daba clase en el colegio de los Escolapios y la miraba cuando tomaba el sol en biquini con mi madre. Todo el mundo decía que era muy guapa. Los chicos de mi clase lo comentaban: «Qué guapa es la señorita». Y yo escondía mi secreto, mi privilegio, el regalo de poderla ver casi desnuda tomando el sol. Me atormentaban esas extrañas operaciones matemáticas. Las divisiones me parecían de una complicación infinita. Eran leyes, había que aprenderse las leyes que regían en el mundo: las leyes de la división, la multiplicación, la suma y la resta.

El rostro de Almudena está fijado en mi memoria. No envejece, no ha cambiado, permanece inalterable, parado en el tiempo, iluminado por el sol y por mi sangre.

La madre de Almudena cultivaba un montón de flores. Las tres se ponían a hablar de flores, yo no entendía que se pudiera hablar de flores. Pero lo que más hacían era embadurnar sus cuerpos con cremas solares, que eran recientes y modernas, y beber cerveza con gaseosa y fumar. Y se bebían un porrón entero y reían y estaban contentas. La marca Nivea, de tarro redondo y de color azul, con la crema fría y blanca, reinaba sobre los veranos. Y yo estaba allí sentado mirando la caída del sol sobre los árboles y sobre las flores y sobre las bicicletas. La caída del sol puede que sea lo único importante. Fue entonces cuando aprendí a amar el mes de junio. Mi madre me enseñó a amar ese mes, que es especial; aquel jardín era una celebración del mes de junio, porque junio es anunciación del verano, es ya sol, pero no hay corrupción del verano. Cuando el mes de julio llega comienza la hemorragia, aún invisible. Agosto es el mes de la visibilidad de la septicemia del verano, de su herida, de su arrastrarse por la atmósfera, por la cara de los hombres, por las ramas de los árboles incompasivos, mientras muere.

La muerte del verano era horrible. Mi madre veía el final del verano como un hecho trágico, sacrílego. ¿Quién se atrevía a matar el verano? Odiaba la llegada del mal tiempo. Ella creía en el sol. Era herética, vivió bajo los ritos del sol. Tenía una obsesión con la luz y con tomar el sol. El sol y estar viva fueron lo mismo para ella. Adoraba el verano. Adoraba que anocheciera tarde, muy tarde. Solo aceptaba como algo digno de tenerse en cuenta la presencia del sol; ella no era consciente, pero en su amor por el sol y el verano había una herencia milenaria, una herencia de la cultura mediterránea. No he conocido a ningún ser tan mediterráneo como mi madre. De hecho, ella adoraba ese mar, y no le gustaban nada ni el Cantábrico ni el Atlántico. Supe que el Mediterráneo era un mar especial por el amor que le profesaba mi madre.

Estar junto al Mediterráneo fue su paraíso.

El Mediterráneo fue su única patria.

123

Regreso de nuevo a esa mañana, a la mañana del 24 de mayo de 2014. Me quedé mirando la habitación en donde mi hermano y yo dormimos de niños. Iba con los ojos desde las paredes y el armario hasta el rostro muerto de mi madre. El cabecero de la cama era azul. Mi madre mandó pintar los cabeceros de color azul. El armario también era de color azul.

Abrí el armario y no conseguía recordar su interior: había sido mi armario durante mi infancia y primera juventud. Pero no recordaba haber guardado allí mi ropa. Del armario dirigí mi mirada otra vez hacia la cama. Estaba ahora presente la mujer que cuidaba a mi madre. Era una mujer de unos cuarenta y cinco años. Una buena mujer, con gran corazón, de nacionalidad búlgara. Estaba llorando por mi madre. Nunca supimos muy bien cómo se llamaba. Su nombre era búlgaro, la llamábamos Ani. Pero yo creo que no se llamaba exactamente así. Habíamos castellanizado de manera aproximativa su nombre en búlgaro y a ella le pareció muy bien. Era rubia, alta y corpulenta, con un rostro sereno y alegre. Todavía tenía algunas dificultades con el español. Mi madre la quería mucho. Me dejó anonadado verla llorar. Ani estaba emocionada, y su llanto era real. ¿Por qué lloraba si no era su madre? ¿Por qué lloraba si era yo el que tenía que llorar y yo no lloraba? ¿Me estaba mandando un mensaje mi madre a través del llanto de Ani, estaba recordándome que no la quise como ella hubiera deseado que la quisiera? Eso pensé. Pensé que mi madre seguiría hablándome desde la muerte. Pensé que ahora íbamos a hablar de otra manera.

Envidié que Ani supiera llorar por alguien que no era su madre. Yo no sé llorar, ni siquiera una lágrima, pero si mi capacidad de sufrimiento fuera mensurable en lágrimas toda España quedaría sumergida y los españoles se ahogarían sin remisión. Inundaría la península ibérica, y los cuatro rascacielos que posee Madrid serían sepultados bajo las aguas.

Así pues, existía la bondad. Allí estaba, diciéndome lo alejado que yo vivo de ella.

Y Ani cogía la mano de mi madre. Yo me quedé mirando las dos manos, una viva y la otra muerta. Y la mano muerta parecía que ya estaba en paz, y la mano viva, al tocar la mano muerta con bondad, hería a la muerte. Como si la muerte no existiese.

Volví a mirar la habitación. De modo que mi madre había muerto en la habitación donde sus dos hijos crecieron, donde los dos cimientos que compusieron su existencia ya hacía mucho tiempo que no dormían. Miraba el espacio de esa habitación, intentando buscar una puerta en el aire. Mandó que la pintaran de azul, porque pensó que sus dos hijos eran azules. Murió en nuestro dormitorio, y allí había otro mensaje lleno de fuerza. Se guareció allí, en nuestro cuarto, que se estaba convirtiendo ante mis ojos en un espacio sagrado, en una tumba.

Fuimos azules muchos años. Hasta los dieciocho años, los hijos son azules. Con el tiempo, todo, sin embargo, se vuelve amarillo.

Los hijos azules se vuelven hijos amarillos.

Aún estaba el azul allí. Volvía el azul por unos segundos, y derrotaba al color amarillo. Las dos camas viejas donde durmieron sus vástagos parecían dos barcas que iban de la vida a la muerte, camas que a mí de niño me parecían indestructibles; y ese color azul del pie de la cama, de las patas y del cabecero adquiría una pureza que quemaba mis ojos.

Me quedé mirando lo bien pintadas que estaban. Cómo esa pintura había aguantado durante cincuenta años. Era rara esa perduración. No había ni una raya, ni un minúsculo despintado. ¿Por qué parecía todo como recién pintado si esas camas cumplían medio siglo?

Volví a abrir el armario azul, sabiendo que era la última vez que lo abriría, sabiendo que jamás volvería a ver ese armario. Y salieron en tropel la maquinaria de guerra y la artillería y la caballería y la luz de los días antiguos, y me vi eligiendo una camisa cuando tenía trece años, mirándome al espejo, pensando en si conseguiría impresionar a una chica que me gustaba. Y miré hacia donde estaba mi madre muerta, y había allí una tempestad de tiempo y aniquilación, era un orden lógico para el que no estaba preparado.

Casi morir es lo de menos.

Fue la última vez que te vi, mamá, y supe que a partir de ese momento iba a estar completamente solo en la vida, como tú lo estuviste y yo no me di cuenta o no quise darme cuenta.

Me dejabas tal como yo te dejé.

Me estaba convirtiendo en ti, y de esa forma tú perdurarías y vencerías a la muerte.

Tendría que haber hecho docenas de fotos de esa habitación. Tenía que haber fotografiado la casa entera, para que no se perdiera nada. Un día ya no recordaré con exactitud esa casa en que tanto nos quisimos, y cuando no la recuerde me volveré loco. Creo en tus pasiones. Tus pasiones son las mías ahora. Y tus pasiones valieron la pena. Me faltan las fotos, eso sí. Tus pasiones, mamá, tu obsesión por la vida, me las pasaste a mí. Las tengo aquí, en mi corazón, rabiando.

124

Hermano de mi madre muerta, mi tío Alberto Vidal fallece el 11 de marzo de 2015, a la edad de setenta y tres años.

A mi tío Alberto en este libro lo he venido llamando Monteverdi.

Monteverdi tenía su pequeña fama en Barbastro, nuestro pueblo, el suyo y el mío, aunque él había nacido en uno mucho más pequeño, llamado Ponzano, donde también nació mi madre, casi una aldea.

Lo entierran allí, en Ponzano. No puedo ir al entierro, claro. No voy a ningún entierro; esto ha sido mi vida: evitar entierros. Por tanto, no sé cómo es la tumba, o el nicho. No sé si habrá flores. No sé nada.

De joven, allá en los años cincuenta, a Monteverdi le diagnosticaron tuberculosis. Lo ingresaron en un hospital de Logroño, un antro de posguerra. Allí le serraron un pulmón y lo devolvieron a Barbastro. Lo que yo oí de crío fue eso, «que le serraron un pulmón». La palabra «serrar» es la que escuché. Es una palabra de carpintero.

Tenía un pulmón menos.

Era el menor de siete hermanos.

Mi tía Reme lo acogió en su casa. Vivió con ella y su marido más de cincuenta años. Es una historia de sacrificio personal, del amor de mi tía hacia su hermano. Es una historia de bondad. Y todo vivido con un pulmón menos, con menos aire en la boca, con esa decrepitud del aire escaso dentro de tu cuerpo.

Murió mi tía Reme, y él siguió vivo un par de años más.

Vivir con un pulmón menos es algo legendario y es revolucionario.

Mi madre, cuando yo era un niño, me dejaba los fines de semana en casa de mi tía Reme, y allí conocí el endiablado y peculiar carácter de mi tío Alberto, el gran Monteverdi. Tendría yo siete u ocho años cuando me amenazó con clavarme un cuchillo. Era un buen cuchillo. Lo estoy viendo ahora, cuarenta y cinco años después, con una claridad diabólica y sin embargo no exenta de dulzura. Lo estoy viendo a la altura de mis ojos como Miguel Strogoff vio el suyo. Puedo recordar todos los cuchillos importantes de mi vida. Ese lo fue. Lo afilaron tantas veces que había perdido la forma recta del filo, estaba muy oxidado, y la madera del mango estaba cuarteada. Era un cuchillo objeto de alabanzas. Se exaltaba lo bien que cortaba. Había sido heredado de la familia de mi tío, era un cuchillo patrimonial, forjado a finales del siglo XIX. No era inoxidable. Estaba completamente ennegrecido, aunque no era un ennegrecimiento sucio, sino digno, noble. Hacían un signo de la cruz en el pan y luego ese cuchillo lo cortaba en rodajas, un pan espumoso, lleno de miga, una fiesta del pan, el pan de finales de los años sesenta.

Me persiguió con el cuchillo por aquel piso de mi tía; un piso con un pasillo muy largo, con un ventanal que daba a un patio de luces en mitad del pasillo. Un piso que si lo recuerdo me entran ganas de llorar, porque ahora me doy cuenta de que fui feliz en ese piso. Podría reconstruirlo centímetro a centímetro. Podría hacer un plano riguroso. Tenía encanto. Era algo lóbrego, y a mí me intrigaba su antigüedad. Fue construido durante la guerra civil española, en 1937, con materiales procedentes de escombros de los bombardeos. Pero antes hubo allí una casa de agricultores. Parecían ascender los espíritus del irredento campesinado español, había espíritus por todas partes, y esos espíritus se adueñaron del corazón de mi tío.

«Le voy a cortar el cuello», gritaba.

Fue el marido de mi tía Reme quien paró a mi tío Alberto. Agarró su brazo, se lo retorció e hizo que el cuchillo cayera sobre el suelo. Sé que pasaron más cosas. Ha florecido la locura por donde estuve, por donde yo estuve.

Estaba bastante loco mi tío Monteverdi. Y yo también estoy bastante loco. Sé que me persiguió con el cuchillo, y que blasfemaba. Se cagaba en Dios. Juan Sebastián nunca blasfemó. Monteverdi sí, y mucho y con fuerza. Juan Sebastián nunca lo hizo. Se pueden distinguir dos clases de hombres: los que blasfeman y los que no. Los que blasfeman suelen estar desesperados, y sufren como condenados. Y los que no blasfeman también.

Y se pueden distinguir dos clases de música: la que canta y la que condena.

Me pasa como con G., el cura que me sobó: hay un cortocircuito en mi memoria. Hay una laguna que crea mi voluntad de supervivencia. Sé que quería clavarme aquel cuchillo. No recuerdo con precisión cuál fue el detonante, debió de ser que reproduje algunas palabras de otros sobre él, algo sobre su incapacidad o sobre su inutilidad. Dije en voz alta malas palabras que había escuchado sobre él. Porque en las familias las palabras son importantes, no así en la sociedad. Y enloqueció, y quería matarme a mí, cuando en realidad tenía que haber matado a alguno de sus hermanos. Mi tío Mauricio, el mayor de la prole (lo llamaré Händel), decía que Monteverdi no servía para nada. No le tenía mucha piedad. No le conmovía que tuviera un pulmón menos. Había resentimiento prehistórico y catástrofe en aquellos pueblos de Huesca.

Esos pueblos de los que yo me enamoré.

125

Händel también se marchó, y creo que con menos de setenta y tres años, me parece que con sesenta y nueve, así que la vida sigue buscando la comedia como forma de expresarse. Creo que yo repetí en voz alta algunas palabras que Händel había susurrado sobre Monteverdi. Había oído decir a Händel que Monteverdi era un desastre, algo así, y lo divulgué. Yo no sabía qué estaba pasando. No entendía nada. Era el típico niño que mete la pata nombrando en público una vergüenza o un secreto familiar. Un hombre desesperado quería clavarme un cuchillo.

Monteverdi no se hablaba con Händel.

Se llevaban muy mal.

Monte pensaba que Händel tenía que haberle echado una mano en la vida, que para eso era su hermano mayor. Händel sufrió mucho también en esta vida, yo creo que llevaba encima una soledad terrible. Me acuerdo de su bigote y de su cabeza enorme, sujetada por un cuerpo extremadamente delgado. Recuerdo que fumaba mucho, fumaba tres paquetes al día. Tabaco negro. No sé de dónde había salido. Creo que éramos y somos una raza cercana al eslabón perdido, pero en eso hay también un triunfo de la vida.

Händel parecía un demonio, con el pelo muy corto, como un soldado, y se hizo un hombre extravagante. Lo que más le gustaba a Händel era matar jabalíes. Era un cazador consumado. Una vez fui a cazar con él. Fuimos a «la espera». Había que esperar a que apareciera el jabalí. Apareció uno y le reventó los ojos con un cartucho de posta. Le dio en la cabeza. Fumaba mientras lo veía agonizar. Lo dejó allí muerto, para que se lo comieran las ratas, para que las ratas se dieran un festín, porque era viejo, era un jabalí viejo y enfermo, de carne dura y sarnosa, y nos fuimos con el coche, por caminos llenos de viento y sequedad y frío, en la noche de noviembre.

Y la luna arriba alumbraba el cadáver del jabalí y Händel cayó en un mutismo árido, y se puso a fumar y miraba la lejanía, esa lejanía de la tierra del Somontano, una mezcla de vacío y de aviso de la negritud y fealdad de la noche que todos seremos.

Quiso poner la radio del coche, pero era imposible captar ninguna emisora. Solo se oían ruidos.

126

Monteverdi parecía otro demonio, solo que se dejó melena, y se hizo también un hombre extravagante.

Los dos eran hermanos de sangre, pero sobre todo hermanos en la extravagancia: uno con el pelo al cero, el otro con melena.

Ahora que me acuerdo, los dos llevaban bigote. Händel un bigote minúsculo, Monteverdi un mostacho.

El viejo Barbastro conocía bien a Monteverdi. Las nuevas generaciones, ya no.

Pero el viejo Barbastro lo respetaba y lo entendía y lo quería. Lo entendía porque, en el fondo, Monteverdi era una emanación natural de esa tierra, de esas calles, de esas plazas, de esa forma de estar en el mundo.

Monteverdi hablaba mucho, atropelladamente. Saludaba con una fórmula repetida siempre: «¿Qué tal, joven?». La forma en que pronunciaba esa pregunta era excéntrica, pintoresca, como si en la pronunciación se entreviera un culto secreto a la locura, a la dispersión. Sí, la dispersión fue la corona de Monte. Y entonces comenzaba a hablar sin parar, frases no contiguas, sino frases una encima de la otra, superpuestas: era un espectáculo verbal en el que alentaba algo que no pertenece al reino de los vivos. Yo, desde hace poco, también hablo mucho: los dos hablando mucho, para no dar tiempo a que nuestro interlocutor nos juzgue, para mantener ocupado el pensamiento del interlocutor e impedir que nos vea desde el silencio y se dé cuenta de que estamos chiflados y acabados. De que hemos sufrido tanto que solo nos queda el automatismo de las sílabas.

El camuflaje del apaleado, sí, pero también el camuflaje del enamorado.

Hace unos años me lo encontré por la calle y me enseñó el móvil que se había comprado. Nos intercambiamos los números de nuestros móviles.

Nos miramos los móviles con tristeza.

Nunca le llamé, para qué iba a hacerlo.

Su aspecto era pura catástrofe: llevaba trajes viejos, con corbatas floreadas, y olía mal. Al final de su vida, apestaba. Si bien era una catástrofe original, había una intención artística.

No podías estar ni a tres metros de él.

No se duchaba jamás.

Su olor era repulsivo. Puro arte de vanguardia. Era célebre su peste. Todo Barbastro conocía el rastro de su olor nauseabundo.

Él convivía tranquilamente con su prematuro olor a muerto.

El olor dantesco de su cuerpo fue su Beatriz. Era una forma de distinguirse de los otros. Y era una forma de levantar una fortificación en torno de su cuerpo, un muro infranqueable en el que la soledad quedaba herméticamente protegida, como una madre protegería a su bebé.

Su soledad fue su bebé, su hijo único y bienamado.

Protegió a su bebé con la fetidez, como lo hacen los animales, como lo hace la mofeta, cuyo olor alcanza los dos metros de distancia. Justo lo que alcanzaba el hedor de Alberto Vidal, dos metros de distancia. Aquel hedor poseía también su descaro político, era una fuerza política, la apoteosis de la negación de cualquier decoro social. Era una exaltación de la esterilidad.

Vivió con su hermana Reme y con su cuñado Herminio, un buen hombre. Cualquier otro se hubiera quejado.

No lo hubiera consentido.

Vivir con el hermano de su mujer toda la vida, eso hizo Herminio.

Una habitación para Monteverdi, siempre.

Se pusieron a vivir los tres en una casa vieja, de la calle de San Hipólito. Y se querían. Tenían sus broncas de vez en cuando, pero se querían y mucho. La bondad de Herminio era bíblica. Puede que fuese el mejor hombre que he conocido en mi vida. Herminio amaba a mi tía Reme. La tenía en un pedestal. Estaban enamorados, y lo estuvieron siempre. No me di cuenta de ese milagro. No me doy cuenta de las cosas maravillosas que vi en mi familia. Debería haberme fijado en ese amor. Herminio adoraba a su mujer.

Luego nació mi prima. De modo que eran cuatro, un marido y una mujer y una hija y un cuñado, viviendo décadas juntos. Un misterio. Porque había belleza en esa reunión imprevista de cuatro seres humanos. Si lo pienso ahora, no puedo entenderlo. No me cabe en la cabeza que dos hombres vivieran cincuenta años juntos teniendo como parentesco un motivo civil. ¿Quién sería Herminio en la historia de la música? Pergolesi tal vez, qué menos que el autor de *Stabat Mater*.

La habitación de mi tío Alberto era fría y húmeda y siempre había que ventilarla mucho, pero tenía encanto. Yo no entraba nunca en ella, lo tenía prohibido. La veía a veces cuando la aireaban. Había un armario y una cama elemental. Había una mesa. Creo que lo mejor era la ventana. La forma cuadrada de la habitación le confería un significado religioso. Lo que daría ahora mismo por volver a ver esa habitación prohibida. Debió de ser un cuarto de desamparo, en ese trance en que el desamparo se hace líquido e invade las paredes, el suelo, los muebles, el aire. Todavía estará esa soledad allí, embozada en esas cuatro paredes, si es que aún existen.

No encontró trabajo. No contrajo matrimonio. Nunca tuvo novia. Nadie le conoció amigas, pero las debió de tener. Debió de enamorarse alguna vez. Si supiera el nombre de alguna mujer de la que estuvo enamorado y si supiera que aún sigue viva, la llamaría para hablar de él. Eso sería un milagro. Como había tenido tuberculosis, usaba siempre su plato y su vaso y sus cubiertos.

Yo era un niño, y me quedaba mirando su plato y su vaso y sus cubiertos como si fuesen algo prohibido, sucio, maligno, peligroso.

Daba miedo su plato.

Su vaso daba pánico.

Eran lo desconocido, el abismo.

También su servilleta, siempre con un lazo mortuorio.

Mi padre le regalaba sus trajes viejos.

Y allí iba mi tío Monteverdi, con los trajes viejos de Juan Sebastián, paseando por Barbastro. Le iban grandes, porque Juan Sebastián era alto, pero daba lo mismo. Parecía Cantinflas. Los pobres españoles con trajes, toda una leyenda. A Monteverdi le gustaba imitar el habla de Cantinflas.

Muerto mi padre, Monteverdi seguía paseando los trajes grandes de mi padre por Barbastro.

Cuando me lo encontraba por la calle, me acordaba de mi padre en los años setenta, porque de entonces eran esos trajes, ya pasados de moda, trajes cruzados que se llevaban en los setenta y que ahora no usa absolutamente nadie.

Recorría Barbastro Alberto Vidal de punta a punta, enfundado en un traje cruzado como si fuese Al Capone. Siempre estaba en todas partes. Siempre paseando, en un pueblo en el que nadie paseaba. Parecía ubicuo.

Inventó el paseo.

Tenía mi tío Alberto Vidal amigos raros, que se murieron o se desvanecieron o se extinguieron o nunca existieron. Yo conocí a alguno de esos amigos; y me hubiera gustado saber en qué consistieron aquellas amistades, creo que eran tan inconsistentes que por fuerza tenían que ser puras y buenas, sencillas, elementales. Amistades elementales, así las pienso. Nunca supe dónde vivían aquellos amigos. Recuerdo el rostro de uno, su rostro me recordaba a la cabina de un camión Pegaso. No se puede narrar semejante inexistencia.

Al principio de la década de los ochenta mi tío Herminio compró con mucho esfuerzo un pequeño piso, en una cooperativa, en las afueras del pueblo. Y allí se fueron los tres de nuevo, porque mi prima se marchó a hacer su vida. Monteverdi tenía su habitación en la nueva casa. Le dieron un pequeño trabajo de administrador de los pisos de la cooperativa, y siempre te contaba lo bien que hacía su trabajo y lo contentos que estaban los vecinos.

Seguía llevando trajes antiguos, con corbatas extravagantes, como de gánster. Se puede ser muy pobre y llevar traje. Un pobre con estilo, de esos vi muchos en mi familia. Monteverdi estiró la vida de los trajes de mi padre hasta conducirlos a la frontera de la eternidad. Estaba mi padre muerto, pero sus trajes de los años setenta aún seguían en activo por las calles de Barbastro. Eso me parecía hermoso. Me parecía legendario.

Mi tía murió y allí se quedaron viviendo solos, en ese piso, dos hombres viejos que no tenían ningún parentesco real. Allí se quedaron Pergolesi y Monteverdi, hablando de la música de sus vidas, echando en falta el vínculo que los unió durante cincuenta años: mi tía Reme, a la que me gustaría llamar María Callas, pues desgraciadamente no hay mujeres famosas en la historia de la música. Creo que fueron más de cincuenta años. Tal vez sesenta. Pergolesi y Monteverdi tenían un parentesco político, llamado María Callas, pero la razón de ese parentesco había desaparecido. Alguien debería escribir un tratado antropológico que explicase qué es un parentesco político, de dónde viene, en qué casa oscura de la Historia se fraguó.

Y ahora Alberto Vidal se ha muerto.

Se ha muerto el gran Monteverdi.

Me vuelvo a acordar de cuando me perseguía por aquel piso de la calle de San Hipólito con el cuchillo en la mano para cortarme el cuello, el cuello de un crío de ocho años, aquel viejo cuchillo, con el mango de madera comido por los fantasmas de la guerra y del hambre.

No te preocupes, Alberto Vidal, marcaste tendencia en las décadas de los setenta y los ochenta en Barbastro. Una tendencia que solo yo advertí, pero eso da igual.

Y te levantarás de entre los muertos.

Ojalá me hubieras clavado aquel cuchillo en el cuello. Hubiéramos acabado yo bajo tierra y tú en el garrote.

Y aunque las leyes de los hombres castigan y denigran estos finales, no son tan malos: la tumba y el cuello partido.

De ahí venimos, y esta nueva oportunidad histórica que nos brindan los tiempos, esta oportunidad de llegar a ser algo o alguien, esta oportunidad de tener un trabajo y una pensión y seguridad social, siempre la desaprovecharemos.

Venimos de los árboles, de los ríos, de los campos, de los barrancos.

Lo nuestro fue siempre el establo, la pobreza, el hedor, la alienación, la enfermedad y la catástrofe.

Somos compositores de la música del olvido.

Nos da igual que exista Dios como que no exista.

Si Dios o quien fuese nos ofreciera el paraíso, en cuatro días, contigo y conmigo dentro, lo convertiríamos en una zolle.

Y si Dios se enfada con nosotros por convertir su paraíso en un albañal, ¿qué hará? ¿Volvernos a matar? ¿Devolvernos al infierno?

Oh, créeme, Alberto Vidal, somos el castigo de Dios. Porque Dios ha vuelto, porque la humanidad no acaba de encontrar nada mejor. Así que ríete desde tu tumba, ahora que llega la primavera, porque te has muerto en vísperas de la primavera, que es el gran tiempo de los que siempre estuvimos aquí, antes, mucho antes de que existiera la Historia.

Ríe, Alberto Vidal, y lávate el pelo y ponte colonia.

Mira que eras sucio, eh, mira que tenías estilo.

Mira que estuviste solo, fuiste el hombre más solo del universo.

De adulto no te amó nadie. Ni siquiera yo, tu sobrino. De niño, te amó Cecilia, tu madre, a quien invocabas sin que nadie te oyera. Y esta sí me parece una experiencia sobrenatural, la experiencia de esos seres que pasan por este mundo sin que nadie los ame. Allí hay una forma dura y venenosa de la libertad. Hay una invocación de la fuerza de la materia caótica, antes del orden humano, porque la materia está sola. Haber vivido sin haber sido amado no es un fracaso.

Es un don.

El don sangriento.

Puedes ver más, puedes ver el sentido de la materia en libertad. El ser humano necesita la búsqueda de una culminación, de que las cosas no ocurran por azar. Buscamos una voluntad. Que estemos aquí por algo. Que nuestras vidas alcancen cuando menos una meta. Pero tan mentira es la existencia de Dios como la existencia de la bondad entre los seres humanos.

Muchos hombres de hoy piensan que si han sido útiles y han sido honestos con sus semejantes ya están hallando un sentido. Sirve para morir con cierta tranquilidad. Pero hay vacío allí también. La honestidad también es un fraude ontológico.

Da igual que no sepas qué significa la palabra «ontológico», porque es nada.

Esa densa vacuidad es maravillosa. Verla, como yo la veo. Como tú la viste, Monte.

Y créeme, Monteverdi, tu camino es el camino de los héroes.

«¿Qué tal joven?»

127

Otra vez estoy en mi apartamento de Ranillas. Bueno, la calle se llama ahora José Atarés, ya no se llama Ranillas, pero yo la llamaré así siempre, por mi padre.

Cuando estoy fuera, cuando viajo, Bra y Valdi vienen a este apartamento y lo utilizan como si fuese la casa de un desaparecido. Tampoco está tan mal el estatuto del desaparecido.

Cuando estoy yo, vienen poco a verme.

Aún viven en la zozobra de un divorcio, cuya iconografía moral necesita víctimas y verdugos. No se acuerdan de mis padres, sus abuelos. No entienden que en este apartamento están ellos, sus abuelos. No los ven, y están aquí. No saben qué es estar solo y desesperado. Mucha gente se irá de este mundo sin saber qué es estar desesperado. La mayoría de la gente que he conocido en esta vida no lo sabe ni lo sabrá nunca.

En una especie de exaltación de mi desesperación, me dio por comprar marcos baratos en Fotoprix y colgarlos por las paredes de la casa con fotos de mis padres y mías y de Bra y Valdi. Quedaba muy cutre, pero a mí me gustaba. Mi madre hacía lo mismo. También compraba marcos baratos y allí ponía las fotos de Bra y Valdi, nunca las suyas.

Como tenía más fotos que marcos, simplemente fijé las fotos a la pared con cinta adhesiva de colores: no quedaba mal. Estaba en plena construcción de mi nuevo hogar. Al divorciarme, perdí mi hogar. Al morir mis padres, perdí mi hogar. Ahora reconstruyo hogares a través de la fotografía caótica, a través del empeño de empapelar Ranillas con fotos, y a veces fotos reproducidas con la impresora en blanco y negro.

Voy a cambiar el bombín de la cerradura, me digo en un arranque de ira que se me pasa a los diez minutos. Sería la forma de recordarles que la casa importa, que la casa está viva. Pero no lo hago, en el fondo me gusta que vengan aunque lo hagan cuando yo no estoy.

Cada día más solo, también sin hijos, y no pasa nada. Debe de ser ley de vida. Quiero que no me importe tanto. Si están bien, si ellos están bien, da lo mismo. La vida es este cuarto oscuro. Da igual. Pero me jode que se dejen la luz encendida, como pasó la última vez, porque quien paga la factura de la luz soy yo. Yo: el padre que al abandonar fue abandonado. El padre desvanecido. El padre bajo las aguas. Yo no me dejaba la luz encendida en casa de mis padres.

No, no me dejaba la luz encendida.

Todo lo olvido a los diez minutos.

Y así vamos, comemos juntos de vez en cuando, en este apartamento elemental. La vida les espera, y dentro de cuarenta años me buscarán. Ojalá encuentren mi amor. Ojalá pudiera protegerlos hasta el último minuto de la eternidad. Y creo que puedo hacerlo. Siempre estaré a su lado. Siempre los amaré. Como siempre fui amado por mi padre. Buscarán esas comidas de veinte minutos, y buscarán este apartamento, y buscarán mi rostro.

Y no lo encontrarán, porque estaré muerto. Pero velaré por ellos, aunque esté muerto.

128

Les traje a Bra y Valdi regalos de mi último viaje, los vieron, dijeron que les gustaban mucho, y los olvidaron en mi casa.

Los tengo delante ahora: inertes, despreciados, condecorados con méritos tristes. Simbolizan la desaparición de un hogar. Y por tanto, la desaparición del amor. Nunca decimos toda la verdad, porque si la dijéramos romperíamos el universo, que funciona a través de lo razonable, de lo soportable.

¿Qué hacen esos regalos encima de la cama del cuarto pequeño en el que nunca duerme nadie?

Me tumbo en la cama del cuarto grande. Me levanto de la cama y vuelvo al cuarto pequeño, y me pongo a mirar los regalos que he traído a mis hijos, que están allí, encima de la cama pequeña, abandonados, fundiéndose el abandono de los regalos con el abandono de la cama pequeña, llegando a fundir sus soledades en una sola soledad que si la ves te parte el corazón y la vida.

En absoluto me entristece que hayan olvidado los regalos, más bien me asombra, tal vez porque he superado el estadio de la tristeza, o he cambiado la tristeza por el asombro, y porque amo a mis hijos, y me da igual lo que hagan conmigo y con mis regalos. Pero un padre también tiene espíritu de supervivencia, pues es un hombre. El poco aprecio hacia mis regalos podría causarme incluso pánico: en mi vida ha habido más pánico que tristeza. Porque el pánico procede de la culpabilidad y la tristeza procede de sí misma. Es decir, si han abandonado los regalos es porque soy culpable. A veces pienso que mi culpa es más extensa que el universo. Podría competir en extensión con las simas siderales. La culpa es uno de los dorados enigmas; como es obvio, no me refiero a la culpa que se origina en las religiones, o concretamente en el catolicismo, sino a la culpa prehistórica, a la culpa como síntoma de gravedad y de alianza con la tierra y la existencia, la culpa de Kafka, esa.

La culpa es un poderoso mecanismo de activación del progreso material y de la civilización, porque la culpa crea «tejido moral», y la moral y la ética son los bastiones que mueven la realidad. Sin la culpa, no existirían los ordenadores ni los vuelos espaciales. Sin la culpa, no hubiera existido el marxismo. Sin la culpa, tendríamos el cerebro hueco. Sin la culpa, solo seríamos hormigas.

Mi madre me regalaba colonias. No me las dejaba olvidadas en su casa. Pero en el fondo tampoco quería que me regalara nada. Vivía obsesionada con regalarme colonias caras, que no se podía permitir. Vivía obsesionada con mi cumpleaños. Puede que si mis hijos se han dejado olvidados los regalos se deba a que en el fondo yo no quería que mi madre me regalara nada. Cuantos más paralelismos encuentre, más sagradas son la vida y la memoria.

Me quedo mirando las fotos de mis padres que están colgadas en los marcos que compré en Fotoprix. Son los marcos más humildes del mundo. Fotoprix compite bien con los precios de las tiendas de los chinos. Las tiendas de los chinos no tienen ni calefacción ni aire acondicionado y Fotoprix sí. Todos los emigrantes y los pobres van allí o a las tiendas de los chinos a comprar marcos para meter dentro los rostros de sus familiares y de sus seres queridos.

El negocio de los marcos baratos para las fotos de familia es un negocio floreciente. Cuando enmarcas tus recuerdos y a tus seres queridos en marcos de dos euros, conviertes tu pasado en diminuta ternura.

129

El martes 24 de marzo del año 2015, un Airbus de la compañía aérea Germanwings se estrelló en los Alpes franceses. Murieron ciento cincuenta personas. Todas las televisiones del planeta intentaron ser piadosas. Nadie sabía cómo ser piadoso desde una televisión. Las tragedias duran un par de semanas. Poco a poco se desvanecen. Dentro de unos años, estas líneas que escribo aquí serán historia remota. Tal vez por eso las escribo, consciente de ese sabor inexpresivo de todas las cosas que nos ocurren. ¿Qué percepción del final, de la destrucción de sus cuerpos tuvieron los pasajeros del vuelo del Airbus de Germanwings?

¿Cómo murieron, golpeados o quemados?

La comprensión de la muerte es tan necesaria como la exhibición de todos los detalles técnicos que están dando los medios de comunicación. Nadie habla de cómo se rompe el cuerpo de un chico de catorce años arrojado contra la chapa y el fuego y el plástico y el hierro de un Airbus a novecientos kilómetros por hora. ¿Cómo es? ¿Arden los órganos internos, qué percepción tiene el sistema nervioso central de la piel arrasada por el calor? ¿Cómo es la valoración que hace la inteligencia emocional de la destrucción del cuerpo?

¿Qué es el sufrimiento, qué grados alcanza?

Viajaban chicos de catorce años.

Y qué se siente. Eh, qué se siente. Seguro que piensan en sus madres tres segundos antes del final y seguro que alcanzan a verlas y las ven en su esencia, en lo que son: son amor. Pensarán en sus madres y sus madres no pensarán en ellos porque no sabrán nada del accidente hasta unas cuantas horas después y en el momento de la muerte de sus hijos estarán trabajando o haciendo la compra o hablando por teléfono o conduciendo un automóvil. Porque es mentira la comunicación telepática, porque es solo literatura toda esa leyenda de que se puede decir un adiós sobrenatural a los seres amados cuando la muerte llega de manera accidental, fatal, trágica.

El amor no existe en la naturaleza.

¿Existe la muerte instantánea? Oh, la gran metáfora de la muerte instantánea e indolora, esa que buscan los partidarios de la pena de muerte. Sabedlo: no existe la muerte instantánea. Por una razón muy simple: porque la vida es fuerte, siempre es fuerte y robusta la vida. La vida nunca se marcha tan tranquilamente. Siempre se muere con un dolor indecible, insuperable, inhumano, indecente. Porque la vida es un logro de la resistencia ancestral contra los enemigos de la vida.

Cuando eres padre, como yo lo soy, lo eres de todos los hijos del mundo, no solo de los tuyos. Así funciona este negocio de la paternidad.

Todo lo demás es política.

Amo a Bra y Valdi así.

130

Compro cosas en los supermercados, cosas que creo que necesito, pero luego las devuelvo. Una vez devueltas, las vuelvo a comprar. Eso me ha ocurrido con dos pequeños electrodomésticos: una báscula y una tostadora. Lo gracioso es que he usado la tostadora. Estoy solo en mi apartamento de Ranillas y estoy pensando en mi madre. Ella también era caótica con lo que compraba: la desesperación transferida a los electrodomésticos.

Recuerdo que ella compró una vez un cuchillo eléctrico. Lo hizo cuando salieron al mercado, a mediados de los setenta. No tuvieron éxito los cuchillos eléctricos y dejaron de fabricarlos. Mi madre era posesiva. En su día, no quiso que me casase. Y a pocos meses de su muerte, hizo una llamada telefónica fatídica a la que entonces era mi casa. Y yo no estaba en esa casa. Y mi madre le dijo a la que hoy es mi exmujer, pero que entonces aún no lo era: «Es imposible que no haya llegado ya, si ha salido a las cinco de la tarde». Como mucho tenía que haber estado en mi casa a las siete de la tarde.

Y eran las diez de la noche cuando entraba por la puerta.

Pero lo más ominoso fue que esa llamada de mi madre se produce mientras estoy subiendo por el ascensor, hasta tal punto que cuando entro en mi casa oigo todavía las últimas palabras de despedida de la conversación entre mi madre y la que entonces era mi mujer. Es decir, si hubiera llegado tres minutos antes mi madre no habría desencadenado lo que probablemente se hubiera desencadenado igual, pero no entonces y por su causa.

Sobre todo, por su causa. Allí está el quicio, allí está todo.

Quise ver allí una compleja maniobra del destino, como si los hechos no se rigieran por el azar. Imagino que necesitamos creer en el pensamiento mágico, porque es consustancial al ser humano suponer que existe voluntad y razón en los hechos, y que hay un arte del destino. No nos resignamos a la casualidad. Queremos que los sucesos terribles que ocurren en nuestras vidas tengan una dimensión sobrenatural. Aunque ahora, pasado ya cierto tiempo, solo advierta una ironía del destino.

Por otra parte, los hechos terribles son decisivos a la hora de que nuestra vida pueda ser contada, narrada.

Sin hechos terribles, o simplemente hechos, acciones, que pase algo, nuestra vida no tiene historia ni trama, y no existe.

Mi madre nunca lo supo. Yo no se lo conté. No le conté que esa llamada suya puso mi vida patas arriba. Su llamada descubrió una infidelidad. Evidentemente, solo era cuestión de tiempo, porque yo persistía en aquella maraña de interminables infidelidades matrimoniales, que me destrozaban y me hundían en el alcohol. Y mi matrimonio agonizaba, aunque yo no lo quería aceptar porque tenía miedo y porque me espantaba la intemperie.

Después de esa llamada de mi madre, bajé al bar, destrozado, decapitado, y me pedí un gintónic, y con la llegada del segundo gintónic me fui calmando. Es lo que hace el alcohol cuando llega a la sangre: todo comienza a brillar de nuevo. Vi en las manos de la camarera del bar de debajo de mi antigua casa que me servía los gintónics los dedos de mi madre. Y el tercer gintónic me trajo una alegría envenenada, improductiva.

Estaba entrando en el laberinto del destino, que usa los rostros de los seres humanos como transfiguración de su propia fuerza, que intercambia rostros y se divierte así, que monta una pequeña trifulca de la realidad. Pensé que ya nunca más volvería a ser joven. Me tenía que ir de la que hasta entonces había sido mi casa por culpa de una llamada de teléfono de mi madre. Una encolerizada comedia, y Bra bajó al bar y me dijo: «Papá, yo me iré a vivir contigo», pero luego cambió de opinión. Me conmovieron las palabras de Bra. Ese «papá, yo me iré a vivir contigo» es lo más hermoso que he oído en mi vida. Siempre lo recuerdo. Había una ternura allí infinita. Creo que me moriré oyendo esas palabras breves, que no fueron acompañadas de hechos y mejor así. Los hechos tampoco son ya claros.

Porque el pasado no existe, aunque recuerdo con ojos levantados aquella energía que el tercer gintónic depositó en mi sangre. Ahora ya veo hermosura en todas partes. Tampoco fue para tanto. Fue una historia común. Una historia como la de miles de españoles, o de miles de seres humanos. Aunque hay españoles (mucho más los hombres que las mujeres) que no se divorcian por no perder su biblioteca, o el apartamento de la playa, o el televisor, o la muda limpia en un cajón de la mesilla, cosas así. Porque la angustia tiene las caras más raras del mundo. Por cierto, yo me quedé sin mi biblioteca, y la echo mucho de menos. Pero no eran más que libros. Y los libros no son vida, como mucho un adorno de la vida, y poco más que eso.

131

Me habría gustado que mi madre hubiera sabido que fue ella la que precipitó el divorcio con su llamada. Es un raro enigma que se muriera sin saberlo. De modo que solo me conoció en vida en dos estados mentales: soltero, bajo su dominio; casado, bajo el dominio de otra mujer, que era ella misma también. Y se perdió el tercero: divorciado, sin dominio. Es decir, sin ella. Si yo fui el centro de toda su vida, y a la vez ella fue quien dio gravedad a mi existencia, este tercer estado semeja el estado de la verdad final de mi existencia, un estado de ruidosa libertad, de tembloroso desamparo, porque no puedo estar sin la presencia tutorial de esa mujer, que fue una diosa, la que generó mi carne en su vientre; y ella solo puede acceder al conocimiento de ese estado bajo la forma del fantasma, cosa que está haciendo.

Una diosa de la Edad de Piedra reencarnada una y otra vez, esa era mi madre.

Y por fin ya no está. Ni sus transfiguraciones viven. Quizá eso estaba haciendo, enseñándome su muerte completa, no solo la de su cuerpo, sino también la muerte de todas sus ramificaciones, dejándome bajo la intemperie de la libertad, diciéndome así: «Por fin estás solo, porque solo mi muerte podía devolverte la libertad que tanto deseabas y tanto temías; a ver cuántos años logras vivir o sobrevivir en este mundo sin mí y sin mis metáforas, sin mí y sin mis intrincadas bifurcaciones, mis dilataciones, mis prolongaciones en tu mujer, en tu trabajo, en tus hijos, en tu casa, en tu biblioteca, y en el aire que respiras».

Porque toda mi vida había sido imagen expandida de mi madre. Había reinado sobre mí. Toda mi vida fue feudalismo freudiano y matriarcado. Si de niño algo me salía mal, la culpa era de mi madre. Si con cuarenta años algo me salía mal, la culpa era de mi exmujer, que era una delegada de mi madre. Tal vez por eso mis adulterios y mis infidelidades no repercutían en mi exmujer, sino en mi madre.

Mi madre gobernó mi vida, y la gobernó bien. Da igual todo. La responsabilidad del gobierno de mi madre no era mi felicidad, sino mi supervivencia. Porque la responsabilidad del matriarcado es la perduración del vástago. Ese fue su buen gobierno. Podría haber sido feliz gracias a su gobierno, pero haberme muerto con cuarenta años. No, ella eligió que mi vida durara, eligió mi conservación como ser vivo: esto lo sé ahora, entonces no lo sabía; cuando se produjo la llamada, no sabía esto. Lo he sabido tiempo después.

Antiquísima bruja que meditaba por las noches la conservación de su hijo, que conspiraba contra la oxidación, la entropía, el desgaste de la carne de su hijo, y que corrompía el espíritu de su hijo bajo la dulce luz del matriarcado, anterior a Grecia, anterior a la Historia, amasado en la prehistoria, que era de donde venía el espíritu de mi madre.

Fue irónico, terriblemente irónico: llamaba para saber si estaba bien, y fue su llamada la que convirtió mi vida en un infierno.

Llamaba por mi bien y su llamada me trajo el mal.

Si pudiéramos volver a vernos, ¿qué nos diríamos? Tendría que contarle todo lo que ha pasado desde que se fue, y no sabría por dónde empezar. Si volviera, tendría que explicarle que su casa ya no existe y que su hijo tampoco.

132

Los últimos años de mi madre fueron nefastos, pero también contuvieron una iluminación inesperada de nuestras vidas. Sus últimos años me enseñaron muchas cosas. Y a veces casi logramos estar juntos. Tuvimos algún momento de tranquilidad, en donde pudimos ser madre e hijo, sin otro cometido. Tal vez conseguimos ser madre e hijo sin ser en realidad ella una viuda y yo un hombre sin padre. Puede que nunca venciéramos la gravitación de la muerte de mi padre, la oscuridad en la que nos sumió su marcha. Puede que su marcha debilitara el vínculo de la madre y del hijo. Puede que él fuese la energía mayor de nuestras vidas.

No sabía estar sola y llamaba por teléfono mil veces, como yo llamo ahora a Valdi y Bra, y ellos me hacen el mismo caso que yo le hacía a ella, o eso pienso yo, movido tal vez por la culpa o por el ansia de recibir mensajes de los muertos.

Me lo dijo ella una vez: «Ojalá tus hijos te hagan el mismo caso que tú me haces». Sabía lo que me estaba diciendo, ya lo creo que lo sabía. Tenía el don de las certezas más escondidas.

Bien, pues acertó. Adivinaba cosas. Así era ella. Tenía el don de la adivinación, pero le daba igual. Mi madre sabía que estaba acertando, porque acabó sabiéndolo todo, aunque no creo que llegara a ser consciente de manera racional de que lo sabía todo. La gente se esfuerza durante toda su vida en conseguir saber algo, con sacrificio y trabajo, y mi madre lo sabía todo por soplo divino.

Pero no pasa nada. Creo que he mejorado un poco la especie. En cambio, mi padre no me llamaba nunca. Mi padre jamás telefoneaba porque estaba muy entretenido viendo la televisión, viendo a sus cocineros moribundos con recetas para jubilados cadavéricos, ese tipo de gente que se pone a ver la televisión a las diez de la mañana, algo que he empezado a hacer yo mismo en los últimos meses.

Al final de su vida, a mi madre no la aguantaba nadie. Ni ella misma. Era una especie de trituradora de todo lo que se le ponía delante.

La gran trituradora, así era ella. Una mujer especial. Llena de amor loco a la vida, demasiado amor.

Se confundía.

Se decepcionaba.

Se volvía a ilusionar.

Y luego hizo la llamada definitiva. Creía que sus llamadas eran benignas. Es para morirse de risa.

Querida madre, con tu perversa y condenada obsesión de llamarme por teléfono a todas horas hundiste o transformaste mi vida: aún no sé si fue hundimiento o transformación, y lo gracioso es que cada vez me importa menos lo que haya sido. ¿Qué hubieras pensado de haberlo sabido? Igual lo sabías. Igual tu mano, que cogió el teléfono, fue alentada por una fuerza desconocida. Igual tú deseabas hacer eso. Igual era tu última acción memorable en este mundo.

Mi existencia camina hacia los hechos intrigantes, y en la intriga parece haber gravedad. La gente debería darse cuenta de que en su vida hay intrigas, maquinaciones, contubernios. Hay acciones cuyo significado se desconoce. Mi madre murió con mi matrimonio, de modo que se funden las muertes de mi madre y de mi matrimonio en una sola muerte. Allí hay una intriga. Puedo pensarla, esa intriga. En esas confabulaciones hay una intencionalidad ciega, hay manipulación y decisión.

Pero ¿quién está detrás de ese complot?

Sin duda, Dios mismo.

¿Quién si no?

¿El azar?

No.
Ni Dios ni el azar.
Quien está es el tiempo.

133

Mi madre era una punki. Confundía a los médicos. Cambiaba su fecha de nacimiento según le venía en gana. Y también lo hizo en el Registro Civil. Tengo ahora mismo documentos de mi madre con fechas cambiadas. En el DNI de mi madre figura el año de 1933 como fecha de su nacimiento. Pero en el libro de familia figura 1932, y en un certificado de nacimiento aparece 1934. También cambian los días: en un documento nace el 7 de abril, en otro el 2 de diciembre, en otro el 22 de octubre. Algo parecido pasa con su segundo apellido. Ella misma lo cambiaba. Construía variaciones vocálicas. Yo nunca supe cómo era el segundo apellido de mi madre. A veces era Rin, otras Ris, otras Ríu, o Ríun.

A mi madre no le gustaba llamarse de ninguna manera. No creía tener nombre. No quería estar sometida a un nombre. No por pensamiento, sino por instinto.

Siempre el instinto, que es un don atávico. Y es lo que yo heredé de ella: el instinto, una especie de zarpazo que te permite ver el origen de las cosas.

Aceptaba, porque no le quedaba más remedio, la oficialidad del primer apellido, pero con el segundo hizo lo que le dio la gana. Hizo trizas su segundo apellido. Su inteligencia negaba el nombre de las cosas. Tenía dificultades a la hora de pronunciar algunas palabras, pero no era por carecer de formación básica, que la tuvo, al menos hasta los catorce años. Para ella las palabras no eran importantes en sí mismas; lo importante eran las cosas que se disfrazaban de palabras. Las cosas reales sí le importaban. Los disfraces fónicos de las cosas reales eran quebradizos y demasiado complicados.

Cuando en España se aprobó la Ley de Dependencia, ley que beneficiaba a mi madre y a las personas mayores con incapacidad de valerse por ellas mismas —pues mi madre necesitaba de cuidados de otra persona debido a sus graves problemas de movilidad—, le cambió el nombre y la acabó llamando Ley de la Independencia. Y tenía gracia esa mezcla irónica, que remitía al siglo XIX, cuando España logró expulsar a Napoleón en la célebre guerra de la Independencia. Esa confusión de nombres encerraba una ironía sobre la totalidad de nuestro conocimiento; me recordaba a cuando mis alumnos confundían a Quevedo con Góngora, o a Lope de Vega con Galdós, y yo me quedaba maravillado y, lejos de rasgarme las vestiduras, veía allí un lugar nuevo desde el que contemplar las cosas, la inesperada vacuidad de la cultura y de las palabras y de la realidad humana.

No, no censuraré nunca esos errores, porque no son errores sino indiferencia, desmotivación, otra forma de inteligencia. De modo que cuando se me preguntaba, en alguna gestión oficial, por el nombre completo de mi madre, hacía lo que ella, decía Ríu o Rin, y lo dejaba a lo que entendiera quien me preguntaba, como ella hacía.

Seguro que los muertos están hartos de mi madre. Seguro que esperan que sea ella la que primero resucite.

La gente no sabe lo divertido que es cambiarte tu fecha de nacimiento, o tus apellidos. No es un juego ni una frivolidad, es un desafío contra las leyes humanas. Es también un deseo de intemperie. Es, al final, la desafección por las leyes de la realidad social que rigió la mirada de mi madre.

Esa desafección la he heredado. Las meticulosas leyes humanas —como a mi madre— me son indiferentes. Todo lo que ha construido la civilización me es indiferente. No es arrogancia, todo lo contrario; tampoco es una inapetencia despectiva; es más bien dolor. Llegas a la indiferencia por la senda del dolor, de la vacuidad, de la falta de gravedad.

Como mi madre, me he quedado solo con la veneración del sol, ese que entra todas las mañanas en el apartamento de Ranillas y rompe mis ojos.

El sol nos deja ciegos para todo lo que no es el sol. Miraremos el sol juntos alguna vez de nuevo.

La verdad está siempre en constante transformación, por eso es difícil decirla, señalarla. Más bien siempre está huyendo. Más bien lo importante es reflejar su continuo movimiento, su irregular y desacomplejada metamorfosis.

No, mamá, no volveremos a mirar juntos el sol jamás. Pasarán millones de años y seguiremos sin vernos.

Aquel sol de junio que tanto amaste.

134

Por fin viene alguien a verme. Es Bra. Le preparo la cena con ilusión: salchicha, patatas y huevos. Le he comprado una buena salchicha, con setas dentro, una salchicha cara, sofisticada. Pelo patatas. Frío patatas, con aceite de oliva limpio. Odio reutilizar el aceite de oliva, mi madre jamás lo hacía. Bra ha pasado cuatro días con sus amigos de vacaciones en la montaña; a mí hace dos meses que no me ve. Pero bueno, da igual.

Cena mientras ve la televisión.

Miramos la televisión.

Qué haríamos sin la televisión.

Le digo que si vamos al cine, una vez que ha cenado. Que hay una peli que está bien. Dice que no le apetece, que ha quedado con sus amigos. Cuando se marcha de mi casa, le digo que si le puedo acompañar un rato por la calle. Llevo todo el día en casa, me apetece estirar las piernas.

Le incomoda la proposición.

Dice que no, que se va solo.

Y se marcha.

Recojo la cena, pongo el lavavajillas. Me alegra saber que ya pude comprarme un lavavajillas y que va bien, friego la cocina, y me siento a ver la tele. Descubro migas de pan en el suelo de la habitación de la tele. Vuelvo a la cocina y me quedo mirando el lavavajillas de la marca OK. Y pienso que menos mal que está el lavavajillas, parece una solución a todo. Parece una forma de revelación humilde del mismísimo Dios.

Su ruido me acompaña.

Wagner, en sus últimos años, se acompañaría del ruido de la nevera, porque lavavajillas no tenía.

Juan Sebastián, en sus últimos años, se acompañaba del ruido de la televisión, porque al cine no iba nunca. Cómo iba a ir al cine, si él era la historia del cine. Él era la pantalla y los rostros de los actores, comidos por el tiempo, en la pantalla amarillenta.

Mi madre sabía perfectamente que todo se repetiría. Ella hacía cenas y comidas. Yo hago cenas y comidas. Las mías peores, claro, porque ella sabía cocinar. En ese retorno, en ese regreso de los actos gemelos hay un éxtasis que me enloquece. Está viniendo ella así, mi madre, a través de su vaticinio. No viene a decirme: «Tus hijos te tratan como tú me trataste», no, no viene a decirme eso, sino que ha encontrado un camino de vuelta hacia mí. Viene a decirme esto: «Te querré siempre, sigo aquí».

Y ese es el portento.

El portento es que ya sabía, en vida, de la existencia de ese camino, ya lo conocía.

Es el camino de la brujería, un camino primitivo.

Cuando me decía hace unos años: «Mira que si no vienes a verme, tus hijos harán lo mismo contigo», lo que en realidad me estaba diciendo era: «Cuando esté muerta, volveré a ti por ese camino, ese camino flanqueado de árboles frondosos y de luz del mes de junio, con el ruido de los ríos cerca, cuando esté muerta seguiré estando contigo a través de nuestras soledades, la tuya y la mía; el camino, míralo, es un camino, un soleado camino, el camino de los muertos». Cada vez que Bra y Valdi no vienen a cenar conmigo, regresa Wagner a través del camino, toda difunta, toda deteriorada, toda cadáver, con la amarillenta orquesta del eterno retorno de lo mismo.

Mi madre era una mujer nietzscheana. Por eso se llama Wagner.

Wagner me dice: usarás tú también este camino, háblales a Bra y Valdi del camino, ya es hora de que les menciones el camino. Es el gran camino de nuestra familia, el que permite a los muertos estar con los vivos.

No lo voy a hacer, aún no es tiempo de mostrarles el camino por el que volveré a ellos cuando esté muerto, le digo a mi madre.

Wagner me dice: es ya el tiempo, pues no te queda tiempo.

Pero al día siguiente, Bra decide dormir en mi casa, lo que me causa enorme alegría, que se acaba pronto. Pues se despierta malhumorado. Le doy un beso, que le incomoda o más bien le parece absurdo.

Bra se marcha a la otra casa, a la casa de su madre, que también es mía, aunque ahora no tenga ningún derecho sobre esa casa, porque allí su cama es más grande. Le ofrezco café y galletas, las rechaza con cara amarga y desdeñosa. Es un «cállate ya, cállate de una vez, bastante he hecho que me he quedado a dormir en esta espantosa cama que tienes».

Wagner dice: está construyendo el camino, es un ancho y florido camino por el que tú volverás a estar con él siempre, como tú lo frecuentabas cada vez que no me besabas ni me cogías la mano ni venías a verme, es el mismo camino, el mismo regreso.

El eterno regreso de la maternidad y la paternidad desmoronadas, el regreso de lo mismo siempre.

Me quedo mirando las galletas rechazadas. Me quedo mirando las galletas como un idiota. Las había comprado con ilusión. Son las galletas más desamparadas del planeta. También mi madre debió de comprar muchas veces con ilusión cosas para mí, cosas que yo no supe ver, que en su día me parecieron insignificantes, y esa insignificancia vuela por el tiempo y ha estado cuarenta años dormida y ahora reaparece y se sienta a mi lado. Me habla mi madre así, es la forma que ha elegido el fantasma de mi madre para hablar conmigo: el camino wagneriano otra vez se abre.

Ella lo ideó.

Mis padres se pasaron la vida planeando y diseñando e inventando perturbados caminos hasta mí, para no dejarme nunca solo, caminos desde su muerte a la vida de su hijo.

Ranillas y Arnillas fue otro camino.

Mi divorcio, otro camino.

Mi desesperación, el camino con más sol.

Es como si se cerrara un círculo amarillo, siempre amarillo. Y el hijo de mi hijo no sabrá apreciar las cosas que mi hijo le regale con amor. Es un laberinto donde nos comunicamos más allá de la desaparición, a través del malentendido. Como si el malentendido fuese una ecuación matemática que destruye la física de la muerte.

Y Bra se marcha.

Ni siquiera se ha hecho la cama.

La ha dejado toda revuelta.

Me pongo a hacer su cama.

También está desamparada, la cama.

135

Vivo al lado del río, pues Ranillas está al lado del Ebro. Las personas que viven al lado de un río viven más años. Me monto en el ascensor y bajo al garaje. El ascensor tiene un olor característico, no es que sea mal olor, es un olor higiénico, un olor a limpieza industrial, pero es un olor extranjero, un olor a nadie, huele a nadie, al grado cero del ser humano. El garaje está por debajo del nivel del Ebro. Me da la sensación de que estoy buceando. Mi garaje está sumergido; es un submarino.

Cuando vine a vivir a Ranillas yo era el único ser humano que habitaba el bloque de pisos, un bloque de dieciséis viviendas; fue uno de los grandes lujos inmobiliarios que ha habido en mi vida. Era fascinante que el ascensor siempre estuviese en mi rellano, y era fascinante saber que en tres pisos por arriba y en cuatro pisos por debajo no había nadie. También tenía su toque aterrador.

Nunca tenía que esperar al ascensor. Cuánta vida pierde la gente esperando ascensores. Mucha vida. Suman meses.

Me sentí un príncipe, me sentí un ministro de algún Gobierno de España. Cuando me quedaba dormido, era consciente de que lo hacía en mitad de un edificio vacío, como si fuese un astronauta descansando en el espacio profundo, como si fuese Cristóbal Colón en el Nuevo Mundo. Creo que todo esto lo preparó mi padre; lo organizó él; quería que mi vida se fundiera con los edificios perdidos. Lo organizó mi padre porque tuvo que ser él, a través de la coincidencia de los nombres, quien me dijo que eligiera esa calle, porque esa calle era él.

Tuvo que ser él, me digo. Tuvo que ser él, saliendo de entre los muertos con un beso lanzado hacia mi rostro.

Creo que muy poca gente en este mundo gozará alguna vez de no tener que esperar al ascensor: no sabrán qué se siente; yo sí lo supe durante unos cuantos meses.

Siempre estaba allí, en el rellano.

Esa inmediatez en la ascensión y en el descendimiento me abría una vía mística en la percepción de mi nueva casa. Porque si salía a la calle, cuando regresaba el ascensor estaba en la planta de la calle. Solo yo lo usaba. Y él lo sabía. Tampoco existían los ruidos. Podía poner la música a tope a las tres de la madrugada. Y lo hacía. Hacía rodar el mando del volumen de mi amplificador Pioneer hasta donde mis oídos me lo permitían.

La belleza del edificio residía en su abstracta soledad, que era un símbolo material de la partida de mis padres. Qué bien se fueron, cómo dijeron adiós sin decir adiós. Qué bien puedo verlos desde la muerte, y desde Ranillas; cómo convoca sus vidas la industria eléctrica: el ascensor Siemens, el amplificador Pioneer.

136

Luego, poco a poco, fueron apareciendo vecinos, porque los pisos comenzaron a venderse, pues la constructora y dueña del inmueble se vio obligada a adecuar los precios al mercado. Rebajaron los precios en más de un cuarenta por ciento, por eso yo pude comprarlo, fui el primero en comprar uno. Y fue por azar. Coincidió esa bajada de precios con la urgencia de buscar una casa tras mi divorcio. Había que reformarlos, porque por dentro estaban a medio hacer. Yo solo eché suelo e hice un baño. Puse un AC4 que me recomendó alguien; me enteré de las distintas categorías del parqué. Y unos albañiles rumanos me hicieron un baño. Yo pensé que la mampara era muy baja, y que se saldría el agua, pero al final todo fue bien. Durante unos días me dediqué a investigar las alturas de las mamparas de las duchas. Reflexioné con los albañiles rumanos sobre la altura ideal de una mampara. Nos quedábamos mirando la mampara como quien mira un enigma. Para mí también eran un enigma los albañiles rumanos, pero entre ellos había una camaradería que yo admiraba, pues me sentía muy solo. Uno de ellos fumaba y tiraba las colillas al váter; se lo tuve que decir. Dejó de hacerlo, pero le sentó mal. Comían bocadillos gigantes.

Y me puse a vivir allí, en mi apartamento de Ranillas, en cuatro días. Los demás vecinos hicieron reformas de largo aliento y se pusieron cocinas nuevas y elegantes. Pero, en cualquier caso, lo maravilloso fue vivir solo en un bloque durante más de tres meses. Parecía como si nadie quisiera ir a vivir allí. Tenía la sensación de haberme mudado a una nave espacial que orbitara en el espacio profundo. Pero si vives tres meses en un edificio de ocho plantas tú solo, aprendes el idioma de ese edificio, y te das cuenta de que las casas están vivas. La historia del edificio también era una historia de soledad. Lo acabaron de construir en 2008, justo cuando estalló la burbuja inmobiliaria en España, de modo que los pisos se quedaron sin vender, hasta que en 2014 decidieron bajar los precios. Los pisos, las escaleras, las paredes, el ascensor se tiraron seis años sin nadie. Estaba triste el ascensor. Yo creo que ese ascensor agradeció mi presencia. Fantaseé mucho con todo aquello. Recuerdo que no funcionaba nada, excepto la lavadora. Se trataba de una lavadora nueva, una Corberó intacta, pero había estado seis años en una galería, a la intemperie, sin que jamás la hubieran conectado ni una sola vez. No había lavado nada en su vida aquella lavadora virgen, y eso me parecía un misterio. La primera vez que la conecté a la red creí que no funcionaría. La persona que me vendió el apartamento dijo que no creía que funcionase. Pero funcionó. La lavadora funcionó, era como si hubiera resucitado. ¿Cuántos años puede resistir la maquinaria de un electrodoméstico sin ser utilizada?

Las últimas lavadoras que tuvo mi madre eran de marcas baratas. Tenía fe mi madre en aquellas lavadoras anónimas, yo también. Si hubiera estado viva, habríamos podido hablar por teléfono de lavadoras, pero ya era tarde. Incluso hubiéramos podido vivir juntos. Si Dios le hubiera dado un año más de vida, habríamos vivido juntos.

Reformar el pasado es imposible, pero tal vez no.

137

Intento mejorar este apartamento, donde todo es dudoso. Las cosas se rompen. El grifo de la cocina está mal puesto, y la poza también está mal puesta, eso hace que salpique, que tenga que ir con la bayeta secando agua salpicada por todas partes. Compré un atomizador para el grifo, pero fue una mejora patética.

Lo que hicieron otros vecinos fue cambiarse la cocina al completo y el baño y las puertas y comprar electrodomésticos de calidad. Por eso tardaron tanto en venir a vivir aquí. Lo que hicieron los vecinos se convirtió en un mantra, para recordarme que siempre me equivoco.

Ellos sí mejoraron de una forma objetiva y segura, y yo no. Y en ese error mío, resplandeciente e ignominioso si se comparaba con el acierto de mis vecinos, parecía que hubiera una verdad, una confirmación sobre mi raza y mi destino. Mala calidad moral en mi cerebro, eso pensé.

Poner una cocina nueva y tirar la que venía con el apartamento, eso era lo que había que hacer. Lamentablemente, yo no hice eso, porque no tenía dinero.

Por eso recurrí a lo del atomizador, que costaba cuatro euros noventa.

Veo ahora, a través de mi cocina, la cocina de mi madre en el piso de Barbastro, me doy cuenta de que siempre estaba fregando, y sé que en aquella cocina ocurrieron acontecimientos muy importantes, que no me atrevo a ver del todo, no quiero verlos, pero la memoria acaba trayéndome una escena en que mi madre está tirada en el suelo de la cocina y está llorando, no puedo ver más. Solo quiero que acabe. Que acabe el llanto y vuelva a ponerse de pie. Y mi madre se retuerce en el suelo. Y mi padre no está. Ocurrió en la cocina, tal vez en 1967. Habían discutido. Mi padre dio un portazo y se fue. No sé por qué discutieron. Intuyo que pensaron que yo era demasiado pequeño para grabar la escena en mi memoria, pero ahí se equivocaron los dos.

Recuerdo que mi madre aclaraba poco los platos, yo en cambio los dejo bajo el grifo mucho rato, intentando que el jabón se vaya para siempre.

138

He ido a comprar con mi hijo Valdi al Carrefour. Como había habido dos días de fiesta, el Carrefour estaba lleno de gente, más bien lleno de zombis. Buscaba hacer algo con mi hijo Valdi, es decir, hacer algo juntos, y no se me ha ocurrido otra cosa que ir a la compra. Cuando voy a realizar algún recado con Valdi o con Bra tengo la sensación de que vuelve un tiempo anterior al derrumbe de la familia que fuimos, y ellos también tienen esa sensación, pero sabemos que solo es una ilusión, la ilusión de que retorna el pasado. El regreso del tiempo anterior al divorcio es imposible. Valdi, Bra y yo conocemos esa imposibilidad, pero dentro de ella hay un decorado tan aterrador como revelador. Estamos llenos de revelaciones; yo las noto más que ellos.

En cada cosa que hacemos los tres juntos retumban las cosas que hicimos cuando éramos cuatro.

No es nostalgia ni remordimiento ni culpa. Es algo que no sé cómo llamar. Es inspiración. Es melancolía. La buena melancolía.

Pensé que sería agradable ir a comprar juntos, pero esa muchedumbre de zombis me ha desatado un ataque de ira. Hubiera querido coger su mano, la mano de Valdi. Me acuerdo de cuando, hace unos ocho años, iba a clase de guitarra. Y la guitarra era más grande que él. Me acuerdo de cuando, hace seis años, iba a clases de ping-pong. Llegó a jugar en campeonatos nacionales de ping-pong. Valdi era la ingenuidad absoluta sosteniendo una raqueta de ping-pong. Valdi no lo sabe, pero lleva dentro una bondad ancestral, un don que es anterior a la Historia, y en ese don brillan los misterios mejores de las cosas. La bondad de Valdi es como el monolito de la película *2001* de Stanley Kubrick.

Valdi me conmueve. Lo ha hecho siempre, desde que nació. Juan Sebastián también estaba intrigado con Valdi, aunque la idea de ser abuelo no le hacía demasiada gracia. Juan Sebastián vio la aparición de Bra y Valdi sin mucho énfasis. No ejerció de abuelo. No le gustaba ese título. En el fondo, tampoco le gustaba el título de padre.

No encontró ninguna categoría familiar en la que sentirse cómodo. Juan Sebastián se quedaba mirando al Valdi bebé con asombro escéptico: ¿quién es este? ¿De dónde ha salido? Valdi, de bebé, hacía ruidos muy creativos con la lengua, muy celebrados por Juan Sebastián. Le hacían gracia esas metáforas sonoras.

Parecen buques hundidos de la Segunda Guerra Mundial: el Valdi bebé y el Juan Sebastián abuelo.

Me tiemblan las manos cuando cojo las cosas: un bote de leche, una bandeja con un trozo de pollo, un bizcocho industrial. Se puede conocer completamente a una persona por la comida que compra en el súper. Había lentejas a granel. Rompo las cosas cuando intento sacarlas de los envases. A mi madre también le pasaba. No tenía paciencia. Yo tampoco la tengo. Ella rompía cosas. Yo rompo cosas. Intentamos abrir el envase y no podemos y vemos en ese hecho una injusticia que nos asusta y nos exaspera y nos llena de ira. Mi madre hablaba del demonio que estaba detrás de los actos fallidos, yo hablo de la impaciencia y de la caverna primitiva de donde nunca debimos salir.

«Imposible que el demonio no esté en esta casa», gritaba mi madre.

Tendría yo unos doce o trece años cuando arrojé contra el suelo violentamente un diccionario que tenía mi padre. Estaba buscando el significado de una palabra y no la encontraba. Me enfurecí. No entendía el funcionamiento de aquel diccionario. Cuando estaba en el suelo le di una patada que descompuso el lomo del volumen. Al rato, cuando cesó la furia, volví a abrir el libro y observé que era un diccionario de español-francés/francés-español. Sentí en ese instante una enorme ternura hacia el libro. Además, era un libro de mi padre. Intenté curarle la herida del lomo al pobre diccionario.

Heredé esa ceguera de mi madre.

A los dos nos temblaba el pulso.

No sabía ella ni sé yo abrir una bolsa. Lo rompemos todo. Todo se nos cae de las manos. Mi madre abría los tetrabriks de la leche a machetazos. No entendimos las leyes mecánicas que rigen las cosas.

No sé abrir las bolsas de plástico del supermercado. Me tiene que ayudar la cajera.

Me arrepentía de lo que iba poniendo en el carro del Carrefour. Quitaba lo que iba metiendo, y Valdi veía el caos espantoso que gobernaba la voluntad de su padre. Abandonaba una tableta de chocolate con sabor a naranja al lado de las coliflores, porque de repente me arrepentía de haber elegido esa innecesaria tableta de chocolate. Había tanta gente que nos chocábamos con los carros. Nos chocábamos con los carros de la compra. Presiento el fin de esta civilización, eso es lo que quiero decir. Presiento que este mundo se acabará. Estaba entrando en un proceso de ira incontrolable, y propiciaba chocarme con otros carros. Estaba enloqueciendo.

Yo estaba nervioso.

Y ya tiraba las cosas.

Cogí un trozo de queso y lo arrojé contra una merluza congelada. Y abrí una caja de panes congelados, y los miré con ira. Bien, esa iba a ser toda mi contribución a la revolución: introducir un caos privado en un supermercado; es decir, joderle la vida al pobre desgraciado de veinte años con un contrato de seiscientos euros que se encarga de ordenar los productos.

Mi madre me regaló la impaciencia y la superstición.

Me enloquece el ruido de fondo de la vida de mis padres sonando en todas partes.

Mi madre rompía envases. Se le caían las cosas de las manos. Nuestra torpeza era hija de las manos recién estrenadas y de los dedos inhábiles de los primeros homínidos. Mi madre no tenía paciencia en los supermercados. No entendía una cola. No entendía el orden de los pasillos de un supermercado. Le podían la rebelión, la cólera, la nada. A mí también.

139

Hemos vuelto a Ranillas. Valdi ha estado un rato conmigo y luego se ha ido. Me he duchado. He salido de la ducha y me he secado con la toalla roja. Y me he acordado del cuarto de baño de la casa de mi madre. Teníamos una pequeña bañera en aquel viejo piso, mi madre nunca quiso o no pudo reformarla. Era una bañera de obra de carácter testimonial, resultaba imposible asearse allí dentro. Mi madre nos bañaba una vez a la semana. El calentador nunca fue bien, no calentaba suficiente agua, de modo que mi madre calentaba el agua con ollas puestas en el fuego de la cocina.

El calentador tenía marca, se llamaba Orbegozo.

Eran baños elementales, con muy poca agua. Casi era ridículo, no te llegaba el agua ni a los tobillos. Mi madre nos secaba con una enorme toalla roja. Cuando ella murió, encontré esa toalla en un armario, había sobrevivido casi cincuenta años. Me quedé maravillado viendo que aún existía, yo no sabía que una toalla podía vivir tanto tiempo. Me la llevé conmigo. Estaba tan bien conservada... ¿Sería de una alta calidad? ¿Era un milagro?

Parecía la Sábana Santa de mi familia.

Con los años, la cal obstruyó completamente la salida del agua caliente. Yo entonces ya no vivía con mis padres.

No sé cómo debieron apañarse. Ni siquiera les pregunté. No sé cómo conseguían ducharse. Tal vez no lo hicieran. Tal vez fuese el mismísimo Dios el que derramaba sobre sus cuerpos cansados el don de los olores limpios, los olores de aquellos que ya han entrado en el recinto donde nada se corrompe.

Ahora esa toalla está en mis manos mojadas. Muchas veces me quedo mirando esa toalla, intento preguntarle cosas, sí, preguntarle cosas a la toalla. Y ella me responde, la toalla me habla: «Es a ellos a quienes tenías que haberles preguntado, a ellos, y tiempo tuviste de hacerlo, pero ya sé que no sabías cómo hacerlo, no lo sabías, no sabías qué palabras eran».

Me seco con esa toalla.

Sigue siendo suave, conserva el tejido toda la delicadeza que tuvo el primer día en que mi madre la estrenó en mi cuerpo, en el cuerpo de un niño de seis años. Nunca nos pudimos duchar por culpa de aquella bañera diminuta y del cabezal obturado por la cal de la ducha, de la que solo emanaba un hilo de agua, unas gotas cansadas de ser agua.

Nadie sabe hasta qué punto puede marcarte eso.

A mi madre le daba igual. Pero en qué diablos estaba pensando cuando decidió no hacer nada al respecto.

Mi madre destrozó el diseño original de su casa, que era moderno y agradable y tenía sentido. Hizo cambios desatinados. Diseñó un salón comedor enorme, en donde no dejaba entrar a nadie para que todo estuviera en perfecto estado de revista.

Era su ilusión.

Y mientras tanto, no nos podíamos duchar.

Mi madre custodiaba un salón y mi padre custodiaba un coche. Quería impresionar a sus amigas con aquel salón. Sus amigas, que se fugaron todas. Porque al final de su vida mi madre ya no tenía muchas amigas. Fue cambiando de amigas todo el tiempo.

En los últimos años de su vida, iba con unas amigas insólitas.

No sé de dónde demonios las sacaba. Vendió cosas. Vendió muebles buenos o los regaló. Era un mal gobierno titánico, mantenido con solidez durante cincuenta años. Mi madre fue un mal gobierno de cincuenta años; un mal gobierno que duró más que el de Francisco Franco.

Francisco Franco y mi madre, podrían bailar un vals.

Mi madre nunca supo quién demonios era Francisco Franco. Eso me pone a mil, eso hace que adore a mi madre.

No se puede ser más punki.

A mi madre solo le interesaban Julio Iglesias, las mujeres y los hijos y las hijas y el padre de Julio Iglesias, y las canciones de Julio Iglesias. Cuando escucho la voz de Julio Iglesias, pienso en ella.

140

Alguna vez me presentaba a esas amigas últimas. Eran gente al borde de la marginación. Las amigas burguesas y acomodadas que tuvo en la década de los setenta la abandonaron cuando a mi padre le empezó a ir mal. Entonces podía haber desmontado ese inquietante salón, porque ese salón solo existía para enseñárselo a esas amigas ricas, que se fueron, desaparecieron cuando mi padre dejó de tener suerte en su trabajo de viajante y se empobreció. La verdad es que a mi padre le fue económicamente bien seis o siete años, no creo que llegara a la década. En esos años mis padres se hicieron amigos de matrimonios pudientes, imagino que tenían el sueño de que estaban prosperando, pero nunca consiguieron estar a la altura de esa gente, porque esa gente siempre tuvo mucho dinero, y mis padres no.

Joder, podía haber desmontado el salón y haber instalado una ducha para que nos pudiéramos lavar. Vivía confundida, trastornada, y no lo sabía y era una gamberra histórica. Era una mujer que se movía por impulsos, y que no tenía la más mínima previsión. Así que íbamos hechos unos guarros, pero teníamos un salón espléndido en el que no nos podíamos sentar. Porque estábamos esperando a sus amigas pequeñoburguesas que ya no venían, que ya no vendrían nunca. Hasta que con dieciocho años no me fui de esa casa, no supe qué era ducharse en condiciones.

Dejaron de venir a finales de los setenta, las amigas aquellas emperifolladas. El patrimonio social de mi madre se desintegró. Durante los pocos años en los que a mi padre le fue bien, mi madre consiguió camuflarse con una clase social que más tarde acabaría echándola de su seno.

Y el cuarto de baño se quedó sin reformar. Mi madre perseguía la estimación social, que se evaporó, y yo persigo la estimación literaria, que también se está evaporando. Por eso, creo que no hay ninguna diferencia entre las quimeras de mi madre y las mías.

Los dos somos víctimas de España, y del anhelo de prosperidad; prosperidad material o prosperidad intelectual son la misma prosperidad. Algo hizo mal ella, y algo estoy haciendo mal yo.

Pero es hermoso que seamos tan iguales. Y si los dos hemos fracasado, es más hermoso aún. Es amor. Estamos juntos de nuevo. Puede que ella lo planeara así. Entonces ha valido la pena mi fracaso, porque me lleva a ella, y es con ella con quien quiero estar para siempre.

141

Yo veía desde mis diez o doce años a aquellas amigas tan arregladas y tan enjoyadas de mi madre. Eran mujeres de unos cuarenta años. Había una rubia, espléndida, que se quedó viuda, y luego desapareció. Era muy voluptuosa y despertaba en mí pensamientos eróticos. Tenía un cuerpo espectacular y era algo más joven que mi madre, tal vez cuatro o cinco años menos. Era alta, y una vez tuve que ir a su casa por indicación de mi madre y salió a recibirme con una toalla, recién salida de la ducha. Luego recuerdo que mis padres fueron al entierro de su marido, que murió de forma súbita. Lo estoy viendo ahora mismo. Era más bajo que su mujer y a mí eso me parecía enigmático.

La historia de los amigos de mis padres es confusa y laberíntica. Ahora parecen todos unos fantasmas. Se fueron muriendo, iban cayendo poco a poco.

Un día uno, al año siguiente otro.

Todos están muertos.

Están muertos mis padres y muertos sus amigos.

No sé si fueron amigos.

Yo creo que a mi padre agonizante no fue a verle ningún amigo. Creo que eso fue una heterodoxa forma de libertad. Y, como he dicho antes, al final de su vida mi madre tuvo amigas singulares, no sé qué habrá sido de ellas. Eran mujeres empobrecidas, viudas o solteras, salidas no sé de dónde, salidas de una historia fantástica de España. Mal vestidas y mal peinadas. Punkis de setenta años, eso eran. Mi madre tenía pactos raros con las cosas. Mi madre siempre tuvo regiones oscuras, sótanos adonde solo bajaba ella. Y mi padre alcanzó al final de su vida un grado de indolencia que le acercaba a la santidad; no la santidad religiosa, sino la santidad relacionada con la movilidad que introducía la brisa de la mañana en su cara recién rasurada, la gratuidad del silencio y los ecos del sol sonando en sus ojos arrugados; la santidad o la bienaventuranza del que renuncia a la memoria, a la madre, al hijo y a cualquier forma de permanencia; la ejemplaridad de su recóndita indiferencia; una indiferencia parecida a la del universo, que está, pero está en silencio, está en secreto; o a la del mar, que lleva milenios estando, y es un estar que siempre se consumió en la oscuridad y en la invisibilidad, hasta que los hombres le dieron conciencia, le dieron el «ser mirado», pero es un «ser mirado» para nada.

Mi padre sabía por instinto que los hombres te conceden la gracia de «ser mirado», pero es un «ser mirado» equívoco, ilusorio, algo que propende a la vanidad. Exacto, allí se fue mi padre: al sitio en que toda forma de vanidad es incierta o insolente o improcedente.

Se despojó de la vanidad.

Eso es ser libre, y mendigo.

Recuerdo a los amigos de mi padre. A los que todavía estén vivos, me gustaría llamarles por teléfono. No sé qué dirían. Es alucinante que al final de la vida no haya nada que decir. Que la gente no quiera hacer ni siquiera el gasto de la memoria. Porque recordar es quemar neuronas en vano.

Porque recordar es maligno.

No vino ningún músico famoso y amigo cuando Juan Sebastián se fue de este mundo. Parecía como si no hubiera tenido amigos nunca. Qué inmensamente solo se marchó. Ningún amigo de los antiguos vino a despedirse. Juan Sebastián lo quiso así. No tenía ganas de pensar en eso. Se estaba preparando para algo que no tenía sonido.

No quería ver a nadie, esa es la verdad. No quería perder el tiempo con la ilusión de la amistad. No quería decir palabras ceremoniosas, sociales, educadas, amistosas. Había vencido a la leyenda de la estimación social cuando esta es el único comprobante de la existencia, de que se estuvo vivo.

No tenía ganas más que de sí mismo.

Y en sí mismo solo había soledad.

Y en sí mismo solo estaba yo, su hijo, a quien tanto quiso y sigue queriendo desde la muerte.

142

Es una mañana del mes de julio de 1969. Voy a cumplir siete años. Vamos toda la familia en un Seat 850 de cuatro puertas. Son unas pequeñas vacaciones de verano, y estamos en la montaña. Acabamos de pasar el pueblo de Broto. Había turistas y montañeros en la carretera; montañeros con mochilas, comiendo bocadillos envueltos en papel de aluminio, que es toda una novedad, se acaba de estrenar ese envoltorio en toda España. Todo es alegría y júbilo, porque ir a las montañas cuando hace calor en el verano es una fiesta sana. Mi padre conduce el Seat 850 y habla de un sitio maravilloso. Lleva hablando de ese sitio desde que hemos salido de Barbastro. Y antes de este viaje también hablaba de ese sitio. Ese sitio se llama Ordesa y es un valle de montaña.

Por aquí sería, les digo a Valdi y Bra. Justo aquí. He parado el coche y he empezado a buscar el sitio exacto en el que hace cuarenta y seis años mi padre tuvo un pinchazo en una rueda del Seat 850 cuando estábamos entrando en el valle de Ordesa. Pienso que le tengo que preguntar a mi madre dónde fue el sitio. Pero ya no puedo hacer esa pregunta. Ella me resolverá la duda. Pero si está muerta. Me acabo de dar cuenta otra vez. Es así siempre.

La verdad es que ella ya no se acordaba de casi nada. No recordaba ni a su marido. Enfocó su atención en aquello que consideraba que estaba profundamente vivo. Se concentró así en Valdi y Bra. Y fue a ellos a quienes regaló el título de reyes de la vida y del tiempo, el intocable trono en donde estuvimos un día mi hermano y yo. Pasó de adorar a su marido a adorar a sus hijos; y de adorar a sus hijos a adorar a sus nietos, siempre pendiente de aquello que alargaba y extendía su propia existencia en el reino indefinido de la vida sobre la tierra. Así era ella, un instinto de una ferocidad no culpable. Mi madre solo fue naturaleza, por eso no tenía memoria, solo tenía presente, como la naturaleza. Desde donde esté adorará a los hijos de Bra y Valdi, y estará a su lado, como un árbol tan gigantesco como no visible. En la permanencia de su sangre perseverará ella, porque yo la conocí, y sé muy bien que no tenía final. Mi madre era infinita. Mi madre era el presente. La fuerza de sus instintos la conducen a mi presencia. Su presencia en mi presencia se convierte en presencia en mis hijos presentes, y al hacerse presente en mis hijos presentes, avisa de su presencia en los hijos de mis hijos cuando estos se conviertan en presente.

A quien tenía que haber preguntado en su día dónde fue el pinchazo del Seat 850, en qué tramo exacto de esa recta, fue a mi padre, pues él conducía ese coche.

No les dije a Valdi y Bra que había elegido Ordesa para pasar tres días de vacaciones de verano con la intención de recordar el lugar donde hacía cuarenta y seis años ocurrió el pinchazo de una rueda, pero se debieron de sorprender cuando paré el coche en una recta que sube a Ordesa desde el pueblecito de Torla y me puse a buscarlo. La recta permanece imperturbable. Esa carretera no ha sido ensanchada ni remodelada, está exactamente igual, acaso habrá sido asfaltada nueve o diez veces en cincuenta años, pero no más que eso. Es estrecha y está flanqueada por árboles altos. En un lado de la carretera hay un hotel histórico. Intenté que me dieran allí una habitación, pero estaba lleno. No tiene muchas habitaciones, le calculo unas veinte o veinticinco como mucho, es normal que esté completo, porque es verano, es temporada alta, y aunque el hotel esté lleno, eso no daña el paisaje, que permanece intacto.

Ese hotel está en un sitio privilegiado; puede que la ubicación de ese hotel sea la clave de que la carretera esté igual que hace cincuenta años. Recuerdo que después de contemplar la rueda pinchada, aplastada contra el suelo, perdido su vigor, miré al frente con mis ojos de niño y vi ese hotel como una aparición, como si hubiera surgido de la nada, y luego observé la cara de contrariedad de mi padre, que miraba la rueda y abría el capó dispuesto a cambiarla.

Fui consciente de mi vida. La primera vez que fui consciente de que comenzaba el tiempo.

Recuerdo de manera borrosa la fatalidad del pinchazo: no sé exactamente cómo se solucionó todo. Recuerdo bien el Seat 850 blanco y recuerdo el sitio. A mi padre le encantaba Ordesa. Porque en Ordesa de repente todas las insanias de la vida se mueren ante el esplendor de las montañas, los árboles y el río. Busco el lugar, con la linterna de la memoria. Valdi y Bra no saben qué estoy haciendo. Pasan coches. Olfateo un camino, como un perro de caza. Miro las piedras.

Es Ordesa.

Aquí pinchó el coche, por aquí. Y siento su presencia. Sacó una rueda de repuesto del maletero. Está a mi lado. Era joven, silbaba, sonreía, pese a la fatalidad del pinchazo. Era su reino, su valle y su montaña, su patria. Yo salí del coche y me quedé mirando las montañas y apareció ese hotel al que hace unos días llamé para que me dieran una habitación y no había.

Pero todo se ha desvanecido.

Por eso sé que no existe Dios; de existir Dios, me hubiera sido concedida una habitación triple en ese hotel, para mis dos hijos y para mí, y así habría tenido todo el tiempo del mundo para buscar un pinchazo. Pero no había habitación, estaba todo lleno.

Todo era futuro entonces, cuando ocurrió el pinchazo.

Todo es pasado ahora, cuando busco el pinchazo, la búsqueda más ilusoria o absurda de la tierra. Pero la vida es absurda, por eso es tan bella.

El valle de Ordesa sigue allí, no cambia, no ha cambiado en estos últimos cincuenta millones de años. Sigue igual, tal como se creó en la era terciaria. Después de cincuenta millones de años estando solo, el 16 de agosto de 1918 fue declarado Parque Nacional y comenzaron a venir los montañeros a escalar los 3.355 metros de altitud del Monte Perdido.

Arriba no hay nadie.

143

No siempre me quisieron. Me quisieron a muerte cuando fui niño, pero desde que me marché de casa empezaron a alejarse de mí, y desde que me casé ya tal vez dejaron de quererme, de quererme de aquella manera que nunca más volvería a encontrar.

He telefoneado a Bra y Valdi, pero no me han cogido el teléfono. Me miro en el espejo del cuarto de baño y veo que llevo el pelo largo. Me invade la urgencia de cortarme el pelo. Es la misma urgencia que tenía mi madre cuando se encomendaba a las peluqueras, pues mi madre siempre deseaba ir a la peluquería. Nunca le convencía cómo le dejaban el pelo. De niño, la acompañaba. Iba a una peluquería que estaba ubicada en un primer piso de una calle estrecha de Barbastro. A mí eso me tenía asombrado, porque en mi cerebro infantil no cabía semejante metamorfosis, pues no entendía cómo un piso se podía convertir en una peluquería. Además, en aquella peluquería había una cocina con un fregadero antiguo, con enseres de cocina, con mesa y alacenas. Mientras ella se cortaba el pelo, a mí me dejaban en un cuarto con juguetes usados, que me producían desconcierto, una mezcla de atracción, en la medida en que eran juguetes nuevos para mí, y de repulsión, en la medida en que otros niños ya habían jugado con ellos.

Mi madre, cuando estaba deprimida y triste, se metía con su propio pelo. Se miraba en el espejo y decía que su pelo daba asco. Entonces, se iba a la peluquería. Nunca quedaba satisfecha. Buscaba en la peluquería una absolución, un levantamiento de sí misma, buscaba la alegría perdida. Cambió de peluquería mil veces. Buscaba una peluquería utópica. Se pasó la vida buscando la peluquería definitiva, la gran verdad de sus cabellos. Sus cabellos envejecían, eso era todo.

No había peluquería en el mundo que pudiera ayudar a mi madre.

Si resucitase ahora mismo, pediría ir a la peluquería. Aunque resucitara en forma de cadáver, en forma de esqueleto sin carne y sin piel, pediría ir a la peluquería.

Pero ahora ya está en la peluquería del fin del mundo.

144

A mi padre le gustaba ir siempre muy bien peinado, hasta tal punto que si hacía viento no salía de casa, porque se despeinaba.

Mi padre comenzó a acumular algunos kilos de más, y era consciente de ello. Preguntaba mucho si estaba gordo. Buscaba nuestro juicio. Le gustaba comer. Era una relación particular con el mundo: coger del mundo la comida.

O fornicas o comes, o las dos cosas. Las dos cosas buscan la combustión de un cuerpo. Todo ser humano busca la saciedad.

Se peinaba, tardaba en peinarse. Un trabajo complejo, en el que había que esmerarse. Desplegaba todas sus técnicas para que su pelo quedara a su gusto. Yo lo contemplaba como si se peinara un dios o un héroe de la antigüedad.

Recuerdo ese peine, que se fue cubriendo de materia oscura, que fue recogiendo capas de grasa, que fue volviéndose blanco, que fue pasando del blanco al amarillo, que fue contaminando de sustancias orgánicas el neceser donde vivía, que se convirtió en símbolo de la identidad masculina de mi padre, que fue avisando de que mi padre estaba en casa, de que había vuelto.

Mi padre era un error de las categorías sociales de la España en que vivió; derivaba hacia un marquesado imaginario, porque entre los bucles inertes de su inteligencia llevaba sus propias cuentas, que le daban para hacer venir al peluquero los domingos a casa con el fin de que le cortara el pelo.

No quería ir a la peluquería.

Di por hecho que eso era normal, pero en realidad era un acontecimiento extraordinario. Ocurría los domingos. Nos visitaba un peluquero a domicilio. Era el lujo de mi padre. ¿Cuánto le pagaba a aquel peluquero errante?

Me encantaba aquello: mi padre se negaba a ir a la peluquería mientras mi madre recorría todas las peluquerías del mundo.

Me parecía inquietante que hiciera venir al peluquero a casa. ¿Por qué lo hacía? Jamás entró en una peluquería. Mi padre fue el hombre que no pisó una peluquería como tampoco pisó una iglesia, a no ser que fuera al entierro de alguien. Y entonces llegaba tarde, casi no entraba, y se ponía junto a la puerta de la iglesia, al lado de la pila bautismal, cerca del agua fría, no fuera a ser que el insano e incompetente Dios de los hombres se fijara en él.

No estará en mi entierro. Mi padre no podrá venir a mi entierro, para mí esa incomparecencia simboliza la evaporación del sentido de la vida, la caída en el final de todo. Debería vencer las sombras, venir de entre los muertos, como dicen que hizo Jesucristo, y presentarse en mi funeral y decir algo. Decir unas palabras, como se hace en los funerales americanos.

Me duele tanto la cabeza en este instante. Abuso del Espidifen, que me quita el dolor, pero ya no tanto. Las drogas pierden fuerza.

Los dolores de cabeza de mi madre fueron legendarios en mi casa, como sus cólicos de hígado.

Chillaba de dolor y pedía morfina.

Junto a esos cólicos hepáticos de mi madre, me viene ahora mismo un recuerdo casi maldito: voy de la mano de mi padre, sería 1968, o 1969, o 1970, vamos por la calle. Era lo que más me gustaba en el mundo: ir por la calle con mi padre. Yo era un niño de siete años que exhibía a su padre, porque sabía que era un hombre alto, guapo y elegante. Íbamos por la calle y pasamos delante de una mujer hermosa. Nos paramos. Se quedaron mirando. Hubo un momento tenso. El nacimiento de una sonrisa en ambos rostros, yo los miraba desde abajo como quien ve pasar las nubes. Mi padre no la saludó y ella tampoco.

Me miró entonces mi padre. Me sonrió levemente y me dijo: «Si no me hubiera casado con mamá, esa mujer que has visto ahora mismo habría sido tu madre».

145

Conectamos distintas épocas. Conocí a gente que vivió hasta 1975 o 1976 o 1977, y luego esa gente murió; del mismo modo que ellos eran conectores con décadas pasadas, y tampoco sabían qué hacer con aquellas personas que conocieron y vieron morir en 1945 o 1946 o 1947, y esos seres que llegaron hasta 1945 eran conectores con personas que se fueron en 1912 o 1913 o 1914, y la cadena se alarga, y habrá quien en 2051 o 2052 o 2053 me recuerde a mí como testigo de una época, testigo de 2014 o de 2015. La conexión lleva aparejada la melancolía y la incertidumbre; esta última procede de la comprobación de que no has llegado a acaparar mucho conocimiento sobre la naturaleza de la vida. Por eso solo nos queda la materia, los objetos: casas, fotos, piedras, estatuas, calles, cosas así. Las ideas espirituales son melancolía venenosa, bolas de antimateria ardiendo. La materia, en cambio, aún conserva cierto conocimiento.

Conectamos épocas, como si nuestros cuerpos fuesen el mensaje.

Nuestro cuerpo es el mensaje, y es también el hilo conductor que pasa de una época a otra.

La materia aún conserva un espacio, mantiene el tiempo viejo metido en un espacio. De ahí, de nuevo, y por enésima vez, mi error a la hora de incinerar a mis padres. Las tumbas son un lugar donde rememorar lo que ya no tiene tiempo, pero sí espacio, aunque sea un espacio óseo.

Los huesos son importantes porque son materia que resiste.

Es esa frase española que viene ahora a mi cabeza, esa frase tan castiza, esa que dice: «No tiene donde caerse muerto». Esa frase es absolutamente genial y define una época: la mía, la gran época de la especulación inmobiliaria, porque de este modo nos estudiarán los historiadores dentro de cien años.

Es importante encontrar un espacio, un lugar donde caerse muerto: mi padre veía la televisión desde una esquina del envejecido sofá de su casa; era una esquina compleja, construida con abundante desprendimiento de las cosas del mundo.

No se sentaba en el centro del sofá, sino en una esquina, como si buscara un cobijo, una guarida. Casi una deserción, y el televisor delante. Se sentaba casi al borde del sofá, donde el sofá termina, en el acantilado del sofá, esperando caerse, porque la caída le daría la invisibilidad.

¿Por qué no se sentaba en el centro del sofá?

Nunca vi a mi padre tirado completamente en el suelo, como sí me vieron a mí. Me vieron tirado en el suelo, sobre el felpudo. Conseguí llegar hasta el felpudo y allí me caí. Casi lo logro. Narcotizado, y me había orinado encima. Un poco más y mi vergüenza hubiera estado a salvo, pero caí fuera de la casa. Casi lo consigo: faltó un metro.

Yo también he llegado a ese lugar: una esquina de un asiento, de una silla, de un sofá, apretado contra el reposabrazos, como si el reposabrazos fuese una empalizada. Un sofá frente a un televisor; y en el televisor se daba cuenta de la vida de los otros, aquellos seres humanos que habían apostado por el movimiento, por la actividad. Eran seres humanos que estaban cambiando el mundo, o tal vez lo estaban intentando: salían en la televisión. No creo que mi padre envidiara en modo alguno a aquellos seres humanos que veía en la televisión; no creo que codiciase sus vidas ni sus trabajos ni su popularidad. Él había desertado de la codicia, y a mí me gustaría desertar también. Pero los contemplaba con curiosidad, como si le distrajesen de asuntos terribles todas esas cosas que la televisión transmitía.

Era un desertor, mi padre era un desertor. Se pasó sus últimos años contemplando su deserción e intentando averiguar de qué había desertado. Eso me está pasando a mí ahora: no sé de qué he desertado. Toda la obra de Kafka busca lo mismo: ¿De qué he desertado? ¿De dónde me fui? ¿Adónde voy ahora?

Intentaba a través de la televisión averiguar de qué había desertado. Mi padre pensaba que quienes salían en la televisión no eran desertores. Si conseguía averiguar a quién servían, tal vez entonces acabara conociendo el origen de su deserción. Escudriñaba, acechaba, vislumbraba en la televisión algún mensaje. Miraba la televisión como un sacerdote el altar. Veía la endemoniada complejidad de la vida en la televisión.

Vio oscurecer el mundo en la televisión.

A veces presiento, en la soledad de Ranillas, a altas horas de la madrugada, que mi padre va a aparecer en la pantalla de mi televisor, un LG de veintiuna pulgadas, pequeño y barato, que voy a ver la ancianidad de mi padre, que se va a declarar en la pantalla.

La bata verde, las gafas, en la esquina del sillón, y ocupando el mínimo espacio. Y ausente. No oía nada cuando miraba la televisión. No nos oía a nosotros, pero tampoco oía lo que decían en la televisión. No supe a quién oía.

¿A quién oía, si no nos oía a nosotros y tampoco a los seres humanos que salían en el televisor?

No quería irse a dormir. No quería dejar de ver la televisión. Si veía la televisión es que la vida continuaba.

Me gustaba ver la televisión a su lado. Estuvimos más de cuarenta años viendo juntos la televisión.

Es lo mejor que se puede hacer con el ser amado: ver juntos la televisión. Es como ver el universo. La contemplación del universo a través de la televisión es lo que nos regaló la vida. Regalo de poca monta si quieres. Poca cosa, pero la aprovechamos. Podíamos habernos cogido la mano, pero hubiéramos perdido la concentración en las imágenes.

Fueron pasando cientos de programas, de series, de películas, de telediarios, de documentales, de concursos, de debates, de informativos, fueron pasando los años, los lustros, las décadas.

Todo estaba allí, en la televisión.

Parecía que estábamos vigilando el mundo a través de la pantalla. Éramos dos vigilantes. Mi padre era el maestro, yo el discípulo. Vigilábamos la vida, el mar, las estrellas, las montañas, las cataratas, las ballenas, los elefantes, las sierras, la nieve, los vientos.

Ordesa.

146

Vigilo en este instante el apartamento de Ranillas. Estoy contemplando la acumulación de polvo sobre un teléfono fijo que me llevé de la casa de mi madre cuando murió. Lo he descolgado y mi mano se ha llenado de polvo. Todas las teclas están llenas de polvo. Es un teléfono que no empleo nunca. Empleo un inalámbrico que compré en Media Markt y cuyas instrucciones se han llenado de polvo y están debajo de una estantería, también llena de polvo. Este teléfono fijo lo tengo como si fuese una escultura, un recuerdo de mi madre. Es el teléfono desde el que ella me llamaba. Se sabía de memoria un montón de números de teléfono. Bromeábamos con aquello. Mi padre la ponía a prueba, le pedía números de teléfono y ella se los sabía todos. Se aprendía los números de teléfono y los marcaba desde este aparato que tengo aquí delante, lleno de polvo. Heredar un teléfono es extraño. Me doy cuenta de que estoy construyendo una capilla. La voz me lo está diciendo ahora: «Ranillas es una capilla, has colgado de las paredes fotos y papeles, los cuadros que pintó tu tío, de ese tío no has hablado, era el hermano de tu padre, en cambio has hablado de Monteverdi, que era el hermano de tu madre, habla ahora del hermano de tu padre, llámalo Rachmaninov, llámalo Rachma».

Rachma fue el hermano menor de Juan Sebastián, mi padre. Era pintor, y en la capilla de Ranillas tengo dos cuadros suyos, pintados a finales de los años cincuenta. Rachma pintó una bailarina en 1958.

La fecha está en el pie del cuadro. Siempre me quedo contemplando esa fecha, pintada en rojo bajo la firma de

Rachma. Una fecha en la que yo ni estaba en el mundo ni se me esperaba ni mi padre había conocido aún a la que sería mi madre. Imagino a mi padre y a su hermano en 1958. Mi padre tenía veintiocho años y Rachma veinticuatro. No había ninguna señal del futuro que vendría cuando Rachma pintó este cuadro. Vivían juntos en casa de su madre, mi abuela. Nunca me habló nadie de esa casa ni de ese tiempo. Pero debió de ser un buen tiempo. Sé cuál era la casa, me lo dijo alguien. No ellos. No mi padre. Pero puedo verla. Puedo ver las camas de los dos hermanos.

A la bailarina de 1958 la salvé cuando desmonté el piso de mi madre muerta. Cuando yo muera, la bailarina de Rachma iniciará otro viaje. Acabará en algún anticuario, y tal vez alguien la compre. La bailarina de Rachma ha comenzado a moverse ahora. Ha estado casi sesenta años sin movimiento, siempre en la misma pared. Cuando yo me vaya de este mundo, para Valdi y Bra no tendrá valor.

La bailarina de Rachmaninov solo tiene valor para mí. Qué poco vi a Rachmaninov en esta vida. Vivió en Galicia. Lo destinaron a Galicia. Trabajó en lo mismo que mi padre, trabajó de viajante. Trabajaron los dos para la misma empresa catalana.

Tuvieron los mismos trabajos y representaron a esa empresa catalana en distintas regiones: Bach, viajante en Aragón; Rachma, viajante en Galicia. La burguesía catalana se hacía rica mientras ellos dos viajaban de pueblo en pueblo (pueblos aragoneses mi padre, pueblos gallegos mi tío) vendiendo a los sastres telas de Sabadell y de Barcelona, donde vivían los ricos, los privilegiados para quienes Bach y Rachma trabajaban a comisión, a ridícula comisión. Ni en Aragón había industria, ni la había en Galicia. La industria estaba en Barcelona. Ya se habrán muerto sus jefes, y los jefes de sus jefes. Los nombres de Bach y Rachma ya no figurarán en un ningún archivo, todo habrá sido guillotinado. A veces llamaba alguna secretaria de la empresa textil para la que trabajaba mi padre. Esa secretaria también estará muerta. Y sus nietos ya no sabrán a qué se dedicaba su abuela ni a quién llamaba por teléfono desde la empresa.

No sabemos a qué muertos conocieron nuestros muertos.

Dejaron de verse los dos hermanos. Y Wagner no hizo mucho por que se volvieran a encontrar. Hice un viaje a Galicia, allá por 2002, y lo llamé por teléfono. Dijo mi nombre de pila en diminutivo, como si yo fuera un crío. Yo tenía cuarenta años. No entendí bien esa conversación con Rachma, porque la manera atropellada que tenía al hablar me recordaba a Monteverdi.

Casi no hablé nada en aquella confusa conversación. Rachma no me dejaba hablar. Pero tampoco decía nada relevante. Hablaba de cosas que no importaban. Hacía treinta años que no me había visto. ¿Quién demonios le estaba llamando? Le estaba llamando el hijo primogénito de su hermano mayor, que también fue primogénito.

La primogenitura fundó las cosas de este mundo, en un alarde de luz.

He ido descubriendo que toda mi familia era de aire. No había nadie allí. Vete a ver a tu prima, me dijo Rachma. Estaba llamando a Rachma desde Pontevedra y él estaba en Lugo. Mi prima, en cambio, estaba en Combarro.

Hubo un tiempo en que mi padre hablaba de Combarro, y en mi mente se agolpan recuerdos hermosos de ese pequeño pueblo costero, recuerdos de cuando tenía seis o siete años: las calles estrechas, los hórreos, el mar, la ría de Pontevedra, el olor, el olor intenso a mar de las rías gallegas.

Mi padre fue feliz allí, en Combarro, con Rachma. Iban los dos por los bares de Combarro, se iban a tomar cañas. Finales de los años sesenta, con el futuro aún despejado. Porque Rachma tenía la virtud de la popularidad. Los amigos gallegos de Rachma. Pero también sus amigos de Barbastro, que aún se acuerdan de él, y hace más de cincuenta años que se marchó de Barbastro, y hace tres o cuatro años que se murió.

La memoria de Rachma en Barbastro se fue diluyendo, sí, pero aún lo recuerdan. Pocos, muy pocos lo recuerdan. Porque todos se marchan.

Pero en aquel verano de 2002 hablé con él por teléfono.

147

«No podía decirte muchas cosas —dice la voz—, pues el contenido de tu llamada era la tristeza en sí misma. Sí, Rachma disimuló bien, y no quiero decir con esto que tu llamada no tuviera sentido; querías saber cosas de tu tío, al que hacía treinta años que no veías, corría el año 2002 cuando le telefoneaste. Desde 1972 no habías vuelto a hablar con él. No lo habías visto en treinta años, Dios mío. ¿Recordaba él que desde 1972 no te había visto? Y lo grave es que tampoco entonces lo volverías a ver. Pero si no lo veías era porque ya no existía el hermano de tu padre sobre la tierra; de ahí que Rachma supiera que estabas preguntando por un muerto. Lo tuyo es preguntar por los muertos. Siempre estás haciendo la misma pregunta: ¿por qué estás muerto? En general, haces esa pregunta a todo cuanto existe y va a morir o ha muerto ya. Te gusta hablar español, hablar en español, porque el español te sirve para hablar con los muertos. Marcas las sílabas, gritas las sílabas españolas para que agarren a los seres humanos que representan. ¿Por qué estás muerto, por qué ya no estás entre nosotros, por qué no puedo telefonearte a ningún sitio? Esas son tus preguntas. Así que Rachma manifestó una alegría difusa con tu llamada, y eso te decepcionó; pero era la voz de Rachma, una voz que sonó en tu niñez; y había allí, en tu niñez, un episodio oscuro, y un agradecimiento nunca verbalizado, y esa era en realidad la razón profunda de que quisieras hablar con Rachma.»

148

Rachma vino desde Lugo a Barbastro, sería allá por 1972. Quería reencontrarse con su pueblo. Se marchó a principios de los sesenta. Vino con un coche nuevo. Se había comprado un Simca 1200. Los dos hermanos estaban en la cumbre.

Juan Sebastián tenía un Seat 124, comprado en 1970. Y Rachma se había comprado un Simca 1200. Eran motores de la misma cilindrada. Estaban altos de pensamiento los dos hermanos, la fuerza de la juventud. Les dio por hacer una carrera. Creo que ganó Rachma. Sí, hicieron una carrera desde Barbastro hasta el pequeño pueblo de Castejón. Son quince kilómetros. Esa carretera ya no existe, construyeron una autovía nueva hace muchos años, y ya no se pasa por Castejón. Rachma quería demostrarle a su hermano mayor que el Simca corría más que el Seat. Mi padre cargó con España a través de los Seat que se compró a lo largo de toda su vida. Le fue fiel a España a través de la Seat. Me conmueve esa fidelidad. Cuando vi la película *Gran Torino,* en la que Clint Eastwood muestra su fidelidad a la Ford como una forma de fidelidad a Estados Unidos, me sentí recompensado, sentí que mi padre no se había equivocado con la Seat. Nunca le pasó por la cabeza comprarse un Renault o un Simca. De hecho, yo creo que Seat y automóvil eran la misma cosa para él. Por eso no entendió muy bien la carrera de Rachma, ni el coche de Rachma. Le pareció que Rachma, al no tener un Seat, era como si estuviera dejando de ser español.

A mi abuelo, que no sé quién fue, ni qué nombre tuvo, ni cuándo nació ni cuándo murió, le hubiera gustado ver a los dos hermanos con el pensamiento alto. Pero estaba muerto, enterrado en un nicho sin nombre en el cementerio de Barbastro.

Mi abuelo fue un nicho a la deriva. No sé ni dónde está enterrada mi abuela. Ya no el cementerio, sino la ciudad. ¿Qué pensaría mi abuelo de sus hijos? ¿Estaba orgulloso de ellos? ¿Los besaba? ¿Le ensanchaban el corazón como a mí me lo ensanchan Bra y Valdi? ¿Se perderá mi amor a Bra y Valdi de la misma forma que se perdió el amor de mi abuelo hacia Bach y Rachma? No puedo rescatar a mi abuelo paterno de ninguna parte, no puedo ni inventarlo. No sé ni en qué año murió. ¿Quién era? ¿Me hubiera querido? ¿Me habría cogido de la mano cuando yo era pequeño? Ni me vio nacer ni le fue dado imaginar mi nacimiento. Todo lo que siendo de mi familia no me rozó ni me intuyó ni me adivinó me parece de una pureza sobrenatural. Porque la memoria que guardo de Bach y de Wagner y de Monte y de Rachma se ha transformado en algo sobrehumano. Llevo dentro esa memoria como un latido de oscura alegría. No quedó nada: ni un reloj, ni un anillo, ni una pluma, ni una foto.

Tampoco sé dónde está enterrado Rachma. Un día me llamó mi prima y me lo dijo. Rachma se fue con setenta y cuatro años, uno menos que Juan Sebastián. Se pasaron más de treinta años sin verse, pero se querían. Rachma pensaba que Bach tenía un carácter muy rígido. Y es verdad, mi padre era propenso a la severidad moral, pero eso le ayudó a vivir, era como un piloto automático esa severidad. Le orientaba en la vida. Rachma era distinto, y pronto se impregnó su voz de acento gallego.

Se quisieron sin verse. Eran hermanos. Mi padre lo llevaba dentro, en su corazón. Llevaba a Rachma dentro, a su hermano pequeño, del que nunca hablaba. Yo sé que lo quería muchísimo, pero nunca lo dijo.

Rachma se convirtió en gallego. Era como si hubiera nacido en Galicia, pero había nacido en Barbastro. Rachma era muy diferente de Juan Sebastián. De entrada, Juan Sebastián era más alto. Rachma era delgado y tenía mucha simpatía personal. Y para colmo, Rachma se divorció. Eso sí que fue asombroso. Del divorcio de Rachma mi padre nunca dijo nada. No hizo ninguna valoración. Parecía que la vida de Rachma estaba llena de emociones. También le tocó la lotería. Creo que fueron tres millones de pesetas de mediados de los años setenta. Se cambió de coche, abandonó el Simca 1200 y se compró un Chrysler 180, coche que sí entrañaba un salto considerable. Pero algo les pasó. Tampoco sabré nunca qué fue, ni lo sabrá nadie. A lo mejor no les pasó absolutamente nada, sino que decidieron cumplir años cada uno por su lado. O algo así. Luego llegaron noticias a través de conocidos de que Rachma bebía. Yo imaginaba su vida de divorciado. Lo imaginaba viviendo solo en un piso de Lugo, en una calle estrecha, y bajando por las noches al bar de debajo de su casa a tomar un coñac y a hablar con el camarero un buen rato. No sé por qué le inventé esa vida. Creo que fue a mediados de los ochenta cuando le inventé esa vida. Lo más curioso es que le envidié esa vida. Creo que el matrimonio de larga duración no es propio de la naturaleza humana. Me alegro de que Rachma supiera darse cuenta de eso. Imagino que fue eso. Los hombres aceptan los matrimonios de larga duración porque dejan de creer en la juventud.

Pienso que tras su divorcio se convertiría en otro hombre. Bien, entiendo entonces que Rachma dijo no a esa ordenación simbólica de la realidad que hay detrás del matrimonio de larga duración, que es una pesadilla, que es un encierro; claro que quienes viven en esos matrimonios sonríen y parece que es una sonrisa verdadera. Los matrimonios de larga duración no creo que valgan la pena, entiendo que esta afirmación es exagerada, pero la renuncia a las pasiones también es una exageración del sacrificio razonable. Algunos antropólogos dicen que la monogamia no es natural. Esa feria interminable de infidelidades entre hombres y mujeres, de malentendidos dolorosos, está detrás de la imposición de la monogamia.

Los matrimonios de larga duración los inventó tal vez el capitalismo eclesiástico.

No hay certezas.

Me acabo de despertar en Ranillas y la luz, hermanastra de la vida, está allí. Parece un personaje la luz, alguien que me dice: «Soy la luz, eres hijo de la luz, fíjate cómo doy consistencia a las cosas, porque las cosas existen desde la luz».

Me quedo mirando el cielo.

De modo que Rachma me estaba abriendo camino. Parece como si el mismísimo Dios me mandara mensajes a través de los hermanos de mi madre y de mi padre.

Monteverdi dijo: «Catástrofe y soledad y fracaso».

Rachmaninov dijo: «Divorcio y Chrysler 180 y Galicia».

Los dos mensajes son buenos porque en ellos arde la vida, a la que servimos. El único pecado que puede cometer un hombre es dejar de servir a la vida. Y tampoco es un gran pecado, más bien una falta menor.

149

Puede que un hombre acabe al final por enamorarse de su propia vida. Eso es lo que me está pasando, me lleva pasando desde hace unos meses. Mi alma vuelve a las regiones de la ebriedad del enamoramiento. La ebriedad la llevas de nacimiento. Lo que no podía imaginar es esta reconciliación conmigo mismo. Igual eso fue lo que encontró Rachma: que estaba mucho mejor solo que con familia. Porque puede que al final quien acabe derrotada sea la soledad. Y puede que al final descubras que el único ser humano que no es un coñazo absoluto eres tú mismo.

Tal vez eso sea la excelencia de la identidad: llegar a bastarte para todo; si organizas una fiesta, viene un invitado importantísimo, y ese invitado eres tú mismo; si contraes matrimonio, estás locamente enamorado de tu pareja porque tu pareja eres tú mismo; si mueres y resucitas y ves a Dios, tu perplejidad es grande porque estás viendo tu propio rostro. Y tiene gracia que sea yo el que diga estas fantasías; justamente yo, que soy incapaz de estar solo ni quince minutos, los quince minutos que dura la carrera de un taxi.

150

Acabo de conducir de Ranillas a Madrid. He viajado ya de noche. Es Viernes Santo. Y me he puesto a conducir justo a las ocho de la tarde, cuando salen todas las procesiones por España. Jamás había pasado un Viernes Santo viajando en un coche. Siento como una liberación. Es como si hubiera desertado de la historia de España. Mientras toda España está rezando, yo viajo con mi coche, de Zaragoza a Madrid. Y acelero. Y no hay nadie en la carretera.

Siempre he tenido una fantasía que acabaré consumando alguna vez: echarme a la carretera una Nochebuena a las nueve de la noche, justo cuando la televisión retransmite el discurso del rey. Y conducir por las autovías y las carreteras nacionales españolas hasta las doce o la una. Esas tres horas de espléndido silencio, de devolución del territorio español a la naturaleza.

He conducido pensando en Rachma. Cuando murió Bach, mi prima mandó flores al funeral. Cuando murió Rachma, yo no le mandé flores. No voy al entierro y ni siquiera mando flores: siempre desertando de mis obligaciones, siempre fallándole a mi familia. Siempre culpable.

Rachma habló conmigo cuando murió Juan Sebastián. Era su hermano mayor. Fue una conversación ingrávida. Él preguntaba por un fantasma de su juventud y yo le hablaba de cómo el ser más importante de mi vida se había convertido en un fantasma. Me seguía llamando Manolito.

Eso era muy hermoso. Solo que Manolito era otro muerto.

Pero ya no teníamos nada que decirnos, porque llega un momento en que todos pagamos. Pagamos por no haber sido fieles a la idea de la familia, que dio gravedad al hombre sobre la tierra.

Sin familia, solo eres un perro solitario. A los perros solitarios los maltratan, los ahorcan en las tapias abandonadas de cualquier camino; allí, en cualquier pared desvencijada de la que emerja una viga, los ahorcan allí, porque su soledad da mal ejemplo.

Ya no me satisface la compañía de ningún ser humano. Amo a los seres humanos, pero no me apetece estar con ellos. Es como si hubiera descubierto la constelación Rachma. Es como haber comprendido que la soledad es una ley de la física y de la materia, una ley que enamora. Es la ley de las montañas. La ley de Ordesa. La niebla sobre las cumbres. Las montañas.

151

Es una mañana del verano de 1970: Rachma y Bach caminan por la playa gallega de La Lanzada, cerca de Combarro. Hay viento, hay luz, un descomunal espacio de mar y arena. Es el paraíso, pero es solo mi recuerdo. El mar mira a los hermanos. El mar es mi abuelo, los está mirando, les manda olas, les manda viento, silencio, soledad, gratitud, les manda fervor.

Son dos grandes hermanos, herencia de las tierras del norte de España, son tan distintos. Y esa playa de La Lanzada, de ocho kilómetros de longitud, desemboca ahora en mi corazón.

Tengo esa imagen en mi cabeza: los dos paseando por la playa, al lado del mar demasiado azul, al lado del sol demasiado alto.

Hasta las clases menos favorecidas de la Historia reclaman un destino legendario, quieren palabras buenas, un poco de poesía.

Luego van a un bar de pescadores y comen centollos y comen nécoras y cigalas y beben vino albariño. Rachma ha encontrado una bella mujer. Se ha casado con una mujer muy hermosa. Se fue a trabajar a Galicia y allí se casó con una gallega. Y es una belleza exótica, de cabellos rojos. De su noviazgo nada supe nunca, pero imagino que mi padre sí sabía, y lo que supo ya se ha perdido. De lo que hicieron Bach, Rachma y sus mujeres, cuando eran jóvenes, nada sé tampoco: imagino cenas con amigos, risas, juventud, algún viaje, fiestas, bailes, y la nada ahora.

Fiestas y bailes y cenas y los cuatro juntos.

Mi devoción por Rachma es concreta y arranca de cuando en 1972 se presentó en Barbastro con su Simca 1200. Estaba pletórico y feliz de reencontrarse con el pueblo. Insistió en que quería hacerle un regalo a su sobrino. No sé cuántas veces me vio Rachma en la vida: no debieron de ser muchas, siete u ocho, tal vez diez, con suerte. Esa fue importante. Fuimos Rachma y yo a unos almacenes que había, y sigue habiendo, en el centro de Barbastro. Se llamaban almacenes Roberto. Rachma quería comprarme un buen juguete. Yo me sentía a la vez contento y confundido, porque no era Navidad y me iban a hacer un regalo como el de los Reyes Magos.

Había un encargado de la juguetería, un tipo de unos veintipocos años, que se ofreció a enseñarme todos los juguetes. Rachma me dejó al cuidado del dependiente mientras iba a saludar a un viejo amigo para decirle que estaba en Barbastro, y así yo me tomaba mi tiempo para elegir el regalo que más me gustase.

El encargado era un tipo alto, sudoroso, callado, gordo, de piel blanca. Me llevó de la mano a la planta del sótano, en donde tenían almacenados una buena cantidad de juguetes. Me enseñó unos cuantos.

Y aquí de nuevo se produce el apagón, como cuando con el sacerdote G.

Sus manos sudadas tocan mi cuerpo y pretenden acariciarme. Me toca. Me manosea. Quiere darme un beso en la boca. Yo sentí vergüenza, una vergüenza sin racionalidad. Y culpa.

Pero esta vez es distinto. Lo que no supe decirle a mi padre, se lo dije a Rachma. A Rachma fue fácil decírselo, o más bien él supo verlo, supo adivinarlo y solo tuve que darle una confirmación. Y Rachma montó en cólera. Rachma buscó a ese tipo, quería romperle la cara.

Rachma quería matar a ese tipo.

Nunca me sentí tan protegido.

Invoco esa protección ahora mismo frente al misterio de la muerte.

Aquel tipo era un hijodeputa.

Rachma me defendió y me quitó la culpa de encima. No era culpa mía. Esa certeza de que no fui culpable luego me sirvió en la vida, me fue útil muchas veces. Rachma lo proclamaba con su manera de actuar. Me estaban defendiendo, al fin. Lo recuerdo con fuerza en sus actos, hablando con el dueño del establecimiento, sin miedo a ningún poder de la tierra, sin miedo a las consecuencias, sin miedo porque me estaba defendiendo a mí. Para defender a alguien hay que estar, antes, seguro de uno mismo. Esa seguridad de Rachma no la tuvo Bach. Esa seguridad es el oro más grande de los cuerpos y de las mentes. Ojalá la hereden Bra y Valdi, pues está en nuestra sangre, porque Rachma la tuvo.

Gracias, Rachmaninov, tu música suena otra vez en mi corazón cansado.

La defensa que hiciste de mi vida vuelve a mí en esta noche de Viernes Santo, cuarenta y cinco años después.

Por fin, la culpa no era mía.

152

Estoy en Barbastro, sacando dinero de un cajero automático. El cajero me da billetes nuevos, sin una mínima arruga, tersos, planos, finos, cortantes en sus bordes, recién salidos de la imprenta, recién salidos de la Casa de la Moneda. A mi padre le encantaban los billetes nuevos. Ojalá pudiera saber mi padre ahora mismo que recuerdo eso, que recuerdo ese detalle. Cuando iba a sacar dinero al banco —años antes de la aparición de los cajeros automáticos—, pedía al empleado billetes nuevos. El empleado recibía la petición con asombro. La voz me dice: «Se está intentando comunicar contigo, te está hablando a través de esos billetes, te acuerdas de su sonrisa, eran billetes de cien o de quinientas pesetas, nuevos, le gustaba que no estuvieran arrugados, tenían más valor si eran recientes, la sonrisa, está viniendo en los billetes su sonrisa». Me gusta, como a él, que los billetes estén nuevos. Parece que alguien los hizo para ti, que alguien pensó en ti, que alguien se preocupó de que llevaras en la cartera unas postales maravillosas con dibujos y caras de gente ilustre y no un artefacto humillante al que llaman dinero, por eso mi padre quería los billetes nuevos.

No quería dinero.

Quería postales flamantes.

Por eso yo también quiero los billetes nuevos. No los quiero para gastarlos, sino para experimentar la sensación de que te ha escrito España misma. Te ha mandado una felicitación, un telegrama de amor.

Billetes recién salidos de una decimonónica Casa de la Moneda.

Todavía no llevan encima la peste de la miseria. Nadie los ha tocado con dolor. No han humillado a nadie. No han sido exhibidos como arma ante nadie. No han comprado nada aún. No los ha tocado la mano del miserable, del corrupto, del asesino, del humilde, del vencido, del acabado, del abominable.

Son como niños en el paraíso, esos billetes.

Eso buscaba mi padre.

Por eso los quería nuevos.

Ya ves, hasta de eso me acuerdo. Todo lo que hiciste para mí es ya sagrado. Todo cuanto te vi hacer para mí es la sangre misma de la vida. Todo lo recuerdo. Todo se guarda en mi corazón. Los cuarenta y tres años que estuvimos juntos en alguna parte tendrán que vivir. ¿Qué pasó durante esos cuarenta y tres años?

153

Mi madre pedía morfina cuando padecía cólicos hepáticos, allá por la década de los setenta, pero de dónde venían esos cólicos nunca explicados. La familia es un murmullo de enfermedades nunca aclaradas.

¿Bebía? No, en absoluto. Pero no lo sé. No sé nada. Me oriento por el amor. Por la pérdida del amor.

Dejó de tenerlos a partir de cumplir los cincuenta años, y dejó de pedir morfina.

Podrían legalizar las drogas ya de una vez. Esa insistencia del Estado en que los ciudadanos experimenten la agonía de la soledad, que vivan y mueran solos.

Mi padre murió solo.

Mi madre murió sola.

Es la mayor revancha de la naturaleza, que se presenta en las habitaciones de los hospitales y destruye todos los pactos humanos, destruye el pacto del amor y el pacto de la familia y el pacto de la medicina y el pacto de la dignidad humana y convoca la risa de los otros muertos, de los muertos antiguos, que se ríen del cadáver recién llegado.

Mis padres jamás tuvieron una cámara fotográfica. Mi padre jamás hizo una foto. Y mi madre odiaba que la fotografiaran. Se veía siempre mal en las fotos. Odiaba la fotografía. A mí tampoco me gusta que me hagan fotos. Ni mi madre ni yo queremos que quede constancia de que estuvimos bajo la luz del sol. A veces intenté hacerle alguna foto; no se dejaba o las rompía si llegaba a hacerlas.

El puñado de fotos que heredé están descuidadas, dobladas, algunas rotas. No se atrevió a destruirlas por completo, solo las escondía y las ajaba, esperando que se volatizasen solas. Pero encontré esta:

Imagino que esta no pudo romperla. Alguien la haría y se la daría de recuerdo. La foto de ese crío permite su datación. Está tomada en un antiguo cine de Barbastro que ya no existe. Se llamaba cine Argensola. El edificio fue derrumbado hace ya más de diez años, por culpa de la aluminosis. Pero eso no sirve para la datación de la foto. Sirve el cartel que está detrás de la figura del niño diabólico. Es un anuncio de una película española titulada *Los Palomos,* de 1964, interpretada por los actores Gracita Morales y José Luis López Vázquez, los dos muertos, por supuesto.

La mano que no sujeta la palma parece una prótesis de cobre.

Mi madre odiaba los recuerdos; era algo instintivo ese odio, y también algo refinado. Despreciaba los recuerdos, le daban asco y vergüenza.

Maliciosamente, sabía que nada debe ser recordado. Eso es tener competencia sobre la muerte.

¿Qué vino a hacer a este mundo el muñeco diabólico de la fotografía? Vino a salir adelante en un país que se llama España.

Me como una galleta mirando la foto del muñeco diabólico. Pienso en el hambre, en los ataques de hambre. Mi madre decía que de pequeño era una tortura darme de comer. Sí, parece que eso era verdad. Mi tía María Callas también lo decía. Me negaba a comer. Tenían que luchar para que comiera. Estuve a punto de morir de inanición. Ojalá hubiera persistido en esa vocación de desnutrición, ahora no estaría cosechando muertos, escuchando la música de los muertos. Era consciente de lo que hacía, no quería que nada entrara en mi cuerpo, que nada exterior irrumpiera en mis adentros, no quería que se contaminasen mis órganos, mi sangre, mi carne sin mancha. No quería que el estómago, el hígado, los riñones, fueran tocados por la vida. Quería regresar a donde estuve, quería regresar a mi madre.

Me tuvieron que ingresar en una clínica cuando apenas tenía tres años porque no comía. Y ahora, irónicamente, la ansiedad me lleva a la comida. Me paso el día contabilizando lo que como, midiendo las calorías. El que come busca la regeneración de la vida; en la comida está el orden del mantenimiento de las máquinas de la vida, pero las máquinas envejecen, y el combustible se gasta en cuerpos que ya no sirven. Los viejos hambrientos poseen cuerpos que ya no funcionan, que solo gastan comida, como los coches que queman aceite; coches de alto consumo y bajo rendimiento.

Así son los viejos, alto consumo y bajo rendimiento, eso es envejecer.

La relación que tuvieron las dos hermanas, María Callas y Wagner, fue especial, muy tácita y muy honda. María Callas era pura bondad, pero esa bondad no seducía a Wagner. María tenía ocho años más que Wagner. Crecieron juntas y sabían mucho la una de la otra.

Ahora ya no sé ni quién de las dos murió primero.

Fue María Callas, sí, y Wagner no fue a su entierro, como yo tampoco fui.

Ni Wagner ni yo fuimos al entierro de María.

Cómo me parezco a mi madre, absolutamente lo mismo.

154

Hay una frase que espero oír en los labios de los fantasmas de mis padres cuando vaya hacia ellos. Me dirán: «Casi no te recordamos».

Es la misma frase que llevan sugerida en el pensamiento Valdi y Bra cuando me miran, «casi no te recordamos».

Un par de años antes de su muerte, mi madre estaba hinchada; y un par de años antes de su muerte, mi padre estaba jibarizado: un globo y una estaca.

Me acabo de levantar en Ranillas. Hoy no tengo nada que hacer en todo el santo día. La gente que está sola descuida su aseo. No heredé de mis padres el hábito del aseo; cómo demonios íbamos a ducharnos en aquella minibañera. Hubo otra catástrofe que vino para quedarse: cada vez salía menos agua de las tuberías, apenas un pequeño hilo de agua. Las tuberías estaban calcificadas. Había que cambiarlas. Como mi madre estaba de alquiler (toda la vida estuvo de alquiler), ese trabajo y su costo correspondían a la dueña de la casa. La dueña de la casa se negó rotundamente; ella solo quería que mi madre se largara, porque era de renta antigua, estaba pagando muy poco por el alquiler de ese piso.

Llevaba allí desde 1960.

Quería ganar más dinero. Era la hija del dueño de la casa, porque el dueño murió joven, de un ataque al corazón. Mi madre casi fue viendo morir a toda aquella familia de dueños. Vio morir al que hizo la casa y se dedicó a arrendar los pisos, y con el que se llevaba bien y al que tenía aprecio. Vio morir a su viuda, que heredó el negocio. Y lástima que no viera morir a la hija. La hija vio morir a mi madre.

O ves morir o te ven morir.

Mi madre retenía líquidos y no comía nada. No entendía por qué engordaba si no comía nada.

El niño diabólico no comía. El hombre en que se convirtió el niño diabólico come y come para no oír el sonido del mundo, el ruido de las cosas vivas. Las cosas vivas hacen ruido al pudrirse.

Mi padre comía deprisa, muy deprisa, era un deseo de comer atávico, heredado, patrimonial, en memoria de cuando el hambre reinaba en el planeta, en memoria de la guerra civil española, en memoria de un principio de ansiedad universal, de un principio moral y existencial; comía deprisa, y el niño diabólico no comía porque no quería llegar a ser otro hombre que come deprisa, otro hombre con una mala relación con la comida, ese tipo de hombre que extrae de otros organismos una saciedad que no sacia.

155

La muerte de mi padre fue también la desaparición de una gestualidad, de unos determinados movimientos corporales, del color de unos ojos, que ya no volveré a ver nunca más. Una forma de expresividad en manos, brazos, mirada, labios, piernas. Y si me olvido de él, me olvido de esos gestos. Es más perfecta y eficaz la muerte de quienes no guardamos vídeos o películas.

Es una desaparición enérgica. Si hubiera vídeos de mi padre, podría recordar su gestualidad, pero no los hay, porque él nunca quiso que los hubiera, porque sabía que llegaría este momento, el gran momento de todos los momentos, el último día de la vida, el momento en que averiguamos que no hay constancia de que ese ser humano hubiera estado sobre la tierra alguna vez.

Es la grandeza del adiós, el crecimiento del adiós. No volveré a verlo nunca más, repito como un mantra. Y allí aparece la grandeza del adiós. La fe entonces es algo natural, porque te resulta imposible aceptar la idea de que nunca lo volverás a ver por la sencilla razón de que está ahí. Si alargo la mano toco su luz.

No se mueve.

Allí está, y me mira.

156

A veces me encontraba a mi padre dentro del ascensor. Iba muy bien vestido, siempre con su traje. Parecía completamente limpio, a pesar de no tener ducha. Estoy hablando de 1978, o 1979, de esos años. No sabía que estaba dentro del ascensor. Abría la puerta del ascensor y allí estaba él. Sonreía al ver mi susto cuando tiraba de la puerta, como si estuviera preparando su súbita aparición, como si fuese el padre de Hamlet.

Mi padre quedaba muy bien dentro del ascensor. Dentro de aquellos ascensores antiguos, de madera, con cristales. Parecía un marqués en un ataúd con puertas. Vi cambiar ascensores en aquella casa. Fue la primera casa con ascensor de todo Barbastro, de modo que en los años sesenta la llamaban la «casa del ascensor». Había incluso portera, se llamaba Manuela, no duró mucho tiempo. Mi madre se llevaba fatal con ella. Tenía un pequeño cuarto, que desapareció con la reforma del ascensor. En ese cuarto estaba Manuela, una mujer algo inhóspita tal vez. Mi madre decía que era una bruja. Yo le tenía miedo. Un buen día se diluyó en el espacio, y el cuarto donde se escondía se lo tragó la máquina del ascensor nuevo. Pero la tengo delante en estos momentos: era una señora mayor con gafas, moño, pequeña, encorvada, quejándose de la basura, apareciendo como por ensalmo, discutiendo con mi madre, pero a la vez la recuerdo con alegría, porque un portero alegra siempre una casa, simboliza esperanza de vida para un edificio, para el cemento, los pilares, los tabiques, las escaleras, la fachada, el descansillo, las bombillas, las placas con los nombres de los vecinos. Era una casa destinada al alquiler, de modo que siempre había gente de paso, gente que estaba en Barbastro unos años, debido a trabajos itinerantes, y luego se marchaba a otras ciudades. Mis padres se hacían amigos o medio amigos de sus vecinos, pero estos luego desaparecían. Se fueron yendo todos. Encontraban un trabajo mejor o un ascenso en sus empresas y se mudaban, se trasladaban a ciudades más grandes. Solo se quedaron Wagner y Juan Sebastián en toda la escalera, como unos supervivientes, componiendo música antigua para nadie. Y de Manuela, la portera, no sé ni de dónde vino ni adónde fue; si tenía familia o era un fantasma.

157

Son jóvenes los dos y se disponen a llamarme de entre la oscuridad. No soy. Nunca he sido. Sin embargo, fui presentido por todas las cosas hace millones de años. Todos hemos sido presentidos. Puedo viajar en el tiempo y ver cómo Juan Sebastián acaricia y besa a Wagner y yo estoy allí, esperando a que se me convoque.

En su placer está mi origen, en su melancolía tras el amor está la creación de la insaciabilidad de mi espíritu.

Veo la habitación, es el otoño del año 1961, es mediados de noviembre, no ha llegado el frío, se está bien en la calle, han abierto el balcón de su dormitorio para que entre la luz de la luna, son tan jóvenes, tan inmensamente jóvenes, que se creen inmortales, están allí desnudos, con el balcón abierto.

Hace un poco de fresco ya, dice Juan Sebastián. Y se queda mirando la desnudez de Wagner y yo ya estoy en ese vientre. Wagner se enciende un L&M. La lámpara de la mesilla proyecta una luz tenue. Se respira en esa habitación una felicidad inmensa. Cantan las paredes, las cortinas, las sábanas; la noche canta. En el Año Nuevo de 1962 ya sabrán que Wagner está embarazada. Pero no intuyen la criatura que se acerca. Ni yo sé la clase de criatura que se acerca. Juan Sebastián, en la noche de noviembre, después de haberme invocado dentro de Wagner, sale al diminuto balcón de la casa que sería mi casa y mira la noche, es una noche con hechizos en el aire, mira las casas de enfrente, la calle sin asfaltar, acaban de mudarse a esa casa nueva, con ascensor, huele a barniz la madera del ascensor, la calle está sin hacer, todo es nuevo, las persianas de madera, las baldosas, las paredes, las puertas de las habitaciones, que cierran a la perfección, y que dentro de cincuenta años no cerrará ninguna, se quedarán rotas, desencajadas de sus marcos. Nunca vi ese piso nuevo. Solo vi su deterioro, pero en la noche de mi concepción la casa estaba flamante, recién acabada de construir, oliendo a nuevo.

No puedes despertar a los muertos, porque están descansando.

Pero esa noche de noviembre de 1961 existió y sigue existiendo. Esa noche de amor, ese piso moderno, las paredes recién pintadas, los muebles recién estrenados, las manos jóvenes de los esposos, los besos, el futuro que solo es una idea ilusionante, el poder de los cuerpos, todo eso sigue en mí.

Gran noche de 1961, mes de noviembre, tranquilo, benigno, dulce. Sigues viva. Noche que sigues viva. No te marchas. Bailas conmigo una danza de amor.

Epílogo:
La familia y la Historia

El Crematorio

Les pregunté por el horno a aquellos dos tipos,
era la noche del 18 de diciembre del año 2005,
carretera de Monzón, *que no sabes dónde está Monzón,*
es un pueblo perdido en el desierto.
Aires de tormenta en lo Alto, sobre la nada desnuda
como una recién casada, luna abajo de las carreteras
    muertas.
Monzón, Barbastro, mis sitios de siempre.
Me dejaron ver por la mirilla y allí estaba ya el ataúd
    ardiendo,
resquebrajándose, la madera del ataúd al rojo vivo.

El termómetro marcaba ochocientos grados.
Imaginé cómo estaría mi padre allí dentro de la caja.
Y la caja dentro del fuego y mi corazón dentro del terror.
Hasta las ganas de odiar me estaban abandonando.
Esas ganas que me habían mantenido vivo tantos años.
Y mis ganas de amar, ¿qué fue de ellas? ¿Lo sabes tú,
Señor de las grandes defunciones que conduces
a tus presos políticos a la insaciabilidad, a la
    perdurabilidad,
a la eternidad sin saciedad, oh, bastardo,
tú me arrancas,
amor de Dios, oh, bastardo?

Recoge a ese hombre en mitad del desierto.
O no lo recojas, a mí qué puede importarme
tu presencia heladora en esta noche del borracho
que he sido y seré, contra ti, o a tu favor,

es lo mismo, qué grandeza, es lo mismo.
El principio y el final, lo mismo, qué grandeza.
El odio y el amor, lo mismo; el beso y la nalga,
lo mismo; el coito esplendoroso en mitad de la juventud
y la putrefacción y la decrepitud de la carne,
lo mismo es, qué grandeza.

El horno funciona con gasoil, dijo el hombre.
Y miramos la chimenea,
y como era de noche,
las llamas chocaban
contra un cielo frío de diciembre,
descampados de Monzón,
cerca de Barbastro, helando en los campos,
tres grados bajo cero,
esos campos con brujas y vampiros y seres como yo,
«allí sube todo», volvió a decir el hombre,
un hombre obeso y tranquilo,
mal abrigado pese a que estaba helando,
la espesa barriga casi al aire,
«dura dos o tres horas, depende del peso del difunto»,
dijo difunto pero pensaba en fiambre o en saco de mierda,
«antes hemos quemado a un señor de ciento veinte
    kilos,
y ha tardado un rato largo», dijo.
«Muy largo, me parece», añadió.

«Mi padre solo pesaba setenta kilos», dije yo.
«Bueno, entonces costará mucho menos tiempo»,
dijo el hombre. El ataúd ya eran pepitas de aire o humo.

Al día siguiente volvimos con mi hermano
y nos dieron la urna, habíamos elegido una urna barata,
se ve que las hay de hasta de seis mil euros,
eso dijo el hombre.

«Solo somos esto», sentenció el hombre de una forma ritual,
con ánimo de convertirse en un ser humano, no sabiendo
ni él ni nosotros qué es un ser humano,
y me dio la urna guardada dentro de una bolsa azul.
Y yo pensé en él, en lo gordo que estaba, en cuánto
      tardaría él
en arder en su propio horno. Y como si me hubiera oído
dijo: «Mucho más que su padre», y sonrió agriamente.

Entonces yo le dije: «El que tardaría una eternidad
en arder soy yo, porque mi corazón
es una piedra maciza y mi carne acero salvaje
y mi alma un volcán
de sangre a tres millones de grados,
yo rompería su horno con solo tocarlo,
créame, yo sería su ruina absoluta,
más le vale que no me muera por aquí cerca».
Por aquí cerca: descampados de Monzón,
caminos comarcales,
Barbastro a lo lejos, malas luces,
ya cuatro grados bajo cero.

Coja las cenizas de su padre, y márchese.

Sí, ya me voy, ojalá yo pudiera arder como ha ardido
mi padre, ojalá pudiera quemar
esta mano o lengua o hígado de Dios
que está dentro de mí,
esta vida de conciencia inextinguible
e irredimible;
la inextinción del mal y del bien,
que son lo mismo en Él.
La inextinción de lo que soy.

Ojalá su horno de ochocientos grados quemase lo que soy.
Quemase una carne de mil millones de grados
      inhumanos.

Ojalá existiera un fuego que extinguiese lo que soy.
Porque da igual que sea bueno o malo lo que soy.
Extinguir, extinguir, extinguir lo que soy, esa es la Gloria.

Coja las cenizas de su padre, y márchese.
No vuelva más por aquí, se lo ruego, rezaré
por su padre. Su padre era un buen hombre
y yo no sé qué es usted, no vuelva más por aquí,
se lo ruego. Por favor, no me mire, por favor.

Tuvo un Seat 124 blanco, iba a Lérida,
visitaba a los sastres de Lérida y a los de Teruel,
comía con los sastres de Zaragoza,
pero ahora ya no hay sastres en ningún sitio,
dijo una voz.

Qué solo me he quedado, papá.
Qué voy a hacer ahora, papá.
Ya no verte nunca es ya no ver.
Dónde estás, ¿estás con Él?
Qué solo estoy yo, aquí, en la tierra.
Qué solo me he quedado, papá.

No me hagas reír, imbécil.

Oh, hijodeputa, has estado conmigo allí
donde yo estuve, sin moverte de las llamas.
He viajado mucho este año, mucho, mucho.
En todas las ciudades de la tierra, en sus hoteles memorables,
y también en los hoteles sucios y bien poco memorables,
en todas las calles, los barcos y los aviones,
en todas mis risas, allí estuviste, redondo
como la memoria trascendental, ecuménica y luminosa,
redondo como la misericordia, la compasión y la alegría,
redondo como el sol y la luna,
redondo como la gloria, el poder y la vida.

Retrato

E tan valiente
J. MANRIQUE

De cabeza grande, hermanada con el sol.

De manos abiertas, como el firmamento.

Elegante y anticuado,
coronel de arterias
y falanges decepcionadas.

Piel enrojecida y pelo blanco siempre.

Nunca fue nadie y nada tuvo,
ni poder ni dinero.

Tuvo un coche viejo, que ya murió.

Medía un metro ochenta.

Vivió como si no existiese España,
la Historia y el Mundo.

Como si no existiese el Mal.

Le gustaban los pueblos tranquilos de Huesca
y las montañas serenas.

Antes de convertirse
en un ser humano llamado Vilas
fue un silencio cósmico.

Antes de convertirse
en el hombre más alto de mi infancia
fue un desconocido.

Dueño de nuestra verdad, se la llevó muy lejos.

Los muertos esperan nuestra muerte si algo esperan.

Brindo por tu misterio.

Historia de España

Pobre fue mi padre,
muy pobre,
y el padre de mi padre
y pobre soy yo.

Nunca supimos qué era tener
ni por qué éramos pobres
si otros no lo eran.

No tuvimos nada,
absolutamente nada
ninguno de los tres.

Nos pasamos la vida
viendo cómo se enriquecían los otros.

No tener nada mata la sangre aquí,
en España, y no te quitas el olor a pobre nunca,
y acaban convirtiendo tu pobreza
en culpabilidad, todo un arte moral.

Pobres y culpables,
el padre de mi padre,
mi padre
y yo.

La lluvia

Madrid, 22 de mayo de 2004

Vimos el Rolls del año 53 con las ruedas blancas
(mil kilómetros en cincuenta años)
en las teles de los bares del barrio del Actur de Zaragoza.
Sostenía en mi mano una copa de vino blanco fría
y ya hacía calor en España,
los hoteles del Mediterráneo estaban de limpieza general,
habitaciones abiertas con camareras esmeradas, esperando
la llegada de setecientos mil ingleses,
un millón de alemanes, cuatrocientos mil franceses,
cien mil suizos y cien mil belgas.
Estábamos con un vino blanco en la mano y los cuellos
levantados hacia el televisor.

No vino Isabel II de Inglaterra; Isabel II
solo aceptaría ir a la boda del rey de Francia
y, como en Francia no hay rey, Isabel II
se queda en palacio para siempre, reclinada sobre el mundo.
Son los súbditos de Isabel II los que aman el sol de
        España
y la cerveza barata,
los que exhiben la bandera británica
en las terrazas frente al mar.

Crepusculares casas reales venidas
de los rincones más oxidados de la historia
el 22 de mayo de 2004 surgieron en las televisiones de
        España,

países nórdicos, lejanos y prósperos, fríos, alejados
de este corazón inacabable.
Rouco Varela cantando la misa.
No vino el presidente de la República Francesa.
Los arzobispos, bicolores, felices.
El nombre de Dios dicho en voz alta muchas veces.
La terca obsesión de nombrar a Dios, nombrarlo
como quien nombra el poder, el dinero,
la resurrección, la guillotina, la cárcel, la esclavitud.
El emperador del mundo se quedó en América,
ajeno a los ritos menores de sus provincias.
Los enormes paraguas azules.
		Levantarse a las seis de la mañana
para que te maquillen, te depilen, te hagan la manicura,
qué felicidad tan grande.
Los grandes desayunos, los cubiertos de plata,
los mejores vinos y las colonias bárbaras.
Las duchas gigantescas, las suites, los bombones suizos,
las zapatillas de oro, los eslips de platino,
el zumo de naranja con naranjas atroces.
El lujo y el servicio, siempre gente abriéndote las puertas.
La sonrisa permanente.
Los profesionales de la sonrisa permanente,
esa sonrisa representa el trabajo más inhóspito de la
		historia.
¿Sonreír? ¿Por qué?

Y Umbral, y Gala, y Bosé, y A., y J., y Ayala,
entrando en la catedral de la Almudena,
recompensados, elegidos,
a la diestra colocados, los jefes de la inteligencia española,
de la subida española, de la gran crecida.
La gran subida, la gran ascensión.
Y los ciento noventa quemados vivos tuvieron su
		homenaje,
el absurdo pueblo mutilado, el goyesco pueblo

elemental y monárquico,
el Rolls pasó ante ellos.
Y el expresidente del Gobierno bebió Rioja Reserva del 94,
todos los expresidentes de España, con su chaqué,
y sus mujeres en un segundo plano,
protectoras, devoradas, confundidas
para siempre, pero felices de haber llegado allá,
allá lejos, allá donde el aire es de oro y la mano coge el
    mundo,
allá donde España entera quiso que estuviesen
y la legitimidad democrática es un fulgor definitivo.

Las pamelas iridiscentes, los yugos en la cabeza,
los yugos bajo el cielo oscuro.
Y José María Aznar y Jordi Pujol
y Felipe González, juntos de nuevo.
Y los tres se sintieron satisfechos viendo la obra bien hecha,
la sucesión de Franco, la mano europea, paternal,
sobre nuestras cabezas,
la sucesión de Franco, las mantillas del franquismo
metidas en los armarios,
chillando de envidia y respirando naftalina muy blanca.
Y Juan Carlos I cargando con España,
porque quién si no cargaría con España,
con la historia de España, el sello papal en el dedo
    meñique.
Y Zapatero con su Sonsoles, voluptuosa, sonriente,
su tipo le hubiera gustado a Baudelaire o a Julio Romero.
Sonsoles parecía un Delacroix:
la anatómica Libertad guiando al pueblo,
pamelas vistosas, el rito político,
la aburrida historia,
los pechos caídos.

Y socialistas y liberales y ultramontanos juntos,
la izquierda y la derecha maridadas,

las nóminas engrandecidas hasta la saciedad,
buscando lo mismo todos, un Delacroix parecía Sonsoles,
la nueva reina de España,
del reparto de los despachos, las glorias,
los largos viajes por el mundo en aviones oficiales,
los oros laicos.
Ateos convertidos bajo el fulgor de las pamelas,
creyentes con el billetero ateo.
El poder en todo tiempo siempre igual a sí mismo.
La historia humana en todo tiempo como ya fue hace
  tiempo.
El mismo tiempo siempre.
Repitiéndose la esencia de España, la esencia del mundo
  grande.

Y nosotros bebiendo en el Actur, al lado de las grúas y del
  Hipercor,
felices de que nos dejen beber este vino
frío en una copa medio limpia, felices
de poder pagar este vino y dos más.

Y la palidez privada de la reina Rania de Jordania.
Y la lluvia.

Huesca, 1969

Mi padre me llevaba a Huesca,
era la capital de nuestra provincia.

Le gustaba que le acompañara.

Tenía clientes allí.

Era una ciudad pequeña,
llena de conocidos.

Él tenía sus lugares predilectos,
un bar, una tienda, una pastelería,
ninguno sobrevive hoy.

Las ciudades también se marchan
con los que se marchan.

Lo recuerdo sonriendo por los porches.
Saludando a este y al otro.

Treinta y nueve años
tenía él entonces
y yo siete,
íbamos de la mano,
de vez en cuando me miraba
y decía mi nombre con dulzura,
nos cruzábamos con curas y militares
y mujeres asustadas por el Coso Alto,
autobuses viejos,

alguna moto,
las calles con sol,
septiembre de mil novecientos
sesenta y nueve.

Cambrils

Verano de 1975

Los Mercedes descapotables, los BMW con ojos de tigre,
los Peugeot, los Alfa Romeo, los Opel, los Volkswagen.

Es el verano del año 1975, en el pueblo turístico
de Cambrils, en la costa de Tarragona
—hace mucho sol y el Mediterráneo es nuestro paraíso—.
Por el largo aparcamiento junto al mar,
un niño en bañador está curioseando el cuentakilómetros
de un Porsche: 210, 230, 250, 270, 290.

El automóvil de su padre termina en 160 km/h.
Y es nuevo, y era el mejor y el más veloz,
dijo el padre.

Eso le entristece.

Esa gente tan alta y tan guapa, ¿de dónde viene?

Parecen más felices que nosotros.

Algo está pasando. Algo se resquebraja.

Esos coches, no puede quitárselos del pensamiento,
esas formas tan distintas, esas marcas raras,
impronunciables,
esas ruedas tan grandes,
esos cuentakilómetros siderales.

Acaba de ver un BMW rojo, y acerca su cara
a la ventanilla: 200, 220, 240, 260, 280 km/h.

Imagina el mundo a 280 kilómetros por hora
y sonríe como un dios adolescente.

Nadando en el Mediterráneo, en mitad del agua,
seguía pensando en esa industria misteriosa
del automóvil, en esas formas calientes de la materia.

Ya supo el niño entonces que la materia es espíritu radiante.
La alegría de los motores ardiendo,
los cilindros, el volante de noble madera,
las ruedas y su espíritu militar.

Se pasaba las vacaciones mirando
con estúpida fascinación
y con inesperada humillación
los coches de los turistas europeos.

Allí, en aquellos coches, había un misterio doloroso,
también una forma de la pobreza,
y un destino.

1980

Me miro todas las mañanas, aún es de noche,
bajo la luz eléctrica,
en el espejo del miserable cuarto de baño,
ya con cincuenta y un años mal cumplidos y bien solo,
y te veo a ti,
con la misma edad,
en el invierno de 1980.

Te veo a las siete de la mañana cargando las maletas
y los muestrarios en el maletero de tu Seat 1430.

Tal vez mi coche sea mejor que el tuyo.

La industria automovilística occidental oferta
a la clase baja algún modelo con sexta marcha
e incluso con aire acondicionado.

El salario, sin embargo, es el mismo.

El país, sin embargo, es también el mismo.

Veo el mismo rostro en el espejo, la aplastante madrugada
y el sórdido empleo,
y la sórdida ganancia de una comisión,
toda la vida detrás de una comisión a la intemperie,
que no te dio para nada,
absolutamente para nada.

Yo intenté escribir y tú fuiste
un anónimo viajante de comercio,
somos lo mismo.

¿Dónde están nuestras capillas en las más famosas
catedrales de España,
en la de León,
en la de Sevilla,
en la de Burgos,
en la de Madrid,
en la de Santiago de Compostela?
¿Dónde nuestros rostros en bronce esculpidos
con las heridas en el costado?

Tú, recorriendo absurdos pueblos de Aragón,
luchando por vender el textil catalán,
el textil de las boyantes empresas catalanas
—barcelonesas, prósperas
y ya con relaciones internacionales—,
a sordos y oscuros y pobretones sastres
de pueblos atrasados
de la España hosca, medieval y mutilada.

Ellos sí, tus jefes catalanes,
ganaban mucho dinero,
tú, nada.

Nos afeitamos los dos al mismo tiempo, tú en 1980,
yo en 2013, un poco evolucionada si quieres
la industria del afeitado, un poco de colonia,
un poco de agua en el pelo.

Salimos los dos al mismo tiempo y montamos
en sendos automóviles,
el mío tiene música y el tuyo solo radio,
tu Seat 1430, y tal vez sea esa la única diferencia,

a mí me ayudan Lou Reed y Johnny Cash con sus
    canciones,
a ti no te ayudó nadie.

Te fuiste con setenta y cinco años.
Yo me voy dentro de cinco minutos.

No, no quiero verte al otro lado del espejo.

No soportaría tu mirada de fuego,
tu mirada de condenación suprema.

Coca-Cola

Acábate la Coca-Cola,
no dejes nada.
El hielo con el limón y la última gota.

El ruido del cubito
chocando contra el cristal del vaso,
acábatela,
porque nadie vendrá,
hasta rompo el hielo
con mis dientes,
y apuro la sombra del agua.

La bebí con mi padre
hace más de cuarenta años.

La bebí con mi hijo ayer.

La bebo a solas hoy.

Acábatela, no dejes ni una gota.

Daniel

Dormir en la misma casa,
tú en tu pequeña habitación,
yo en la mía, que es también pequeña,
pero un poco más grande que la tuya,
es un privilegio.

Saber que estás al otro lado del tabique me da paz.

Pero hoy te has quedado dormido,
y llegas tarde al instituto.

No sabes la pena que me causa
que te pierdas una hora de clase.

Las leyes de los hombres —yo las conozco— son
    inflexibles,
y debes aprender a convivir con ellas,
como yo lo hice.

Me he quedado pensando en tu futuro.

Daría mi vida por protegerte mañana,
por que no te alcance nunca ninguna desdicha,
ningún dolor, ningún veneno de los hombres.

Abro la ventana de tu cuarto y miro tus cosas y me
    conmuevo.

Adoro todas tus cosas.

Adoro tu letra, pequeña, dulce, humilde,
la letra de un alma bondadosa.

Adoro tu ropa colgada en mi armario,
tu cazadora marrón,
que me encanta.

La fragilidad que expresa tu cuerpo me estremece
y me alegra al mismo tiempo.

Estás todo el día con los cascos, cuando te hablo no oyes.

Vives para el teléfono móvil,
y poco para mí,
que vivo para ti.

Me gusta prepararte bocadillos delicados.

Pienso en que tendrás hambre a media mañana.

Adivino tu vulnerabilidad y sufro.

En ti me convertiré en ceniza
y tu vida nueva verá
la caída de todas las cosas
que me hirieron.

Papá

No bebas ya más, papá, por favor.
Tu hígado está muerto y tus ojos aún son azules.
He venido a buscarte. Mamá no lo sabe.
En el bar ya no te fían.
Iban a llamar a la policía,
pero me han avisado a mí antes,
por compasión.

Papá, por favor, reacciona, papá.
Hace meses que no vas a trabajar.
La gente no te quiere, ya no te quiere nadie.
Muérete lejos de nosotros, papá.
Nunca estuvimos orgullosos de ti, papá.
Por favor, muérete muy lejos de nosotros.
Nos lo debes.
Siempre estabas de mal humor.
Casi no te recordamos, pero nos llaman del bar.
Vete lejos, nos lo debes.
Es el único favor que te pido.

974310439

Quien me trajo al mundo se ha ido hoy del mundo.
Ella, que me llamaba a todas horas, para saber de mí.

Lo mal que la traté y lo mal que nos tratamos,
aun queriéndonos tanto; y lo poco que supiste de mi vida
en los últimos tiempos, ocultándote lo mal que me iba
en mi matrimonio y en todas partes
y tú sabiéndolo, porque, al fin, todo lo sabías,
me veías beber esos licores fuertes,
me veías esa sed tan rara, esa sed tan desconocida para ti,
que tanto te asustaba y tanto temías.

Ya nadie me llamará, tan obsesivamente, para saber
si estoy vivo, y a quién le importará si estoy vivo o muerto;
yo te lo diré: a nadie.

De modo que el gran secreto era este:
ya estoy completamente desamparado,
arrodillado
para la decapitación,
para el anhelado adiós de este cuerpo,
de esta existencia meramente social y vecinal que lleva mi
        nombre,
nuestro nombre.

No volveré a ver nunca
tu número de teléfono en la pantalla
de mi teléfono móvil; tú, que te quejabas de que no tenías
        uno,

de que yo no te regalara uno,
te juro que no hubieras sabido hacerlo funcionar,
lo habrías tirado por la ventana,
como yo haré con el mío esta noche del supremo delirio.

Porque eras un número de teléfono, cincuenta años
en ese número encerrados: nueve siete cuatro, treinta y
    uno,
cero, cuatro, tres, nueve.
Márcalo ahora,
márcalo si tienes valor y te contestarán
todos los misterios inconmensurables: el tiempo y la
    nada,
la ira roja
de los peores huracanes celestiales,
la árida y blanca nada convertida
en una mano negra.

Daba igual dónde estuviera: podía estar en América o en
    Oriente,
tú llamabas, tú llamabas a tu hijo siempre
porque yo era Dios para ti, un Dios fuera de la ley,
poderoso y sagrado, lo único real y suficiente,
siempre tu hijo fuera de todo orden, siempre reinando,
porque todo cuanto yo hacía e hice recibió tu larga
    aprobación,
cuya moralidad no es de este mundo.

Sabedlo.

Tú, que me amabas hasta la desesperación.
Tú, que derramaste sangre por mí y por mi discutible y
    oscura vida,
llena de liturgias cuyo sentido tú desconocías,
y hacías bien, pues nada había que conocer, como
    finalmente

he acabado sabiendo,
igualado en ese conocimiento
al más sabio de los hombres.

Y ahora, otra vez camino del Crematorio,
como ya escribí en un poema con ese título,
en el que hablaba de tu marido, mi padre,
a quien también quemamos,
unos mil grados alcanzan esos hornos.

Mi gran padre, del que tú te enamoraste —vete a saber
    por qué—
en mil novecientos cincuenta y nueve,
y a quién demonios le importa ya sino a mí,
el que siempre os quiso tanto y os querrá hasta el último
    minuto del mundo.

Te di un beso en la santa frente helada
un domingo
por la mañana
de un veinticuatro de mayo del año dos mil catorce,
lloviendo,
en una primavera inesperadamente fría,
mientras una máquina sofisticada introducía tu caja barata
—mira que somos pobres— en el fuego final,
al que mi hermano y yo
te condujimos.

Sentí tu frente antigua y acabada en mis labios
antiguos y acabados,
pero aún conscientes los míos;
los tuyos,
venturosamente, no.

Nunca pensé que el sentimiento final fuera este:
la envidia que me diste, la codicia de tu muerte,

codiciando tu muerte,
porque me dejabas aquí,
completamente solo
por primera vez
en nuestra larga historia de amor,
y solo para siempre.

Y recuerdo ahora a todas aquellas mujeres
que querían acostarse conmigo,
hacer el amor conmigo,
y eso acabó siendo mi vida,
cuando yo solo quería
estar contigo para siempre.

Vaya, mamá, no sabía que te quería tanto.
Tú sí que lo sabías, porque siempre lo supiste todo.

Qué bien que todo haya acabado,
en una culpable tarde de primavera
en donde comienza el mundo,
en donde para ti acaba el mundo,
en donde para mí ni acaba ni comienza
sino que persiste involuntariamente.

Qué bien este silencio omnipotente, aquí, en Barbastro,
donde fuimos madre e hijo, por los siglos de los siglos.

Aquí, en Barbastro, en ese sitio tan nuestro,
tan escuetamente nuestro: todo ocurrió aquí, en estas calles.

Todo lo recuerdo, y todo lo recordaré.

Te amo, finalmente.

Como no he amado a nadie: todas fueron tu réplica.

Ah, se me olvidaba: podías haber dejado algo
para pagar tu entierro,
no sabes lo mal que me va y lo pobre que soy,
mira que fuiste manirrota y derrochadora,
y lo que vale
el ataúd más económico,
como dicen ellos, los caballeros dulces de la funeraria.

Mira que fuimos pobres y desgraciados tú y yo,
ma mère, en esta España de grandes hijosdeputa
    enriquecidos
hasta la abominación.
Y aun así, pobres como ratas tú y yo,
mantuvimos el tipo,
como dos enamorados.

Qué bien. Qué hermoso. Cuánto te quiero
o te quise, ya no sé, y a quién le importa,
desde luego no a la historia de España,
nuestro país, si es que sabías cómo se llamaba
la solemne nada histórica en que vivimos papá, tú y yo.

Este libro se terminó
de imprimir en
Móstoles, Madrid,
en el mes de
marzo de 2019